1980년대.
글 동 네 의
그 리 운
풍 경 들

─ 1980년대
한국 문학과 문단 · 문인 이야기 ─

1980년대 글동네의 그리운 풍경들

초판 1쇄 인쇄·2018년 2월 15일
초판 1쇄 발행·2018년 2월 25일

지은이·정규웅
펴낸이·이춘원
펴낸곳·책이있는마을
기 획·강영길
편 집·이경미
디자인·블루
마케팅·강영길

주 소·경기도 고양시 일산동구 무궁화로120번길 40-14(정발산동)
전 화·(031) 911-8017
팩 스·(031) 911-8018
이메일·bookvillagekr@hanmail.net
등록일·1997년 12월 26일
등록번호·제10-1532호

ISBN 978-89-5639-297-4 (03810)

이 도서의 국립중앙도서관 출판예정도서목록(CIP)은 서지정보유통지원시스템 홈페이지(http://seoji.nl.go.kr)와
국가자료공동목록시스템(http://www.nl.go.kr/kolisnet)에서 이용하실 수 있습니다.(CIP제어번호: CIP2018003895)

이 도서는 2017년 경기도 출판콘텐츠 제작지원사업 선정작입니다.

1980년대 글동네의 그리운 풍경들

1980년대
한국 문학과 문단 · 문인 이야기

정규웅 지음

책이있는마을

1980년대,
문인들의 두 모습

　1980년은 새로운 10년을 여는 희망 찬 첫해가 되지 못했
다. 지난해의 12·12군사반란으로 신군부가 실권을 장악하면
서 이 나라의 미래가 어떤 모습을 갖추게 되는지 예측할 수
있는 것은 아무것도 없었다. 3월에 접어들면서 계엄 해제와
민주화 등을 요구하는 전국 대학생들의 시위는 갈수록 격화
됐고, 상대적으로 국가권력을 통째로 장악하려는 신군부의
계획은 구체적으로 진행됐다. 입이 있어도 말하지 못하고 귀
가 있어도 듣지 못하는 상황은 1970년대의 유신 시절보다 오
히려 더 혹독한 측면이 있었다.

　1970년대 중반부터 자유실천문인협의회(자실)를 중심으로
반체제 저항운동을 벌여온 문인들도 정세의 흐름을 지켜보며

관망하는 수밖에 없었다. 그래도 민주화에 대한 일말의 희망을 버리지는 않았으나 그해 5월 17일 자정을 기해 계엄령이 전국으로 확대되고 동시에 이른바 '김대중 내란음모사건'이 터지면서 그 기대는 산산이 깨져버리고 말았다.

관련자로 긴급 구속된 30여 명 가운데 대다수가 교수·종교인·언론인·학생 등 재야인사들이었고, 특히 이호철·고은·송기원 등 현실 정치와는 거리를 두었던 문인들까지 포함돼 있었던 것이다. 이호철과 고은은 '자실'의 지도층 문인이었고, 젊은 소설가 송기원은 잡다한 실무적인 일을 떠맡고 있었다. 국제엠네스티 한국위원회 위원장의 직함으로 구속된 한승헌 역시 시와 수필 그리고 평론을 쓰는 문인이었고, 특히 '자실'의 고문변호사를 맡고 있었다. 300여 명에 달하는 '자실'의 회원은 물론 대다수의 문인들은 그들이 줄곧 추구해온 '표현의 자유' 실천운동이 심각한 위기에 빠져들 것임을 예감했다.

그와 같은 우려는 7월 말 문화공보부가 '사회정화작업'의 일환이라며 172종의 정기간행물을 강제 폐간시킴으로써 가시화되기 시작했다. 문제가 있는 정기간행물들이 대다수이기는 했지만 《씨알의 소리》나 《뿌리깊은 나무》 등 눈엣가시 같은 잡지는 물론 1970년대 한국 문학 발전에 기여한 바가 적지 않았던 《창작과 비평》《문학과 지성》 등 두 계간문예지까지 포함돼 있었던 것이다. 《창작과 비평》은 56호를, 《문학과 지성》은 40호를 발행하고 있었다. 항의할 수도 폐간 조치의 적법성 여부를 따질 수도 없는 살벌한 상황이었다.

하지만 문단의 위기의식이 갈수록 팽배해지고 있는 가운데, 그해 8월 27일 전두환이 통일주체국민회의에서 제11대 대통령으로 당선되면서부터 이듬해인 1981년 2월 25일 다시 제12대 대통령으로 당선돼 제5공화국이 출범하기까지 각종 매체에는 몇몇 문인들의 희한한 글들이 잇달아 실리고 있었다. '새로운 시대'의 개막을 축하하고 그 지도자를 찬양하는 글들이었다. 누군가의 간곡한 권유를 뿌리치기도 어려웠겠지만 대개는 새 정치권력의 보이지 않는 압박에 못 이겨 쓴 글들이었다.

스타트를 끊은 사람은 신진 여류 작가 강유일이었다. 강유일은 전두환의 제11대 대통령 취임식을 앞두고 거행된 '전두환 대장 전역식'의 참관기를 한 신문에 발표했다. 이 글에서 그는 전두환이 '두려운 절망의 늪으로부터 국민을 구해냈다'고 칭송하고 릴케의 글을 인용해 이 여름이야말로 '위대한 여름'이었다고 감격스러워했다. 뒤이어 중진 시인 조병화는 전두환 대통령 당선 경축시를 발표했고, 제도권 문단의 구심체인 한국문인협회 이사장 조연현은 전두환 대통령 취임사를 듣고 난 소감을 썼다. 아이러니컬하게도 조연현은 취임사 가운데 '문화예술인의 자주적이며 창의적인 활동을 적극 지원하겠다'는 대목에 깊은 공감을 나타내면서 제5공화국이 우리 민족문화 발전의 초석을 다질 것이라 기대했다.

이듬해인 1981년 초 제12대 대통령 선거전이 시작되면서 서정주는 투표 이전에 이미 당선이 확실했던 전두환 후보의 찬조연설에 '동원'됐고 당선 후에는 '당선 축시'를 발표했다. 서정주는 그 후에도 1987년 1월 전두환 대통령이 회갑을 맞았을 때 한 신문에 '전두환 대통령 56회 생일 축시'를 헌정했는데 문단에서는 '아무리 대통령이라 해도 일흔두 살을 넘긴 한 나라의 최고 시인이 열여섯 살 아래인 젊은 사람의 생일에 축시를 써 바친 것은 모양새도 좋지 않을뿐더러 도리에 맞지 않은 일이 아니냐'고 입을 모았다.

이호철·고은 등 중견 문인들이 군사법정에서 재판을 받고 있는 가운데 김현·김치수·염무웅을 비롯한 여러 교수 문인들이 까닭도 모른 채 강제해직됐고, 월문리에 살던 송기원의 노모가 자식을 기다리다 지쳐 대문의 문고리에 목을 매 자

7

살하는 등 문인들의 시련은 계속되고 있었다(송기원 모친의 장례는 근처 발안에 살던 이문구가 상주 노릇을 대신하고 문인들이 조위금을 갹출해 무사히 치를 수 있었다). 이런 상황 속에서 한국 문단을 이끌고 있는 몇몇 지도층 문인들이 보인 새 정치권력에 대한 그 같은 찬양 행태는 곤혹스러운 일이 아닐 수 없었다. 그것이 그 어지러운 시대에 우리 문인들이 보여준 상반된 두 모습이었다.

한데 전두환의 11대 대통령 임기가 시작될 즈음 문단에는 또 다른 소문이 은밀하게 나돌고 있었다. 한 소설가가 전두환의 일대기를 집필하기 위해 동분서주한다는 소문이었다. 집필자로 '동원'된 소설가가 천금성이라는 사실은 좀 뒤에 밝혀졌지만 그 전기가 완성되면 사례로 수억을 받으리라는 둥, 장관급의 요직에 앉게 되리라는 둥 온갖 소문이 무성했다. 전두환 전기인 《황강에서 북악까지》가 시중에 모습을 드러낸 것은 제5공화국 출범을 약 한 달 앞둔 1981년 1월 하순께였다. 부제는 '인간 전두환—창조와 초극의 길'이라 되어 있었다. 황강黃江은 전두환의 고향인 경남 합천을 의미했고, 북악北岳은 대통령 관저인 청와대를 의미한 것이었다.

01

전두환 전기傳記,
천금성의 득과 실

천금성은 1960년대 후반부터 1970년대 후반에 이르기까지 10여 년을 거의 바다 위에서만 생활한 특이한 경력의 소설가였다. 육지에서보다 바다에서 산 시간이 더 많다 할 정도였는데도 그는 틈틈이 문예지 등에 바다에서의 삶을 소재로 한 소설을 발표했다. 내가 그를 처음 만난 것은 1978년 초가을 무렵이었다. 어느 날 저녁의 퇴근 무렵 천금성이 같은 연배 문인 두어 명과 함께 직장으로 찾아왔다. 뱃사람에 대한 나의 선입감을 깨기라도 하듯 그는 말쑥한 정장에 고급스러워 보이는 코트를 걸쳤고 007가방을 들고 있었다. 수인사가 끝나고 나서 그는 가방을 슬쩍 열어 보였는데 그 속에는 만

원권 돈다발이 가득 들어 있었다. '여러 달 외항선 선장 일을 하며 번 돈'이라면서 '이 돈으로 오늘 마음껏 술을 마시자'고 호기를 부렸다.

술자리가 시작되자마자 천금성은 갓 나온 자신의 단편집 《허무의 바다》를 건네면서 해양문학에 대한 강한 집념을 펼쳐 보였다. 허먼 멜빌의 《모비 딕》이나 어니스트 헤밍웨이의 《노인과 바다》, 조지프 콘래드의 《로드 짐》 같은 바다를 무대로 한 불후의 명작을 남기는 것이 꿈이라고 했다. 이런 집념이 얼마간 통했는지 그는 이듬해인 1979년 초부터 《경향신문》에 첫 장편 해양소설 《표류도》를 연재하게 된다. 마침 나의 오랜 친구인 서양화가 김경인이 그 연재소설의 삽화를 맡게 돼 천금성의 근황을 자주 접할 수 있었다. 그는 열정적으로 온갖 힘을 쏟아부었지만 《표류도》는 그다지 큰 주목을 끌지 못한 채 10개월 만에 막을 내렸다.

1941년 경남 진주에서 태어난 그는 경남고를 거쳐 서울대 농대를 졸업한 후 해병대에 입대하면서 바다와 인연을 맺기 시작했다. 제대 후 유엔식량농업기구FAO가 설립한 한국원양어업기술훈련소에 입소한 것이 본격적으로 해양소설에 뛰어들게 된 계기였다. 훈련소의 어로학과를 수료하면서 갑종 2

등 항해사 자격증을 취득한 천금성은 1968년 첫 인도양 항해 때 배 위에서 쓴 단편소설 〈영해발 부근〉을 1969년도 한국일보 신춘문예에 응모해 당선하면서 문단에 첫발을 내딛게 된다. 이때 그는 해양소설이라는 미개척 분야에 꽤 자신감을 가졌던 듯 응모작에 '당선소감'을 함께 써 보냈고, 당시 심사를 맡았던 김동리·황순원은 새로운 해양문학 작가의 탄생에 큰 기대를 걸었다. 배를 탄 지 2년 만에 선장 자리에 오른 그는 1978년까지 12년간 줄곧 외항선을 타면서 바다 체험의 폭을 넓혀갔다.

신문 연재를 끝내고 1979년 말부터 잇달아 불어닥친 정치적 소용돌이 속에서 천금성 역시 갈 길을 잃고 헤매고 있었다. 어쩔 수 없이 다시 배를 타야겠다는 생각을 굳혀가고 있던 중 중앙정보부장 특별보좌관으로 재직 중이던 허문도로부터 만나자는 연락을 받는다. 전두환이 11대 대통령으로 취임하기 얼마 전인 1980년 8월 중순께의 일이었다. 그 무렵 허문도는 '쓰리₃ 허詩' 가운데 한 사람으로 꼽히면서 권력의 중심에 서 있었다. 허문도는 천금성의 서울 농대 2년 선배였고, 농대 학보의 편집장을 맡고 있던 허문도의 권유로 천금성도 학보 편집에 참여했던 인연이 있었다.

허문도를 만난 천금성은 뜻밖에도 '전두환 장군의 전기를 써보지 않겠느냐'는 제의를 받는다. 천금성은 잠깐 망설였지만 이내 그 제의를 받아들이기로 했다. 아마도 그에 뒤따를 '반사이익'도 염두에 뒀을 법하다. 사실과는 거리가 멀었지만 1970년대 중후반 무렵 박목월과 박재삼이 육영수 전기를 써서 각각 억대의 돈을 챙겼으리라는 풍문도 순간적으로 천금성의 머릿속을 스쳐 지나갔을 것이다. 결과적으로 그 제의를 받아들인 것은 천금성의 40대 이후의 삶을 뒤죽박죽으로 만든 잘못된 판단이었다. 어쨌거나 그 자리에서 천금성은 허문도로부터 착수금조로 50만 원을 건네받았다.

　원고지 1200장 분량의 전두환 전기 《황강에서 북악까지》는 착수한 지 약 3개월 만인 10월 말에 완성됐고, 제5공화국이 출범하기 약 한 달 전인 1981년 1월 말께 세상에 모습을 드러냈다. 하지만 천금성이 챙긴 돈은 취재 과정 중 추가로 받은 200만 원과 후에 인세로 받은 700만 원을 합쳐 약 1000만 원에 불과했다. 그나마 시중에 깔린 책은 별로 팔리지 않아 몇 달 뒤 민정당과 평화통일자문회의가 1만여 권의 재고를 모두 구입해줘 그 정도의 인세를 받을 수 있었다고 한다. 천금성의 막연한 기대는 실망으로 바뀔 수밖에 없었다.

게다가 문단에서는 천금성을 기피 인물로 따돌렸고, 출판사나 잡지사들도 공공연히 냉대해 아무리 소설을 써도 발표할 기회조차 얻지 못했다. 소설가로서의 기능마저도 상실할 위기에 빠진 것이다. 자업자득이기는 했지만 천금성의 입장에서는 5공의 권력층에 불만을 갖는 것은 당연한 일이었다. 그는 만나는 사람마다 불평을 털어놓았고 이런 행태는 고위층에까지 전해져 특수수사대에 끌려가 곤욕을 치르기도 했다.

　하지만 그의 불만을 가라앉혀야 한다는 권력층의 판단이 작용했는지 그는 1982년 문화방송의 편집위원 자리를 얻게 된다. 낙하산이라는 주변의 따가운 눈총에 시달리면서도 천금성은 문화방송 재직 중 전 세계 70여 개 나라를 돌며 〈의지와 도전의 현장 오대양을 가다〉라는 제목의 해양 다큐멘터리 3부작을 완성했다. 이 프로그램은 결국 방송을 타지 못했고 천금성도 전두환이 백담사에 들어가기 직전인 1988년 11월 스스로 문화방송을 물러나지만, 천금성은 그 일이 문화방송 재직 중 가장 보람 있는 일이었다고 회고하고 있다.

　문학적 재능이나 그에 대한 평가야 어떻든지 간에 천금성은 여전히 해양문학이라는 독특한 분야의 개척자로 남아 있다. 그러나 문학이 정치권력에 기생하거나 정치권력의 도구로 이용될 때 그 결말이 행복한 모습으로 마무리될 수 없다는 진리를 천금성은 실감 있게 보여주었다. 1980년대 후반 그는 '바다에서도 육지에서도 설 자리가 없어졌다'고 푸념한 적이 있다. 나이 일흔에 이르러 다시 그 이전으로 돌아가려 안간힘을 썼지만 1980년대가 그에게는 '질곡의 터널'이었을 것이다.

02

1세대 마지막 문인
박종화

　　서울 종로구 평창동 128-1번지에는 전통 한옥의 특징적
모습을 그대로 보여주는 한옥 한 채가 은은한 자태를 뽐내
며 서 있다. 한국 문학 제1세대 소설가이자 시인인 월탄 박종
화가 말년의 5년 남짓을 살다가 세상을 떠난 곳이다. 본래 이
한옥은 오랜 세월 종로구 충신동에 있었으나 1975년 평창동
에 옮겨 원형 그대로 복원했고, 2004년 9월 정부에 의해 등
록문화재 제89호로 지정됐다. 그래서 거의 평생을 똑같은 집
에서 살았던 박종화의 숨결과 흔적이 아직도 고스란히 남아
있는 곳이기도 하다.

　　정치적 혼란이 극심하던 1981년 1월 13일 80세의 나이로

타계한 박종화는 8·15광복 이후 줄곧 문단의 정점이었다. 문단에 무슨 일이 일어날 때마다 그의 말 한마디는 결정적인 영향력으로 작용했고, 매년 설날만 되면 그 한옥에 '최고의 어른'에게 새해인사를 드리려는 문단의 세배객들이 줄을 이었다.

한복을 차려입고 좌정하여 세배를 받는 그의 모습은 5척 단구임에도 늘 바위처럼 무거웠고 위엄이 있었다. 하지만 세배 술을 건네며 환한 웃음으로 덕담과 격려를 나누는 모습은 할아버지나 아버지의 자애로운 모습이기도 했다. 이런 월탄의 풍모를 후배 소설가이자 평론가며 젊은 시절 동인 활동을 함께했던 팔봉 김기진은 이렇게 표현한 적이 있다.

"월탄은 따뜻하고 부드러우며 순하고 진중하다. 극단을 싫어하고 중용을 즐겨한다. 그런가 하면 늘 쾌활하고 명랑하여 사람들을 편안하게 한다."

꼭 80년에 걸친 박종화의 삶과 문학의 궤적을 살펴보면 그와 같은 품성이 곳곳에서 묻어난다. 20세기에 막 들어선 1901년 서울의 비교적 유복한 가정에서 태어난 박종화는 어릴 때부터 10여 년간 집에서 한학만을 공부한 뒤 소학교를 거치지 않고 바로 휘문의숙에 입학한다. 후에 역사소설에 몰두하게 된 것은 어렸을 때 배운 한학의 영향이 컸다. 휘문의숙을 졸업하면서부터 문학을 시작한 박종화는 처음에는 주로 시와 평론을 썼다. 《장미촌》《백조》 등의 동인 활동에 참여하면서 그 특유의 친화력을 발휘해 많은 문인들과 교유의 폭을 넓혔다. 일제 치하의 모두가 궁핍하던 시절 그의 집안이 비교적 넉넉했던 덕으로 그는 늘 문우들의 모임에서 중심을 차지할 수 있었다.

그 때문인지 문인들의 술자리와 관련한 에피소드도 많았다. 1930년대와 40년대의 술꾼 문인들은 한번 시작했다 하면 10여 시간씩 마시는 게 보통인데 주로 남대문에서 시작하면 동대문까지 거의 모든 술집을 순례하며 마셨다는 것이다. 그 무렵 최고의 술꾼은 염상섭이었는데 박종화도 그에게는 약간 못 미치지만 끝까지 흐트러지지 않고 대작했다는 것으로 봐서 상당한 술꾼이었던 것 같다. 주량도 세고 술값도 잘내는 데다가 주도酒道 또한 흐트러짐이 없으니 술자리에서 늘인기를 독차지한 것은 당연했을 게다. 후배 소설가 정비석은술자리에서 본 박종화의 모습을 이렇게 쓴 적이 있다.

월탄은 평소에는 무척 온화하지만, 취기가 어리어 오시면 뇌

락磊落(마음이 활달하여 작은 일에 거리낌이 없음)하신 기질이 점점 노출되어서 주연의 분위기를 어느새 호탕하게 만들어놓으신다. 그리하여 고좌高座에서 추상같은 호령도 하시고 때로는 저좌에서 자애롭게 달래기도 하시는데 그 어느 행위에나 멋이 들어 있어서 주석을 분방하게 이끌어나가시는 것이었다. (중략) 월탄이야말로 한국 고유의 주도가 몸에 배어 있는 어른인지 모른다.

박종화의 이 같은 기질이 광복 이후 줄곧 최고 지도자로서 문단을 이끌어가는 데 적잖이 작용했을 것으로 보인다. 젊었을 때의 그는 가까운 문우였던 김기진, 박영희 등의 영향으로 한때 카프KAPF(조선프롤레타리아예술가동맹)에 관심을 갖기도 하지만 '정치적 이념이나 구호를 내세우는 문학보다는 민족을 생각하는 문학만이 진정한 문학'이라는 신념으로 민족문학의 정립에 앞장섰다.

일제 치하에서 수많은 문인들이 친일문학에 나섰을 때도 은거하면서 자중했고, 특히 광복 이후 좌우 문단의 극단적인 대립에서 상당수의 좌익 문인들이 그에게서 영향을 받아 우익으로 돌아선 것도 눈여겨볼 만한 대목이다. 이승만 정권에서 유신 시절에 이르기까지 그가 한국문학가협회 회장, 예술

문화단체총연합회 회장, 한국문인협회 이사장 등을 지내면서 줄곧 문단의 정점을 유지할 수 있었던 것도 그와 같은 행보와 무관하지 않을 것이다.

하지만 그 역시 쌓여가는 나이는 어쩔 수 없었던 듯 사실상 문단 권력의 상징인 문인협회 이사장직에서 자의가 아닌 타의로 물러나게 된다. 박종화가 칠순을 맞게 되는 1970년 1월의 문협 정기총회에서의 일이다. 오래전부터 김동리, 서정주, 조연현 등이 '포스트 박종화'를 준비해왔으나 박종화가 물러날 기미는 보이지 않았다. 이때 나선 사람들이 그들 제2세대를 강력하게 지지하던 마흔 살 안팎의 젊은 문인들이었다. 그들은 '이젠 그만 쉬실 때도 되지 않았느냐'며 박종화를 공개적으로 압박했다. 한참 생각에 잠겼던 박종화는 마침내 용퇴를 선언했다. 무혈 쿠데타인 셈이었다.

비록 문단 권력의 정상에서 물러나기는 했지만 그는 세상을 떠날 때까지 예총 회장 자리를 지키면서 여전히 문단 '최고의 어른'으로 대접받았다. 그의 가장 큰 문학적 업적은 우리나라 역사소설의 기틀을 마련했다는 점이었다. '민족과 역사를 떠난 문학은 존재할 수 없다'는 생각에서 1923년 역사소설의 효시로 꼽히는 〈목매이는 여자〉를 발표한 박종화는 그 후 세종대왕·이순신·흥선대원군 등 역사상 중요한 인물들을 다룬 작품들을 잇달아 내놓았고, 그 하나하나는 모두 역사소설의 전범이었고 귀감이었다. 또한 나관중의 《삼국지연의》를 편역한 《월탄 삼국지》는 후에 나오는 수많은 '삼국지'의 모델 역할을 했다. 그는 희수喜壽에 이른 1977년까지도 신문에 소설 《세종대왕》을 연재하고 있었다.

03

한수산 필화사건 1

보안사, 소설을 문제 삼다

1981년 3월 초. 전두환 제12대 대통령 취임과 함께 제5공화국이 출범한 지 며칠 지나서였다. 박경리 소설가와 인터뷰할 일이 생겨 원주의 댁에 전화를 걸고 다음 날 아침나절 방문하기로 약속했다. 한데 그날 오후 데스크로 전화가 걸려왔다. 보안사령부 요원으로 신문사를 제집 드나들듯 드나들며 온갖 정보를 수집하던 H였다. 근처 다방에 있으니 좀 나와달라는 것이었다. 만나자마자 그는 대뜸 '박경리는 무슨 일로 만나려 하느냐'고 따져 물었다. '그저 단순히 문학 이야기를 나누려 한다'고 말하고 나서 어이가 없어 멀뚱하게 바라보기만 하자 그는 '시국 이야기는 안 하는 것이 좋겠다'며 '요즘 우리 회사가 몇몇 문인들의 동태를 예의 주시하고 있으니 조심하는 것이 좋을 것'이라고 말했다.

12대 대통령 선거가 시작되기 전인 1월 24일 정부는 450여 일 만에 비상계엄령을 전면 해제하고, 대통령 취임 후에는 광주민주화운동 관련자 83명의 감형 및 사면을 단행하는 등 민심 수습을 위해 애쓰는 흔적은 보이고 있었으나 정보기관이나 수사기관의 눈에 보이지 않는 압박은 갈수록 심해지고 있었다. 도청盜聽은 그 무렵 그들이 전가의 보도처럼 휘두른 최악의 무기였다. 그들은 언론기관은 물론 그들이 주목하는 개개인에게까지 무차별 도청을 감행했다. 몇몇 문화예술인들은 전화로 비판적인 이야기를 나눴다가 기관에 불려가 곤욕을 치르기도 했다. 일거수일투족이 감시당하고 있었으므로 음식점이나 다방 같은 곳에서도 주변을 경계하지 않을 수 없었다.

한수산은 두어 해 전부터 제주도에 내려가 살고 있었다. 머리도 식히고 도시의 잡답을 피해 조용하게 살고 싶어서였다. 나의 강권으로 1980년 5월 1일부터 《욕망의 거리》라는 제목의 소설을 연재하던 한수산은 한 달에 한 번쯤 서울로 올라와 나를 만났다. 우리는 만날 때마다 술잔을 기울이며 세상을 한탄하고 어지러운 나라꼴을 걱정했다. 모르긴 해도 그때부터 우리의 동태는 저들의 레이더망에 포착되었을 것이다.

이른바 '한수산 필화사건'은 1981년 5월 28일 오후 3시쯤 한 통의 전화로부터 시작됐다. 전화는 '보안사 아무개 소령'이라고 발신자의 신분을 밝히고 '제주도의 한수산 씨 집 주소를 알려 달라'고 묻고 있었다. 보안사의 막강한 힘으로 한수산의 집 주소를 알아내지 못할 리 없고 보면 이 전화는 신문사에 우선 겁박을 주려는 의도였다. 가슴이 덜컹 내려앉았다. 본래 연재소설은 내 손을 거쳐 공무국에 넘겨졌으나 문화부장 자리에서 물러난 후 언제부턴가 소설은 누구의 손도 거치지 않은 채 넘겨졌고, 나는 신문에 인쇄된 소설조차도 한동안 읽지 않았다. 그날 밤늦게까지 지난 신문의 소설을 찾아 읽다가 다음과 같은 대목들을 발견하게 되었다.

어쩌다 텔레비전 뉴스에서 만나게 되는 얼굴, 정부의 고위관리가 이상스레 촌스런 모자를 쓰고 탄광촌 같은 델 찾아가서 그 지방의 아낙네들과 악수를 하는 경우, 그 관리는 돌아가는 차 속에서면 다 잊을 게 빤한데도 자기네들의 이런저런 사정을 보고 들어주는 게 황공스럽기만 해서, 그 관리가 내미는 손을

잡고 수줍게 웃는 얼굴, 바로 그 얼굴들은 언제나 그렇게 닮아 있어서……. (5월 14일자, 317회)

하여튼 세상에 남자놈치고 시원치 않은 게 몇 종류가 있지. 그 첫째가 제복 좋아하는 자들이라니까. 그런 자들 중에는 군대 갔다 온 얘기 빼놓으면 할 얘기가 없는 자들이 또 있게 마련이지. (5월 22일자, 324회)

어찌 보면 대수로울 것이 없는 내용이지만 앞의 글은 누구나 전두환 대통령을 떠올리게 돼 있었고, 뒤의 글은 군대를 비아냥거린 것으로 받아들일 수 있었다. 이튿날 29일 출근하자마자 국장석에 문제가 될 만한 내용이 들어 있는 소설 스크랩을 건넸다. 이어 열린 부장 회의에서도 각 데스크들이 소설 스크랩을 돌려가며 읽었다. 의견은 엇갈렸다. '이런 정도 가지고 문제를 삼는다는 것은 너무 졸렬하지 않겠느냐'는 의견이 있는가 하면 '지금 세상이 어떤 세상인데 저네들이 묵과하겠느냐'는 의견도 있었다.

오전 10시께 보안사에서 손기상 국장대리 겸 문화부장에게 걸려온 한 통의 전화가 사태의 심각성을 예감케 했다. 그들은 '문화부의 일을 실질적으로 책임져야 할 사람은 누구냐' '신문의 연재소설은 어떤 과정을 거쳐 신문에 실리게 되느냐' 따위를 캐물었던 것이다. 그날 오후 6시 30분 보안사 요원들이 들이닥쳐 손기상을 연행해 갔다. 나중에 알게 된 일이지만 한수산은 이미 그 전날 제주도에서 압송돼 고초를 겪고 있었다.

그다음 날인 30일 아침 출근하자마자 H이사가 나를 찾았다. 그는 '보안사통'으로 소문이 나 있는 사람이었다. 그는 심각한 얼굴로 '한수산이 정 위원의 사주를 받고 그런 내용의 소설을 썼다고 자백했다더라'며 '고생 좀 하게 생겼으니 마음 단단히 먹어라'고 말했다. 곧 정장 차림의 보안사 요원 두 명이 나타나 현관 앞에 대기 중이던 검은색 승용차 뒷좌석에 태웠다. 출판부장 권영빈과 출판부 기자 이근성도 각기 다른 차로 연행돼 갔다. 얼마 전까지 출판부 기자로 재직하다가 퇴사한 허술도 자택에서 연행됐다.

나를 가운데 앉힌 양 옆의 두 사람은 나는 안중에도 없다는 듯 '날씨가 기막히게 좋네' '오늘 점심은 무얼 먹을까' 천연덕스럽게 이야기를 나누고 있었다. 그저 평범한 소시민의 모습일 뿐 어떻게 봐도 악명 높은 '서빙고 저승사자'의 모습은 아니었다.

보안사 서빙고 분실은 공식 명칭으로는 육군보안사령부 대공처 6과였다. 이곳은 1979년 10·26사태 때는 김재규 등을, 12·12군사반란 때는 정승화 등을 연행해 온갖 고문으로 악명을 떨치기 시작한 곳이었다. 그 후 신군부의 정권 창출을 위해 수많은 사람들을 연행해 고문을 자행함으로써 외국에까지도 '빙고 호텔'로 불릴 만큼 세계적으로 유명해져 있었다. 전두환 대통령의 후임으로 보안사령관에 취임한 사람이 노태우였다.

04

한수산 필화사건 2
악몽의 지하 고문실

　한수산이 제주도에서 압송돼 온 것은 내가 보안사로부터 전화를 받은 날, 그러니까 5월 28일 저녁 늦은 시간이었다. 그는 비행기에서 내리자마자 안대로 눈이 가려졌고, 세 명의 젊은이들에게 달랑 들려 대기하고 있던 검은색 승용차에 처박혔다. 그들은 한수산을 뒷좌석 가운데 앉게 하고 얼굴을 재떨이에 처박게 한 다음 서빙고 분실로 향하는 내내 불문 곡직 무쇠 같은 주먹과 구둣발로 무차별 폭력을 자행했다. 그것은 그 이후에 벌어지는 잔인무도한 고문의 서막 같은 것이었다.

　30일 토요일 아침 10시. 전형적인 쾌청한 봄 날씨였고, 서울 거리는 한산하고 평화로워 보였다. 그 까닭이었는지 자동차가 보안사 서빙고 분실의 정문을 들어설 때까지만 해도 나는 전혀 위기의식을 느끼지 못하고 있었다. 서빙고 분실에 들어선 후에 겪은 일들은 끌려온 일곱 사람이 대개는 비슷했을 것이다. 건물에 들어서자마자 어느 빈 방으로 끌려가 옷을 모두 벗기고 죄수복 같은 푸른색 작업복이 입혀지고 난 다음에야 나는 공포심으로 온몸이 후들후들 떨리기 시작했다. 노타이에 하늘색 정장을 차려입은 30대 중반쯤의 젊은이가 지휘를 하고 있었고, 머리를 짧게 깎고 검은색 작업복을 입은 젊은이들이 그의 지시에 따라 기계처럼 움직이고 있었다. 아마도 그들은 갓 입대한 20대 초반의 사병들이었을 것이다.

안경까지 빼앗긴 다음 사물을 식별할 수 없는 희미한 시야 속에서 나는 두 젊은이에게 양팔이 끼워진 채 흐느적거리며 지하의 고문실로 끌려갔다. 고문실은 암흑이었다. 다만 천장 네 귀퉁이에 붉은 전구가 희미하게 깜박거리고 있었다. 첫 고문은 천장에서 내려진 밧줄에 두 팔을 꽁꽁 묶은 뒤 공중에 들어 올려 이리저리 흔들면서 몽둥이세례를 퍼붓는 것으로 시작됐다. 지시는 마이크를 통해 내려지고 있었다. 문밖 여기저기서 비명이 터져 나오는 것으로 봐서 비슷한 형태의 고문실이 여러 개 있는 것 같았다.

고문은 약 20분 간격으로 이어졌다. 양 장딴지 사이에 각목을 끼워넣고 무릎을 짓이기는 고문, 손가락 사이사이에 연필 같은 것을 끼워넣고 손목을 비트는 고문, 의자에 앉혀 사지를 꽁꽁 묶고 얼굴을 타월로 덮어씌운 뒤 고춧가루물을 퍼붓는 고문, 전기가 통하는 의자에 앉혀놓고 열 손가락에 골무 같은 것을 끼워 전깃줄을 연결시킨 뒤 스위치를 올렸다 내렸다 하는 고문, 칼끝으로 정수리를 콕콕 찍는 고문……. 고문하는 사람들도 지치는지 그들은 매 코스 사이사이에 몇 분씩 휴식을 취하기도 했다.

고문실에 들어온 지 한 시간쯤 지났을까, 문득 밖에서 누군가 "박정만이 있는 방이 어디야?" 외치는 소리가 들렸다. 시인 박정만이 이 사건에 연루돼 함께 고초를 겪고 있다는 사실을 처음 알게 된 것은 이때였다. 박정만도 한수산처럼 나오는 형제처럼 지내는 사이였다. 하지만 한수산과 박정만은 서로 가까운 사이도 아니었고, 필화사건에 함께 얽힐 어떤 연관성도 찾아보기 어려웠다. 두 사람은 1946년생으로 동갑이었고 한수산이 영문학과를, 박정만이 국문학과를 졸업한 똑같은 경희대 동문이라는 공통점이 있을 뿐이었다. 나중에 알게 된 일이지만 두 사람이 딱 한 번 만난 것은 사건이 발생하기 얼마 전 출판사 편집장이던 박정만이 문제의 소설 《욕망의 거리》를 출판하기 위해 제주도로 건너갔을 때였다.

약 두 시간에 걸친 1차 고문이 끝나고 취조실에 끌려가 신문을 받으면서 그제야 사건의 전개과정을 어렴풋이나마 짐작할 수 있었다. 책상을 사이에 놓고 50대로 보이는 중년의 사내가 앞에 앉아 신문했고, 내 옆에는 나를 고문실로 끌고 갔던 30대 젊은이가 버텨 서서 대답을 않거나 성에 차지 않을 때마다 주먹으로 머리를 쥐어박거나 구둣발로 정강이를 걷어차곤 했다.

50대는 "한수산이 네가 시키는 대로 소설을 그렇게 썼다고 자백했는데…… 인정하겠지?"라는 말로 신문을 시작했다. 내가 "그럴 리가 있겠습니까. 소설은 어디까지나 작가가……"라는 말로 대답을 하는데 곁에 서 있던 30대가 "이 새끼 여기가 어딘 줄 알고……" 악을 쓰면서 구둣발로 옆구리를 걷어차는 바람에 나는 철제 의자와 함께 모로 쓰러져버렸다. 이어지는 발길질을 50대가 제지하면서 결론을 내리듯이 말했다. "변명이 무슨 소용이야. 둘이 술을 마시며 각하와 정부를 씹어 대다가 이런 식으로라도 빈정대보자고 짜 맞춘 거지, 안 그래?"

소설에 관한 신문은 그래도 실체가 있었지만 이어지는 신문에는 어이가 없어 차라리 웃음이 나올 지경이었다. '간첩과 접선한 증거가 있으니 북한의 지시 내용을 털어놔라' '신문기자직을 이용해 여기저기서 받은 돈을 샅샅이 밝혀라' '뒷조사를 해보니 여자관계가 복잡하던데 하나하나 털어놔라' 따위였다. 폭행에는 두 사병이 각목을 들고 가세해 부인하거나 대답을 하지 않으면 몽둥이세례를 퍼부었다. 잠시 양쪽 바지자락을 들어 올리니 온통 시꺼멓게 죽어 있었고 곳곳에 피가 엉겨 붙어 있었다.

그다음 코스는 밤새도록 한숨도 눈을 붙이지 못하게 하고 '자신에 관한 모든 것을 쓰라'는 이른바 '자서전 쓰기'였다. 글을 쓰는 내내 감시자가 교대로 곁에 붙어 서서 글의 내용을 트집 잡아 주먹질 몽둥이질 발길질로 초주검을 만들곤 했다. 이와 같은 고문과 신문, 폭행과 압박의 코스는 사람에 따라 2박 3일에서 4박 5일까지로 되풀이 이어졌다. 더욱 악랄했던 것은 서빙고에서 몸을 가누지 못할 상태로 풀려난 뒤 치료를 위해 병원에 입원했으나 보안사 요원들을 동원해 사람들과의 접촉을 막겠다며 강제 퇴원시킨 행위였다.

꼭 30년의 세월이 흐른 지금 그때 고초를 겪은 일곱 사람들에게는 그 일을 되새기는 것조차 그 자체가 또 다른 고문일 것이다. 박정만은 그 사건 이후 폐인처럼 살다가 죽기 직전까지도 '도대체 내가 왜 그 사건에 얽혔는지 이유나 알고 죽었으면 좋겠다'는 말을 수없이 되뇌었다. 하지만 누가 그 사건을 주도했는지, 책임 소재는 어디까지인지 속 시원하게 밝혀진 것은 아무것도 없다. 2007년 국방부의 과거사진상규명위원회가 조사해서 발표한 내용조차도 내가 1989년 어느 문예지에 쓴 〈한수산 필화사건의 내막〉보다 더 진전된 사실을 밝혀내지 못하고 있었다.

05

한수산 필화사건 3

박정만의 비참한 죽음

1981년 6월 중순의 어느 날. 보름쯤 집에서 요양하다가 첫 출근한 날이었다. 박정만으로부터 만나자는 연락이 왔다. 서빙고 분실에서의 일이 궁금하기도 한 터였다. 마침 오랜 친구인 화가 김경인과도 약속이 돼 있어서 그날 저녁 세 사람은 광화문 뒷골목의 허름한 맥줏집에서 자리를 함께했다. 그래도 나는 어느 정도 몸을 추스를 수 있었으나 박정만은 걷는 것조차 힘겨워 보였다. 그는 내 얼굴을 보자마자 그 특유의 호남 사투리로 말했다. 그렁그렁한 목소리였다.

"형님, 도대체 워쩐 일이다요? 이유나 알면 이렇게 분혀구 원통허지 않을 텐디. 형님 아다시피 내가 그 흔한 서명署名

이란 걸 한 번이라도 해봤소, 아니면 참여시란 걸 써보길 했소? 형님은 뭔가 조금이라두 알지 싶어 만나자구 했소."

고문을 당하면서도 박정만은 자신이 왜 이렇게 끌려와 고문을 당하는지 영문을 몰랐다고 했다. 나와 한수산의 비명 소리를 듣고 나서야 한수산의 소설이 문제 됐음을 짐작할 수 있었다는 것이다. 지하의 고문실에서 당한 '고문 시리즈'야 다른 여섯 사람과 크게 다를 바 없었겠지만 그가 유독 호되게 당한 데는 까닭이 있었다. 나나 한수산보다는 비교적 강건한 데다가 어떤 고문에도 좀처럼 비명을 내지르지 않는 의연함이 고문자들을 자극해 오히려 더욱 난폭해지게 했다는 것이다. (그날 김경인은 우리 두 사람의 이야기를 듣고 후에 유화 한 점을 완성해 그 해 가을 열린 자신의 개인전에 출품했다. 화제는 나의 이니셜을 딴 〈J씨의 토요일〉(100 ×80cm). 형틀에 매달린 해골 형상의 두 사람이 고문을 당하면서 고통과 두려움으로 일그러진 모습을 형상화한 작품이다.)

'한수산 필화사건'에 연루돼 고초를 겪은 후 박정만의 삶은 끝 모를 나락으로 추락하기 시작했다. 직장에서도 쫓겨나고 고문의 후유증을 집에서 치료했다. 그 무렵 시와 술은 그의 삶을 지탱해주는 가장 중요한 수단이었다. 시를 쓰는 동안에는 분노를 삭일 수 있었고, 술을 마시는 동안에는 고통을 잠재울 수 있기 때문이었다. 그때에 쓴 시 가운데 이런 대목이 있다. 〈어혈瘀血을 재우며〉라는 제목의 시 후반부다.

펄펄 끓는 물 솥에 수건을 적셔/내 몸의 어혈 위에 찜질도 하고……/탕기에선 한밤 내 부글부글/죽음이 들끓는 소리/절명하라, 절명하라, 절명하라/이를 갈다 이를 갈다/ 가슴도 부글부글 소리를 내고……/분노도 피딱지도 약에 녹아/하나가 되고……/어혈은 풀어져서/내 몸의 피와 살과 뼈에 스미고……

술 없이는 하루도 견디지 못하게 되면서 당연한 결과로 간경화증에 시달리게 되었다. 병원에 입원한 것이 또 화근이었다. 그를 돌보던 예쁜 간호사의 동정과 연민이 사랑으로 발전해 퇴원하면서 둘은 동거에 들어갔다. 빚을 내 살림을 꾸려가던 아내는 이혼을 선언하고 세 자녀와 함께 행방을 감추었다. 하지만 간호사와의 새살림도 오래가진 못했다. 간호사의 친정식구들이 총동원돼 박정만을 거세게 밀어붙이고 간호사를 납치하다시피 데리고 사라져버린 것이다.

외톨이가 된 박정만은 작은 텐트와 간단한 취사도구 몇 개만 꾸려 등에 지고 낭인생활에 들어갔다. 처음에는 월악

산에 들어가 계곡에다 텐트를 치고 두 달을 살았다. 날씨가 추워져 더 이상 버틸 수 없게 되자 텐트생활을 청산하고 해남 두륜산 아래의 대흥사에 들어가 또 몇 달을 보냈다. 그런 방랑생활 중에도 박정만은 차츰 건강을 회복했다. 서울을 떠나 있으니까 그 악몽 같은 필화사건을 잠시나마 잊을 수 있었다는 것이다.

1980년대 중반쯤 박정만은 방랑생활을 청산하고 다시 서울로 돌아온다. 헤어졌던 아내와 아이들과도 재회해 새로운 삶을 시작하면서 필화사건 이전의 평탄했던 시절로 돌아가는 듯싶었다. 이제 그에게 남은 일은 좋은 시를 쓰는 것뿐이었다. 하지만 생활인으로서의 박정만은 무능했다. 아내와 자식들에게 면목이 없었지만 궁한 내색 하지 못하고 아쉬운 소리 하지 못하는 성격이었다. 또 술 속에 파묻혔다. 쥐꼬리만 한 원고료가 생기면 몽땅 술값이었다. 시를 쓰기 위해 술을 마셨고, 술을 마시기 위해 시를 썼다. 별수 없이 또 병원 신세를 져야 했다. 하지만 병원에 오래 있지 못했다. 쌓이는 병원비를 감당할 능력이 없기도 했지만 갇힌 공간이 답답해서 병세가 어느 정도 좋아지는 기미만 보이면 이내 뛰쳐나오곤 했다.

술과 병원의 악순환이 되풀이되는 사이에 기이한 일이 벌어졌다. 1987년의 일이다. 마치 '시 쓰는 기계'가 시를 뽑아내듯 미친 듯이 시를 쏟아내기 시작한 것이다. 1968년 서울신문 신춘문예를 통해 등단한 박정만은 20년 동안 겨우 두 권의 시집을 낼 정도의 과작이었다. 과작일 뿐만 아니라 시 한 편을 쓰면 40번 이상의 퇴고를 거친 후 자신의 입성에 맞아야 발표를 하는 특이한 시인이었다. 그러나 1987년 후반부터 이듬해 초에 이르는 6개월 동안 그는 매 끼니 때마다 소주 두 병씩을 마시며 300여 편의 시를 썼다. 그 기간에 매달 한 권씩 여섯 권의 시집을 펴냈다.

그 무렵 나는 두 번째 문화부장을 맡고 있었고, 역시 시인인 기형도가 문학을 담당하고 있었다. 어느 날 박정만이 찾아왔다. 기형도와 인터뷰를 하기 위해서였다. '아무도 내가 그렇게 시를 쓰고 있다는 사실을 믿지 않았는데 기형도만은 믿어주는 모양'이라고 말했다. 기형도는 〈접신接神의 경지에 이른 박정만의 시적 체험〉이라는 제하의 기사를 썼다.

내가 박정만을 마지막으로 만난 것은 죽음을 두 달도 채 남기지 않은 8월 초순께였다. 인사동 어느 화랑에서 열린 그의 시화전을 축하하는 자리였다. 문인과 화가 20여 명이 모인 자리에서 술판이 걸판지게 벌어졌으나 그날의 주인공인 박정만은 술을 입에 대지 않고 음료수만 홀짝거리고 있었다. '술을 끊었느냐'고 물었더니 '끊은 건 아니지만 오늘은……' 얼버무렸다.

박정만은 10월 2일 오후 다섯 시께 서울올림픽 폐막 직전에 집 화장실 변기에 앉은 채 숨을 거뒀다. 필화사건 때의 보안사령관이었던 노태우는 대통령이 돼 있었다. 박정만의 죽음을 알려준 사람은 기형도였다. 기형도, 박해현과 함께 문상을 가는 차 안에서 '그래도 그는 행복한 시인이었다'며 눈시울을 붉힌 기형도도 그로부터 5개월여 뒤인 1989년 3월 9일 세상을 등졌다.

06

'문단 권력' 조연현,
해외여행 중 돌연사

1981년 11월 24일 한국문인협회 조연현 이사장이 해외여행 중 일본 도쿄에서 갑작스럽게 세상을 떠났다는 소식이 전해졌다. 그 전해인 1980년 회갑을 맞은 조연현 이사장이 그 기념으로 뒤늦게 아내와 함께 해외여행에 나서 홍콩을 거쳐 일본에 들렀다가 목욕 중 심장마비를 일으켜 사망한 것이다. 5척 단신에 몸무게가 40kg(실제 37kg으로 알려져 있었다)에도 못 미치는 왜소한 체구였지만 평소 건강에 남달리 신경을 써온 데다가 나름대로 꽤 강단이 있다는 평을 듣고 있던 터여서 그의 느닷없는 죽음은 많은 사람들을 놀라게 했다. 하지만 무엇보다 문단 전체를 술렁이게 한 것은 그가 1970년대 초부터 10

년 동안 '문단 권력'의 상징으로 군림해왔기 때문이다.

조연현이 한국 문단의 실력자로 부상하기 시작한 것은 1954년 7월 대한민국예술원이 창설됐을 때였다. 전체 예술계를 망라한 25명의 초대 회원 가운데 겨우 34세였던 조연현의 이름이 끼어 있었다. 나이도 나이지만 다른 분야는 말할 것도 없고 문학 분야에서만 해도 문단적 위치나 문학적 업적으로도 그보다 훨씬 앞서는 문인들이 부지기수였던 것이다. 그때까지의 경력을 살펴봐도 이렇다 하게 내세울 만한 것이 없었다. 1920년 경상남도 함안 태생으로 배재고보를 거쳐 혜화전문(지금의 동국대학교)을 1년 다닌 것이 학력의 전부였다.

1930년대 후반부터 시와 평론을 쓰면서 몇몇 동인 활동에 참여했던 그가 본격적인 문단 활동에 뛰어든 것은 광복 이후였다. 1946년 문단이 좌우로 갈라졌을 때 김동리, 서정주 등과 함께 좌익의 문학가동맹에 맞서 청년문학가동맹을 창설하고 뒤이어 전국문화단체총연합회와 한국문학가협회의 창설에도 앞장서게 되었던 것이다.

그 무렵 《민주일보》와 《민중일보》 등 일간지에서 잠깐 동안 사회부장과 문화부장을 지내기도 했지만 그가 초대 예술원 회원으로 선임되는 데 결정적으로 작용했던 것은 선임 과정에서 발휘한 치밀한 전략 때문이었다. 그의 작전에 따라 박종화, 김동리, 서정주 등 한국문학가협회의 주도 세력이 예술원 초대 회원으로 선임됐을 뿐만 아니라 그 자신도 최연소 예술원 회원이 될 수 있었던 것이다. (그때 예술원 회원 선임에서 소외됐던 김광섭, 모윤숙, 백철 등이 한국자유문학자협회를 만들었다.)

그 후 조연현은 1955년 창간된 《현대문학》의 주간으로, 1961년에는 동국대학교 전임교수로, 1970년에는 한국예술문화윤리위원회 위원장으로 선임되면서 문단에 폭넓은 지지 세력을 형성해나갈 수 있었다. 김동리가 1970년 물러난 박종화의 잔여 임기 1년을 채우고 1971년 새 이사장을 뽑는 문인협회 총회가 열렸을 때 조연현은 김동리 이사장의 대항마로 서정주를 내세웠다. 문단 지지층의 분포로 봐서 충분히 나설 수 있었지만 나이(김동리보다 일곱 살, 서정주보다 다섯 살이 아래였다)로나 문단 경력에서 두 사람에 훨씬 뒤질 뿐만 아니라 무엇보다 문단 선거의 흐름을 점검해볼 필요가 있었던 것이다. 조연현은 공개적으로 서정주 지지를 선언했으나 개별적인 득표 활동에 나서지는 않았고, 투표 결과 김동리는 여유 있게 서정주를 따돌리고 이사장에 선출되었다.

1973년 초 문인협회의 선거 총회를 앞두고 조연현은 주도

면밀한 선거 전략을 마련했다. 우선 서정주와 그의 지지 세력에게서 확실한 지지를 다짐받는 한편, 관계가 소원했던 문단의 지도층 문인들, 특히 예술원 초대 회원 선임 과정에서 관계가 악화됐던 옛 자유문협 측 문인들을 찾아가 지난 일에 유감을 표하고 지지를 호소했다. 선거 당일 병석의 김광섭이 휠체어를 타고 입장해 한 표를 던졌던 일은 지금까지도 문단의 전설처럼 남아 있다. 하지만 투표 결과 조연현은 근소한 차이로 김동리에 뒤졌다. 서정주 계열의 일부가 이탈한 탓이었다. 두 후보자 모두 과반수 득표에 실패해 2차 투표에 들어가야 했으나 조연현은 '사퇴하겠다'며 서정주 계열을 압박했다. '앞으로 서정주 측과는 어떤 경우에도 뜻을 같이하지 않겠다'는 강한 의지가 숨어 있었다. 양측의 물밑 협상 끝에 치러진 2차 투표에서 조연현은 극적으로 역전 당선하기에 이른다.

그 뒤로 문협은 조연현의 독주 체제로 굳어졌다. 물론 이사장의 세 번 연임을 금지하는 규정 때문에 1977년 선거에서는 서정주에게 '양보'하지만 조연현의 영향력은 이사장 때와 다를 바 없었다. 1979년 선거에서 다시 이사장에 복귀한 조연현은 1981년 연임함으로써 세상을 떠날 때까지 네 차례에 걸처 문협을 장악하게 된다. 조연현 계열은 《현대문학》을 통해 등단한 문인과 동국대학교 출신 문인이 주축이었다. 하지만 그는 수많은 문인과 특별한 인간관계를 형성해 그들을 '자기 사람'으로 만들었다.

흥미로운 일화가 있다. 1970년대 막바지의 일이다. 시인이며 출판사 편집장인 이세룡과 신진 여류 작가 우선덕이 사랑에 빠졌다. 두 사람은 결혼을 약속하기에 이르렀으나 양가의 강력한 반대에 부딪혔다. 결혼을 강행하기로 결심한 두 사람은 선배 문인들을 찾아가 조언을 구했으나 뾰족한 해결책은 없었다. 우선덕의 경희대 재학 시절 은사인 황순원과 서정범조차도 '부모의 허락을 얻을 때까지 기다리는 게 좋을 것'이라는 의견이었다. 조연현은 달랐다. 주례를 맡기로 하고 물심양면의 도움을 약속했다.

결혼식 날 두 사람의 후견인 격이었던 나는 조금 일찍 결혼식이 열리는 우이동의 한 호텔로 갔다. 한데 호텔 앞뜰에 마련된 특설예식장은 난장판이 돼 있었다. 웬 청년들이 들이닥쳐 순식간에 모두 때려 부쉈다는 것이다. 신랑 신부는 물론 하객으로 참석한 문인들이 모두 망연자실해 있는데 마침 나타난 조연현이 잠깐 생각에 잠겼다가 '모두 우리 집으로 가

쟈'고 했다. 결국 결혼식은 정릉 언덕바지 그의 집 마루에서
치러졌다. 50명이 넘는 문인 하객들은 비좁은 마당에서 음식
까지 대접받았다. 문학적 업적이야 어떻든, 문단적 공과야 어
떻든 문인들과의 그런 인간관계가 그를 10년 동안 문단의 카
리스마로 만드는 원동력이었던 것이다.

07

무크 문예지 출현,
문학운동의 새 양상

1980년 7월 《창작과 비평》《문학과 지성》 두 계간지가 강제 폐간되면서 주로 이들을 통해 문학 활동을 펴오던 많은 문인들은 갑자기 의지할 곳을 잃게 되었다. 제도권 문단에서야 이들 두 계간지는 물론 그 지면을 무대로 활동하던 문인들조차 의도적으로 평가절하하고 있었지만 《문학과 지성》과 《창작과 비평》을 언급하지 않고서 1970년대의 한국 문학을 논할 수 없다는 사실은 부인할 길이 없을 것이다. 그와 같은 살벌한 정치 상황이 언제 끝날는지 아무도 알 수 없었으므로 문인들은 스스로 활로를 찾지 않을 수 없게 되었다. 정기 간행물이 아니면서 특수성과 연속성을 살려나갈 수 있는 잡지를 만드는 것이 일차적인 조건이었다.

그것은 단행본book이면서 잡지magazine의 성격을 지닌 부정기 간행물, 곧 '무크'의 개념을 문학에 접목시키자는 시도였다. 사실 그와 같은 출판 경향은 1970년대 초부터 전 세계적인 출판 산업의 퇴조에 대비하기 위해 유럽과 미국에서 시작되고 있었지만, 우리나라는 문학 혹은 출판물에 대한 정치적 억압의 반작용이었다는 점에서 다소 성격이 다르다고 할 수 있을 것이다. 그 첫 출발이 반체제적 문학단체인 자유실천문인협의회의 기관지 격인 《실천문학》이었다는 점도 눈여겨볼 만하다. 특히 이 책이 신군부가 국가권력을 좌지우지하던 1980년 4월 첫선을 보였다는 점에서 더욱 중요한 의미를 지난다고 할 수 있다.

《실천문학》의 발간을 주도한 사람은 고은, 이문구 등과 함께 '자실'의 창립에 앞장선 소설가 박태순이었다. 반체제운동을 하다가 구속된 문인들을 돕고 민주화운동에 필요한 자금을 조달하자는, 당시로서는 매우 위험한 발상이었다. 그는 1970년대에 《창작과 비평》《문학과 지성》이 보였던 영향력을 비판적으로 극복하고 그 두 계간지와는 색깔을 분명하게 달리한다는 목표를 세웠다.

《동아일보》해직기자 출신인 김진홍이 운영하던 출판사

전예원에서 출판하기로 하고 역시 같은 신문 해직기자 출신인 박병서를 편집동인으로 끌어들였다. 하지만 이 책은 출발부터 내부적인 난항을 겪었다. 출판기자 출신인 박병서는 '책은 우선 팔려야 한다'며 다소 야한 표지를 주장했고, 박태순은 '절대 그럴 수 없다'며 강하게 맞선 것이다. 심한 언쟁이 벌어진 끝에 표지를 새로 만드는 소동이 빚어졌다.

한데 《실천문학》으로 하여금 본격적인 무크지로 방향을 잡게 한 것은 아이러니컬하게도 신군부였다. '자실'의 동향을 예의 주시하면서 《창작과 비평》과 《문학과 지성》 등 정기간행물의 폐간 조치를 구상 중이던 관계당국은 《실천문학》 첫호가 발매되자마자 출판사 관계자를 불러 '1년에 한 번 이상 발행하면 정기간행물로 간주하고 엄벌할 것'이라고 으름장을 놓았다. 이 말은 1년에 한 차례씩만 발행하면 현행법에 저촉되지 않는다는 의미로 받아들일 수 있었고, 그래서 《실천문학》은 1984년 10월까지 5호를 발행할 수 있게 된다.

《실천문학》에 뒤이어 1982년 5월 '문지' 그룹은 또 다른 형태의 무크 문예지를 펴낸다. 이성복, 이인성, 정과리 등 김현의 후배이자 제자들이 주축을 이룬 《우리 세대의 문학》이 그것이다. 동인지 형태의 무크지였던 셈이다. 이 책은 후에 이름 한 자만 바꿔 《우리 시대의 문학》으로 속간되고 1980년대 중반 이후 새 출발하는 동인지 《문학과 사회》의 모태가 된다. 이와 함께 《시운동》 《시와 경제》 《오월시》 《열린 시》 등 무크 형태의 동인지들이 봇물처럼 쏟아져 나왔고, 백낙청·정과리 등 몇몇 평론가들은 이러한 현상을 가리켜 이전에는 보기 어려웠던 우리 문학의 '소집단 운동'이라고 규정했다.

하지만 권력자들의 눈을 교묘하게 가린 소집단 문학운동이 오래 지속될 수는 없었다. 1984년 10월 말 4년 전 폐간됐던 《창작과 비평》이 부정기간행물임을 명시한 같은 이름의 무크지 형식으로 다시 발행되고, 이듬해 2월 《실천문학》이 가까스로 정기간행물 등록을 마친 뒤 계간지 발행을 시작하자 위기감을 느낀 당국이 다시금 칼을 빼어 든 것이다. 문단과 화단의 친일 행태를 특집으로 다룬 제2호가 발행되면서 문화공보부는 8월 《실천문학》을 전격적으로 폐간 조치했다. 꼬투리는 두 가지였다. '문학과 예술 부문의 창작품을 게재하여 문화 창달과 예술 발전에 기여한다'는 등록 당시의 목적과는 달리 정치·경제·사회문제를 다뤘다는 것이 그 하나였고, 이념 성향의 또 다른 무크지 《민중교육》을 발행했다는 것이 그 둘이었다.

《실천문학》과 《민중교육》이 연계된 이 사건으로 《실천문학》 주간인 송기원과 《민중교육》을 주도한 교사 시인 김진경, 윤재철이 구속되는가 하면 집필자인 20여 명의 교사들이 집단 해직됐다. 송기원은 '김대중 내란음모사건'에 연루돼 실형을 언도받고 복역한 후 출감한 지 얼마 되지 않은 때였다.

국회에서는 이 사건을 놓고 여야 간에 공방이 치열했고, 서대문에 있던 '실천문학사' 사무실은 문인들의 항의 농성장으로 변했다. 황인철 등 몇몇 변호사들이 법적 대응에 나섰고, 많은 문인들의 집단 항의가 이어졌지만 소득이 없었다. 《실천문학》은 다시 부정기간행물로 명맥을 유지하다가 1988년 노태우 정권이 들어선 후에야 계간지로 환원됐다.

한데 그해 1985년 12월 9일에는 또 다른 황당한 일이 벌어졌다. 서울시가 느닷없이 창작과비평사의 출판등록을 취소한다고 일방적으로 통고해온 것이다. 고은 시인은 이 일을 '유언 한마디 말할 여유도 주지 않은 잔인한 사형집행'이라고 표현했다. 곳곳에서 항의 농성이 벌어졌고, 원상복구를 요구하는 각계의 건의문이 관계기관에 제출되는 등 문화예술계가 발칵 뒤집혔다. 범지식인의 서명운동이 벌어져 3000여 명이 동참했다. 12월 26일에는 황순원, 박연희 등 원로 문인과 이효재, 이우성 등 재야인사가 문공부를 찾아가 서명 원본을 전달했으나 소득은 없었다. 제5공화국은 그런 소동 속에서 서서히 저물어가고 있었다.

08

형제 시인의 갈등,
김종문과 김종삼

6·25전쟁을 겪은 1950년대의 한국 문단에는 현역 군 고위 장교들이 많았다. 정훈장교 출신의 선우휘 소설가와 이용상 시인은 대령이었고 별을 단 문인도 몇몇 있었다. 장호강·이영순 두 시인은 일선 사단장을 지낸 후 준장으로 예편했고, 최고 계급자로는 국방부 정훈국장을 지낸 후 1957년 중장으로 전역한 김종문 시인이 꼽힌다. '군인과 문인'이라면 왠지 어울리지 않는 것 같고, 특히 고위 장교라면 문단에 이름만 걸어놓은 게 아닌가 싶기도 하겠지만 이들은 모두 왕성한 작품활동을 폈다. 김종문의 경우엔 문단에도 깊숙이 간여해 퇴역 후에는 전국문화단체총연합회 사무국장을 거쳐 오랫동안

현대시인협회 회장을 지내기도 했다.

김종문은 군에 있을 때의 일화도 많다. 9·28서울수복 직후의 일이다. 북한군이 서울을 점령했던 3개월여 사이 서울에 남아 있던 몇몇 문인들의 부역행위에 대한 문제가 도마 위에 올랐다. 군·검·경 합동수사본부가 문화단체총연합회에 '부역 문인' 명단 제출을 요구했고, 이에 따라 문인들의 특별 심사위원회가 구성됐다. 최고 사형에 처할 수 있을 만큼 엄격한 방침이 정해져 있었으나 심사위원으로 참여한 김종문의 배려로 노천명 시인만이 잠깐 고생하는 선에서 마무리되었다고 전해진다.

더 극적인 일화도 있다. 정부가 부산으로 옮겨졌을 때의 일이다. 이승만 대통령의 담화문이 거리 곳곳에 나붙었다. 국방부 정훈국장이던 김종문이 자신의 재가 없이 붙였다 하여 모두 철거하라고 지시했다. 이 소식을 보고받은 대통령은 불같이 노했다. 국방장관과 참모총장을 불러 김종문을 당장 총살형에 처하라고 명령했다. 전시이기에 가능한 일이었다. 김종문은 속절없이 형장으로 끌려가는 신세가 되었다. 그는 끌려가면서 부하들에게 이 사실을 대통령 공보비서관이던 김광섭 시인에게 급히 알리라고 지시했다. 연락을 받은 김광섭은 곧장 대통령에게 달려가 '뭔가 착오가 있는 듯하니 총살형만은 유예하고 자세한 내용부터 알아보게 해 달라'고 애원했다. 침묵의 허락으로 김종문은 가까스로 목숨을 부지할 수 있었다고 한다.

김종문에게는 시인 아우가 있었다. 문단에서 흔히 '낮도깨비'라는 별명으로 불렸던(자신은 도깨비가 아니며 후배 시인인 박성룡이 '진짜 도깨비'라고 말한 것을 들은 적이 있다) 김종삼 시인이다. 김종문은 1919년 평양에서, 김종삼은 1922년 황해도 은율에서 태어났다. 세 살 터울인데 형이 1981년 세상을 떠나자 아우도 3년 뒤 타계했다. 똑같은 62세였다. 중학교를 나와 일본에 유학했던 것도 같다. 김종문은 도쿄의 아테네 프랑세를 졸업했고, 김종삼은 도요시마상업학교를 졸업했다. 시단에 데뷔한 경로는 약간 다르다. 김종문은 1940년대 후반부터 잡지에 시를 발표하다가 1952년 첫 시집 《벽》을 펴내고 등단했으며, 김종삼은 피난지 대구에서 시를 발표하기 시작하다가 1957년 전봉건·김광림과 함께 3인 시집 《전쟁과 음악과 희망과》를 펴내며 본격적으로 시단에 뛰어들었다.

베레모를 즐겨 쓰고 파이프 담배를 선호하는 취향도 비슷하다. 비슷한 점이 많았음에도 불구하고 형제간의 사이는 그리 돈독하지 못했던 모양이다. 두 사람의 문단 친구들에 따르면 김종문은 동생 이야기만 나오면 의도적으로 딴전을 피웠다는 것이며, 김종삼은 형 이야기만 나오면 '똥장군'이라며 억지로 깎아내리려 했다는 것이다. 형제가 함께 있는 모습을 본 적이 한 번도 없다고 말하는 문인들도 많았다. 심지어는 문인들이 많이 모이는 다방이나 음식점에서 우연히 두 사람이 마주치게 되면 서로 못 본 체하는 것은 물론 먼저 와 있던 쪽이 슬그머니 밖으로 나가버리는 경우도 잦았다는 것이다.

그럴 만한 특별한 이유가 있는 것 같지는 않다. 오히려 형은 아우를 위해 세심한 배려를 했으리라는 근거도 있다. 가령 김종삼의 경력을 살펴보면 1955년부터 여러 해에 걸쳐 국방부 정훈국 방송과에서 음악담당으로 일했다는 대목이 나온다. 그 무렵 형 김종문은 국방부 정훈국장으로 재직하고 있었으니 형이 일자리를 주선했으리라는 데는 의심의 여지가 없다. 요즘 같으면 '낙하산 인사'라는 소릴 들었을 법하지만 어쨌거나 그 이후 김종삼의 삶과 문학에서 음악을 떼어놓을 수 없고 보면 김종문은 아우에 대해 선견지명이 있었던 셈이다.

김종삼은 국방부를 사직하고 1963년 개국한 동아방송으로 자리를 옮겨 1976년 퇴직할 때까지 음악 PD로 일한다. 국방부에서 일하던 시기를 합치면 모두 20여 년간 김종삼에게는 음악이 삶의 방편이자 방식이었다. 시와 음악을 떠난 그의 삶은 무절제했지만 그는 시인으로서의 명성과 함께 음악 PD로서의 명성도 함께 쌓았다. 그래선지 그의 시 가운데는 음악을 소재로 다뤘거나 음악을 주제로 삼은 작품들이 많다. 〈전주곡〉 〈둔주곡〉 〈12음계의 층층대〉 〈G마이나〉 〈연주회〉 따위가 그것이다. 어쨌거나 김종삼을 음악의 길로 이끈 장본인은 형 김종문이었다고 봐도 틀리지는 않을 것이다.

그렇다면 이들 형제는 왜 우애가 돈독하지 못했을까. 그들 형제와 함께 친했던 많은 문인들은 성격 혹은 기질의 차이 탓으로 본다. 형은 동생이 여류 시인 K와 딴살림을 차리는가 하면 번듯한 직장을 가졌으면서도 일평생 자기 집 한번 가져보지 못하는 등 자유분방하고 무절제하게 살아가는 태도를 미워했고, 동생은 무엇이든 자기 뜻대로 이루고야 마는 형의 고집스럽고 독선적인 태도를 미워했다는 것이다. 게다가 곧이곧대로 물불 가리지 않는 김종문의 무인 기질과, 허무주의적이며 퇴폐주의적인 김종삼의 시인 기질도 서로 간에는 상극이었던 듯싶다.

그래도 1981년 1월 17일 김종문이 세상을 떠났을 때 오랫동안 형과 왕래를 끊고 살았던 김종삼은 형의 빈소를 찾았다고 한다. 하지만 고인에 대한 예의도 제대로 갖추는 둥 마는 둥 마치 남남인 조문객처럼 문인들 사이에 잠간 끼어 앉았다가 슬그머니 나가버리더라는 것이다. 그로부터 3년 후 김종삼도 타계했으니 생전 형제의 갈등이 지금까지도 많은 문인들을 안타깝게 한다.

09

얼굴 없는 시인,
풍운아 박노해

1981년 무크지 형태의 동인지들이 봇물처럼 쏟아져 나오는 가운데 《시와 경제》라는 다소 엉뚱한 제목의 동인지가 첫선을 보였다. 1집은 황지우, 김정환, 정규화, 김사인, 홍일선, 나종영, 박승옥 등 일곱 명의 알 만한 젊은 시인들이 동인으로 참여했는데 이어 1983년에 나온 2집에는 박노해라는 전혀 생소한 이름이 끼어 있었다. 그는 〈시다의 꿈〉 〈얼마짜리지〉 〈바겐세일〉 등 여섯 편의 시를 발표하고 있었다.

동인들을 만났을 때 '박노해가 누구냐'고 물어도 그저 '일하며 시를 쓰는 젊은이'라고만 할 뿐 속 시원한 대답을 들을 수는 없었다. '박노해'가 본명이 아니라는 사실만 동인들에 의해 확인됐다. 그는 널리 알려진 기성 시인이며 어떤 목적을 위해 신분과 이름을 감추고 작품 활동을 하고 있다는, 근거가 불분명한 추측이 나돌기도 했다. 얼마 뒤부터 박노해에게는 '얼굴 없는 시인'이라는 별명이 따라붙기 시작했다.

이런저런 추측이 난무하고 얼굴 없는 시인이라는 별명이 따라붙은 것은 1975년 세상을 떠들썩하게 한 프랑스의 '얼굴 없는 작가' 에밀 아자르의 경우에서 영향을 받은 것 같기도 했다. 에밀 아자르라는 무명의 작가가 《자기 앞의 생》이라는 소설을 발표해 그해 공쿠르상을 수상한 것이다. 신인이라고는 믿기 어려운 뛰어난 솜씨여서 사람들은 기성 작가가 어떤 특별한 목적으로 신분과 이름을 감추고 그 작품을 썼으리라 단정 짓고 그를 얼굴 없는 작가라 불렀다. 엉뚱한 사람이 나타나 자신이 에밀 아자르라고 나섰다가 거짓임이 밝혀져 망신을 당하는 일까지 벌어졌다. 5년 후인 1980년 저명한 프랑스 작가 로맹 가리(1914~1980)가 자신이 에밀 아자르라는 사실을 유서로 밝히고 권총으로 자살함으로써 사건은 일단락되었다.

박노해는 에밀 아자르보다 3년을 더 얼굴 없는 시인으로 긴장과 고난의 시간을 보내다가 1991년 3월에 이르러서야 노동운동가 박기평으로서 실체를 드러냈다. 《시와 경제》의 동

인으로 첫 작품을 발표한 이듬해인 1984년 시집《노동의 새
벽》을 펴냈을 때 박노해는 이미 조직적인 노동운동가로서 준
비를 마친 상태였다. 1977년 선린상고 야간부를 졸업한 후 7
년 동안 그는 건설공사판, 섬유공장, 철강공장, 버스회사 등
의 노동자로 전전하면서 최악의 노동현장을 직접 체험하고
노동운동가로서 기반을 다진 것이다.

《노동의 새벽》을 펴내기까지 박노해의 삶의 궤적을 살펴보
면 그가 노동문학의 기수가 되고 노동운동의 첨병이 된 것
은 거의 숙명처럼 보인다. 박노해는 1957년 전남 함평의 가난
한 집에서 태어났다. 자신의 아버지에 대해서는 후에 이렇게
밝힌 적이 있다.

"일제 때 독립운동에 참여했고, 광복 후에는 남로당에서
활동했으며, 여순반란사건 때는 주동자급의 빨치산 투쟁을
한 것으로 알고 있다."

그가 어렸을 적에 부모는 가족들을 먹여 살리기 위해 아
버지는 약장수 행상을 하다가 병사했으며, 어머니 역시 노동
과 행상으로 전국을 떠돌았다고 한다.

중학교에 입학하던 해 어머니를 찾아 처음 서울 땅을 밟
은 박노해는 그때 이렇게 다짐했다고 쓰고 있다.

"아 서울아, 기다려라. 내 다시 돌아와 너와 싸우리라. 나는 꼭 정치가가 되어 이 죽음의 도시를 갈아엎으리라."

박노해는 그때의 다짐을 실현할 수 있는 길은 노동운동가가 되는 것뿐이라고 생각했을 것이다.

시집 《노동의 새벽》을 펴냈을 때 박노해는 이미 우리 사회의 가장 주목받는 인물이 되어 있었다. '박노해'가 '박해받는 노동자 해방'의 머리글자에서 따온 이름이라는 것도 처음 밝혀졌다. 얼굴 없는 시인이니 노동자 시인이니 하는 문학적 관심을 이미 뛰어넘고 있었다. 작품에 대한 평가도 엇갈렸을 뿐만 아니라 노동운동의 방식에 대해서도 긍정적인 시각과 부정적인 시각이 팽팽하게 맞섰다.

1987년 노동자계급해방투쟁동맹을 결성하고 뒤이어 사회주의노동자동맹 결성을 주도한 박노해에게 지명수배령이 내려지면서 각종 매체들은 그의 실체를 밝혀내기 위해 총력을 기울였지만 그는 수사망을 교묘하게 피해갔고, 그를 뒤쫓는 취재진들을 골탕 먹이기 일쑤였다. 박노해는 그런 상황에서도 월간 《노동해방문학》에 시는 물론 〈윤상원 평전〉 〈김우중 회장의 자본철학에 대한 전면 비판〉 같은 글들을 잇달아 발표했다. 마침내 한 여성지가 끈질긴 취재 끝에 〈박노해는 박기평이다〉라는 제목의 발굴기사를 게재해 그의 본명을 처음 밝혀냈다. 하지만 박노해는 시집을 낸 출판사를 통해 언론사에 유인물을 보내 '나는 박기평이 아니라'고 부인하고 '나의 신변 취재를 중단하고 나의 문학작품에만 관심을 가져달라'고 항변했다.

박노해가 국가안전기획부에 체포된 것은 처음 시 작품을 발표한 지 꼭 8년 만인 1991년 3월 10일이었다. 이틀 뒤인 12일 서울 중부경찰서에 수감되면서 그의 얼굴도 처음 공개됐다. 그에게는 수사기관의 혹독한 고문이 가해졌고 이른바 '사노맹사건'의 주역으로 지목돼 재판을 받은 끝에 사형선고를 받지만 뒤이어 무기징역으로 감형되고 투옥된 지 7년여 만인 1998년 광복절 특사로 풀려나게 된다. 그는 투옥 중에도 두 번째 시집 《참된 시작》과 산문집 《사람만이 희망이다》를 펴내는 왕성한 필력을 과시했다. 무엇보다 그가 출옥했을 때 담당 교도관은 '그의 반입 도서 리스트가 1만 권에 달한다'고 전해 투옥기간이 그에게는 무의미하지만은 않았음을 느끼게 한다. 하루 평균 4~5권에 이르는 엄청난 독서량인 것이다.

그러나 박노해는 출옥 후 1980년대에 대중의 뇌리에 깊숙이 박혀 있던 '얼굴 없는 시인' '노동운동가'와는 사뭇 다른 이미지를 보여주었다. 가령 자신은 '서태지와 아이들'의 열렬한 팬이라며 록 콘서트를 찾는가 하면 해외 분쟁지역을 돌면서 평화운동을 벌이는 행동 따위가 그렇다. '과거를 팔아 오늘을 살지는 않겠다'는 스스로의 약속이 앞으로 어떤 모습을 보일는지 아직 알 수 없지만 어쨌거나 박노해가 1980년대라는 특수한 시대 상황이 낳은 전설적 존재임은 틀림없는 듯하다.

10

학처럼 살다 간
소설가 이범선

1981년 6월 하순의 어느 날. 필화사건의 후유증으로 심신이 지칠 대로 지친 상태에서 좀처럼 벗어나지 못하고 있던 때였다. 오후 느지막한 시간에 이범선 소설가로부터 전화가 걸려왔다. 젊은 시절 〈오발탄〉〈학마을 사람들〉 등을 애독했던, 내가 좋아하는 1950년대 작가 가운데 한 사람이었다. 취재를 위해 혹은 이런저런 문인들의 모임에서 여러 차례 만나기는 했으나 사사로운 만남을 가질 만한 관계는 아니었다. 그가 기다리는 신문사 근처의 다방엘 가니 구석자리에서 손을 흔드는 모습이 보였다. 자리에 앉자마자 그는 내 두 손을 꼭 부여잡고 필화사건에 대해 들었다면서 간곡한 위로의 말을 건넸다. 눈자위가 붉어지고 있었다. 시국을 탓할 때는 분노의 표정이 스쳐 지나가기도 했다. 헤어지면서 그는 영양제라며 조그마한 약병을 손에 쥐어주었다. 건강을 잘 챙기라는 당부도 잊지 않았다.

사실 건강을 챙겨야 할 사람은 이범선 자신이었다. 깡마른 데다 약골의 체질이어서 예순을 갓 넘긴 나이였으나 열 살은 더 들어 보였다. 이듬해인 1982년 초 캐나다 여행을 했던 것이 화근이었던 모양이다. 돌아와 뇌일혈로 쓰러져 병석에 눕더니 오래 버티지 못하고 3월 13일 62세로 세상을 떠났다. 그가 재직하던 한국외국어대 동료 교수와 학생 그리고 문단의 많은 조문객들이 아호인 '학촌鶴村'에 걸맞게 학처럼 살다 간 그의 때 이른 죽음을 애석해했다. 다정다감한 데다 외유내강의 강직한 면도 있어서 많은 사람들의 존경을 받았던 것이다.

이범선은 35세의 늦은 나이에 등단했다. 동년배의 다른 문인들과 비교하면 10여 년이 늦었던 셈이다. 같은 해에 등단한 이호철보다 열두 살이 많았다. 소설가가 되기 전까지 파란만장한 삶을 살았기 때문이다. 1920년 평안남도 신안주에서 태어난 그는 진남포공립상공학교를 졸업한 뒤 만주로 건너가 은행원, 회사원으로 일하다가 일제 말기에 돌아와서는 봉천 탄광에 가서 경리를 보기도 한다. 광복 후 월남해서는 더 많은 직업을 전전했다. 군정청과 전구 회사를 거쳐 연희전문학교 교무과 직원으로 일하면서도 중단했던 학업을 계속하기 위해 49년 29세의 나이로 동국대학교 국문과에 입학한다.

1950년대 후반 몇 개 고등학교의 교사직을 포함하면 1962년 한국외국어대 교수가 되기까지 이범선이 전전했던 직업은 열대여섯 개에 이른다. 쉴 새 없는 직장생활의 틈바구니 속에서도 틈틈이 소설 습작에 매달린 끝에 1955년 마침내 김동리의 추천으로 《현대문학》에 〈암표〉 〈일요일〉 두 작품을 발표하면서 등단했다. 휘문고와 숙명여고에 재직한 1950년대 중반부터 후반에 이르기까지 그는 잇달아 문제작을 내놓았다. 그에게 첫 문학상(현대문학 신인상)을 안겨준 소설이 1957년 발표한 〈학마을 사람들〉이다. 이 작품은 광복 후의 이념적 갈등을 소재로 삼고 있지만 눈여겨봐야 할 것은 '학'이라는 향토성 짙은 신화적 상징물이다. 학마을 사람들이 산에서 애송(어린 소나무)을 파내어 안고 내려오는 마지막 장면에서 작가가 추구하는 고고하고 우아한 인간성의 모습을 엿볼 수 있게 된다. 애송은 바로 학이 날아와 깃들인다는 나무다.

하지만 이범선의 작가로서의 위상을 굳건하게 해준 이른바 출세작은 1959년에 발표한 〈오발탄〉이었다. 이 소설은 6·25전쟁을 겪은 한 월남 가정의 암담하고 비극적인 현실을 리얼하게 묘사한다. 계리사 사무실의 서기로 일하는 주인공에게는 돌아갈 수 없는 고향을 그리워하다 미쳐버린 어머니, 상이군인이 되어 돌아온 뒤 좌절 속에서 방황하는 동생, 양공주로 자포자기의 삶을 이어가는 여동생 그리고 임신한 아내가 있다. 이 소설의 결말은 동생이 권총강도 행각을 벌이다 체포되고 아내가 난산 끝에 숨을 거두는 것으로 마무리된다. 절망한 주인공은 실성한 어머니가 그랬던 것처럼 '가자! 가자!'고 절규하면서 '나는 신의 오발탄인가' 하는 번뇌에 휩싸이게 된다.

이 소설을 발표하면서부터 이범선에게 '오발탄'과 '가자! 가자!'라는 절규는 별명처럼 따라다녔다. 동인문학상 후보작에 오르는가 하면 제1회 오월문예상을 수상하기도 했다. 유현목 감독에 의해 영화로 만들어져 한국 영화사상 초유의 수작이라는 평가도 받았다. 하지만 이 소설로 인한 후유증도 만만치 않게 겪었다. 당국으로부터 '반공사상에 위배되는 것이 아니냐'는 눈총을 받고 있었기 때문이다. '가자! 가자!'라는 절규는 북으로 가고 싶다는 뜻이고, 이는 한국 정부를 인정하지 않겠다는 간접적 저항이 아니냐는 것이다. 이범선은 고등학교 교사직에서 물러나야 했고, 영화 〈오발탄〉은 오랫동안 개봉되지 못했다.

이범선이 북쪽의 고향을 애타게 그리워한 것은 사실이었다. 그는 중학 시절 고향집 뒷동산의 언덕과 인근 호숫가에서 장차 소설가가 될 꿈을 키웠다고 했다. 등단은 늦었지만 그가 쓴 소설들의 많은 소재를 그때 얻었다는 것이다. 소설가가 된 후 등산과 낚시가 가장 중요한 취미가 된 것도 소설 구상을 위해서였다. 건강 때문에 등산은 다소 자제했지만 그는 문단의 몇 안 되는 낚시광 가운데 한 사람이었다. 오영수·박연희·서기원·김시철 등과 함께 '문인낚시회'를 만들기도 했고, 낚시 취미는 세상을 떠날 때까지 식을 줄 몰랐다.

한데 그의 낚시 취미는 특이한 데가 있었다. 여러 사람과 어울리기보다는 혼자 낚시터를 찾는 경우가 더 많았으며, 낚시할 때도 꼿꼿이 앉아 눈을 감거나 하염없이 먼 곳을 바라보기가 일쑤였는가 하면 고기가 잡히더라도 대개는 다시 놓아주는 이른바 '방생 낚시꾼'이었다는 점이다.

이범선과 함께 낚시를 즐긴 문인들은 그가 낚시하는 모

습을 학에 비유하곤 했다. 김시철 시인은 '저수지 근방 소나무 숲에 학들이 날아드는 곳이 있으면 언제든 거리와 시간에 구애되지 않고 찾아가 낚시를 즐기고 학의 모습을 지켜봤다'고 회고했다. 언제나 학처럼 고고하고 우아하게 살고 싶은 것이 일평생 그의 소망이었던 것이다. 그 뜻이 통했는지 이범선은 수명은 비교적 짧았지만 세상을 떠나기 직전까지 왕성한 작품 활동을 폈고, 대한민국예술원 회원에 피선되는 한편 대한민국예술상을 수상했다.

펜클럽 회장 선거 격돌, 손소희 vs 전숙희

1981년 11월 해외여행 중이던 조연현 이사장이 돌연 사망함으로써 1년 남짓 남아 있는 한국문인협회의 이사장직은 수석 부이사장이던 조경희 수필가가 대행하게 되었다. 조경희는 의욕적인 여성이었고 문인들 간에 평판도 좋은 터여서 1983년부터 시작되는 이사장 자리는 그의 차지가 되리라는 데 의심의 여지가 없었다. 하지만 1973년의 이사장 선거에서 조연현에게 극적으로 역전패한 뒤 문단정치에서 물러나 있던 김동리가 10년 만에 권토중래를 노리면서 양상은 달라졌다. 출마를 놓고 고심하던 조경희가 숙고 끝에 선배에게 '양보'함으로써 김동리는 그로부터 6년간 문협을 이끌게 된다(조경희는 이듬해인 1984년 한국예술문화단체총연합회 회장 선거에 나서 재선을 노리던 영화배우 신영균을 꺾어 파란을 일으켰다).

김동리의 문협 이사장 복귀를 가장 반긴 사람은 당연히 그의 아내 손소희였다. 김동리가 1973년 선거에서 조연현에게 분패한 직후 손소희는 곗돈 300만 원을 몽땅 털어 월간 문예지 《한국문학》을 창간했다. 문협의 기관지인 《월간문학》과 조연현이 주간이던 《현대문학》에 맞서기 위해서였다. 그만큼 손소희는 자기 부부가 소외된 문단 구조에 대해 절치부심하고 있었던 것이다. 하지만 손소희는 남편의 문협 이사장 복귀만으로 만족하지 못했다. 손소희는 국제펜클럽 한국본부 쪽으로 눈을 돌렸다. 당시 펜클럽은 모윤숙 회장이 임기를 채우고 노환으로 물러난 뒤 회장직에 오른 전숙희가 '장기집권' 채비를 굳혀가던 때였다.

1985년 초의 펜클럽 회장 선거를 앞두고 손소희가 출마를 선언하자 문단은 온통 시끌벅적했다. 그런 반응을 보인 데는 몇 가지 까닭이 있었다. 첫째, 김동리·손소희 부부가 문단의 양대 산맥이라고 할 수 있는 문협과 펜클럽을 함께 장악하려는 시도는 지나치지 않느냐는 것. 둘째, 전숙희가 모윤숙 회장 밑에서 오랫동안 부회장을 지내는 등 펜클럽 운영에 깊이 간여해온 데 비해 손소희는 중앙위원의 자리에 있기는 했으나 그 운영의 중심에서는 떨어져 있었으니 아무래도 역부족이지 않겠느냐는 것. 셋째, 어떤 선거든 엄청난 돈이 들기 마련인데 파라다이스 그룹 회장인 동생 전낙원의 강력한 지원을 받는 전숙희에 비하면 손소희 쪽은 선거자금 문제에서도 절대적인 열세이니 역시 불리하지 않겠느냐는 것 등이었다.

그러나 그런 객관적 여건보다 문인들의 관심을 쏠리게 한 것은 그들 두 여성의 특별한 인간관계였다. 이들은 똑같이 함경도 출신으로 손소희가 두 살이 위였고 광복을 전후해 각각 월남했다. 손소희는 《만선일보》《신세대》의 기자를 거쳐 1946년 《백민》지에 소설 〈맥에의 결별〉을 발표하면서 등단했고, 전숙희는 이화여전을 졸업하고 처음에는 소설을 썼으나 첫 수필집 《탕자의 변》을 내면서 수필가로서 활동을 시작했다.

이들은 문학 활동을 시작하던 무렵 함께 문단에 드나들면서 교분을 쌓았다. 이들이 급속하게 가까워진 것은 1948년 겨울 서울 명동에서 다방 '마돈나'를 함께 운영하면서부터였다. 말이 다방이지 실은 문인들의 사랑방 구실을 하는 곳이었다. 이듬해인 1949년 봄에는 다방 한구석에 사무실을 꾸며

잡지 《혜성》을 발행하기 시작했다. 주간은 손소희가, 편집장은 전숙희가 각각 맡았고 조경희가 부장이었다. 처자식이 딸린 30대 중반의 김동리와 아직 독신이었던 손소희가 사랑의 싹을 틔운 것도 그 무렵 다방 '마돈나'에서였다. 두 사람이 아직 서먹서먹하던 초창기에는 늘 전숙희가 끼어 분위기를 돋우기도 했다.

손소희가 다소 날카롭고 직선적이라면 전숙희는 부드럽고 섬세하여 기질적으로는 차이가 있었지만 그것이 오히려 서로를 보완해주는 역할을 했다. 그래서 40년에 걸친 두 여성의 돈독한 우정은 문단에서도 두루 인정하는 터였다. 하지만 막상 선거전에서 맞붙고 보니 양쪽의 분위기는 혼탁해질 수밖에 없었다. 하기야 손소희 쪽에서는 '한 차례 임기를 채웠으면 친구에게 양보할 수도 있지 않겠느냐'는 생각을 가졌을 법하고, 전숙희 쪽에서는 '내가 얼마나 펜클럽에 공을 들여왔는데 친구라면서 그 자리를 넘볼 수 있느냐'는 서운함을 가졌을 법하다. 문제는 서로가 꼭 이겨야 한다는 강박관념에 시달리고 있었다는 점이다. 두 후보자는 투표권을 가진 거의 모든 펜클럽 회원들을 대상으로 득표 활동을 벌였고, 회원들은 이들이 '한 표'를 부탁하면 실제 투표에서 누구를 찍든

간에 지지를 약속할 수밖에 없었다.

누구도 선거 결과를 예측하기 어려운 팽팽한 접전이었지만 결론부터 말하자면 재선을 노리던 전숙희가 불과 17표 차로 승리했다. 손소희로서는 남편인 김동리 문협 이사장의 적극적인 지원을 받고 있었지만 오히려 '양대 문학단체를 부부가 독점하게 해서는 안 되겠다'는 문인들의 견제 심리가 역작용을 일으켰을 것'이라는 분석이 지배적이었다. 어쨌거나 당선을 확신했던 손소희로서는 분하지 않을 수 없었다. 펜클럽 회원들을 만날 때마다 노골적으로 서운함을 드러냈고, 평소 가까웠던 회원들에게는 농담 반 진담 반으로 '당신 때문에 떨어졌다'는 말을 서슴지 않았다.

젊은 시절부터 병약해서 병원 출입이 잦았던 손소희가 유방암 판정을 받은 것은 펜클럽 선거가 끝난 지 두 달쯤 뒤인 그해 3월이었다. 그때 손소희는 부산에서 세 번째 도예전을 준비 중이었다. 수술을 받은 후 몸을 추스를 겨를도 없이 부산 도예전을 차질 없이 마친 손소희는 수술 후유증으로 다시 시름시름 앓기 시작했다. 이듬해인 1986년 2월 다시 병원 신세를 지게 된 손소희는 입원 직후 병실 침대에서 떨어지는 사고를 겪은 데다 임파선암까지 발병하여 몸을 움직일 수 없는 처지가 되고 말았다. 그렇게 1년 가까이 투병하다가 1987년 1월 7일 결국 세상을 등졌다. 70세를 맞는 해였다. 반면 전숙희는 펜클럽 회장 재선에 성공하면서 승승장구, 1986년 국제펜클럽 중앙위원회에서 종신부회장에 선임되는가 하면 1988년에는 서울 국제펜대회를 성공적으로 개최했다.

12

세 소설가의 기연,
김동리·손소희·서영은

　손소희가 세상을 떠난 지 두어 달 후인 1987년 어느 봄날 저녁. 이문구와의 술자리에서 그로부터 '엊그제 동리 선생 댁에 행사가 있었다'는 이야기를 얼핏 들었다. 이런저런 이야기 끝에 무심코 던진 말이었으나 문득 짚이는 것이 있었다. '무슨 행사냐' 묻는다 해도 워낙 입이 무거운 이문구여서 소용없을 것이 뻔했으므로 그저 머릿속에 담아두기만 했다. 이튿날 출근하자마자(그 무렵 나는 다시 문화부 데스크를 맡고 있었다) 소설가이기도 한 양헌석 문학담당기자에게 '김동리 선생 신변에 무슨 일이 있는 것 같으니 좀 알아보라'고 일렀다. 오후에 귀사한 양헌석은 '김동리 선생과 서영은 씨가 며칠 전 서울 근교의 한 사찰에서 혼례를 치렀다고 하더라'고 전했다. 이 사실은 이튿날 신문 사회면에 보도되어 세상에 처음 알려지게 되었다. 비록 1단짜리 보일 듯 말듯 한 기사였으나 관심을 끄는 기사임에는 틀림없었다. 그해 김동리는 74세, 서영은은 44세였다.

이문구의 '행사' 소리에 '짚이는 것이 있다'고 한 것은 손소희가 타계하기 얼마 전 들은 이야기가 있기 때문이었다. 손소희가 서영은을 불러 '내가 죽거든 동리 선생을 잘 보살펴 달라'고 간곡하게 당부했다는 것이다. 그것이 사실이라면 아무리 죽음을 앞에 둔 상황이더라도 여러 해 남편과 이런저런 구설이 떠돌던 여성에게, 그것도 자식뻘인 후배 작가에게 남편을 '부탁'한다는 것이 얼핏 납득이 가지 않는 측면도 있다. 하지만 손소희와 서영은이 오랜 세월 동안 김동리를 단순한 배필이나 연인이 아닌 '한국 현대문학의 대표적인 소설가'로 존경하고 떠받들어왔다는 점을 감안하면 전혀 이해할 수 없는 일만은 아니다.

김동리는 그들 두 여성에게 남성이기 이전에 스승이었다. 손소희는 등단 초기 김동리의 소설 〈무녀도〉(1936)를 읽고 '죽어버리고 싶을 만큼 격렬한 감동을 느꼈다'고 술회한 바 있고, 서영은은 고등학교 재학 중이던 1960년대 초 《사상계》에 발표한 〈등신불〉을 읽고 소설가가 되겠다는 꿈을 키웠다고 한다. 결국 소설가로서의 김동리를 향한 두 여성의 존경심과 김동리의 여성 편향적인 기질이 서로 어우러지면서 사랑으로 발전했다고 보면 옳을 것이다. 그들이 결합하기까지의 과정을 살펴보면 다소 우발적인 면도 엿보인다.

손소희의 경우 그의 오래전 기록을 보면 1950년대 초 부산 피난 시절 김동리와 사랑에 빠졌을 때만 해도 부부가 된다거나 결혼을 할 생각은 없었다고 한다. 어떤 시인이 두 사람의 일을 부풀릴 대로 부풀린 흥미 위주의 스캔들(사실이 20%, 픽션이 80%였다고 한다)로 만들어 한 신문에 게재하면서 문단에 회오리바람을 일으키자 '이 남자와 평생 함께 사는 것은 어쩔 수 없는 운명이라고 느꼈다'고 술회했다. 이들은 곧바로 수복된 서울로 올라와 동거에 들어간다. 1953년의 일이다. 그로부터 결혼식도 치르지 않고 '함경도 또순이' 기질로 김동리를 보필하면서 함께 산 세월이 34년에 이른다.

서영은의 경우에도 곡절이 있었다. 강릉에서 태어나 강릉 사범대를 거쳐 건국대 영문과를 중퇴한 서영은은 1967년 '현대문학' 창작실기 강의를 들은 후 첫 작품 〈교橋〉를 완성하여 그를 지도했던 박경리에게 보여준다. 박경리는 만족스러워하면서 김동리에게 추천을 부탁하지만 김동리는 작품을 읽고 나서 '너무 수필적'이라며 추천을 미룬다. 서영은은 이듬해 같은 작품을 사상계 신인문학상에 응모해 입선하고, 1969년 두 번째 작품 〈나와 나〉가 월간문학 신인상에 당선해 마침내 등단한다. 그때 《월간문학》 편집장이 이문구였고, 그것이 인연의 시작이었다. 1973년 김동리·손소희 부부가 《한국문학》을 창간했을 때 편집장에 발탁된 이문구가 서영은을 경리 겸 편집기자로 맞아들임으로써 김동리와의 만남이 이루어지게 되는 것이다.

김동리로서는 학교 시절 두 차례나 자살을 시도하기도 했던 서영은 특유의 병적인 수줍음이나 비사교적인 성격에 처음부터 연민의 정을 느꼈을 법하다. 어쨌거나 두 사람의 '관계'가 언제 어떻게 시작됐는지는 당사자 외엔 아는 사람이 전혀 없지만 그 관계가 오래 지속되다 보니 여러 해가 지나면서 문단에 '공공연한 비밀'로 회자되기에 이르렀다. 마침내 손소희의 귀에도 들어갔다. 하지만 손소희는 대범했다. 펜클럽 회장을 지낸 김시철 시인의 회고를 보면 이런 대목이 나온다. 그는 손소희와 함경도 동향이다. 김시철이 김동리와 서영은의 소문을 거론하면서 묻는다.

"손 여사님, 어떻게 하셨기에 영감님을 밖으로 나돌게 합니까?"

손소희가 거침없이 대답한다.

"그래도 난 아무렇지가 않아요! 나 대신 귀찮은 일들을 덜어주는 사람이 있으니 얼마나 다행스러운 일이에요. 좀 꼴사납고 자존심이 상하기는 해도……"

1983년 서영은이 〈먼 그대〉라는 작품으로 제7회 이상문학상을 수상했을 때 '이 작품은 서영은 자신의 이야기를 그린 것이 아니냐'고 생각하는 사람들이 많았다. 유부남인 데다 무디고 이기적인 남자와 관계를 맺게 된 주인공 '문자'는 남자에게 온갖 수탈을 당하고 아이까지 낳는다. 마침내 아이까지 빼앗기고 남은 것은 아무것도 없게 되지만 주인공은 운명이 강요하는 형극과 정신적인 나태를 딛고 일어서려는 강인한 의지를 보인다. 소설 속의 정황은 실제와는 사뭇 다르지만 주인공이 겪는 심리적 갈등과 그것을 초극하려는 의지는 그 무렵 서영은이 처한 상황을 대변하고 있다고 볼 수도 있을 것이다.

1987년부터 시작된 서영은과 김동리의 정식 부부생활은

1995년 김동리가 세상을 떠남으로써 고작 8년으로 막을 내린다. 그나마도 마지막 몇 년은 병석에 누운 남편의 병수발로 힘겨운 나날을 보내야 했고 남편이 타계한 후에는 유산 등의 문제로 첫 부인의 자식들과 오랫동안 법정 시비에 시달려야 했으니, 서영은은 그런 일조차도 운명으로 받아들였을까. 하지만 김동리가 세상을 떠나고 다시 10년쯤의 세월이 흐른 뒤 평창동의 한 카페에서 이제하와 함께 만났을 때 서영은은 밝고 활기차 보였으며, 무엇보다 전에 보지 못했던 화사한 모습이었다.

13

빨갱이 소설 파문,
            '태백산맥'의 수난

1980년대 막바지 계간문예지 《문예중앙》이 일간지 문학담
당기자와 문학평론가 40여 명을 참여케 하여 1980년대 10년
간 소설과 시 부문의 문제작과 문제 작가를 선정토록 하는
특집을 마련한 일이 있었다. 그때 소설 부문 문제작 1위로 선
정된 작품이 《태백산맥》, 문제 작가 1위로 선정된 문인이 조
정래였다. 그 무렵 《태백산맥》은 아직 제3부를 연재 중이었
고, 그로부터 1년여 지난 뒤 제4부까지 완결되어 1989년 말
총 1만 6000여 장 분량의 대하소설 《태백산맥》(전10권)이 세상
에 모습을 드러내기에 이른다. 1983년 9월부터 《현대문학》에
연재를 시작한 후 6년 3개월 만의 일이다.

작품을 연재했던 시기의 시대적 배경을 보면 제5공화국이 출범한 지 2년쯤 지난 후에 시작해서 노태우 정권이 들어선 지 2년쯤 지난 뒤에 끝난 셈이다. 신군부가 실권을 장악하면서부터 5공 초기까지의 강압적인 통치 행태를 감안하면 공산주의자들의 빨치산 활동을 실감 있게 그린 《태백산맥》과 같은 소설을 어떻게 그 시기에 자유롭게 쓸 수 있었는지 신기한 느낌이 들 정도다.

하지만 정국이 다소 안정돼가는 모습을 보이기 시작한 1983년에 접어들면서 정부는 문화예술계에 유화적인 태도를 보이기 시작했다. 특히 문학 분야에 대해서는 '문인들의 견문을 넓히고 작품 취재를 돕는다'는 명분으로 200명 가까운 문인들에게 해외여행의 기회를 제공하는가 하면 문예지와 동인지의 원고료 지원을 대폭 늘리는 등 각별한 배려를 아끼지 않았다. 경비는 모두 문예진흥기금으로 충당됐다. 꼭 그 때문이라고 볼 수는 없겠지만 어쨌든 《태백산맥》은 제1부가 끝난 1980년대 중반까지만 해도 공안당국의 이렇다 할 눈총을 받지는 않았다.

하지만 제1부가 끝나고 제2부가 시작된 1987년을 전후한 시기부터 상황은 달라지기 시작했다. 거의 매일 밤 조정래에게 신분을 밝히지 않은 경고 전화나 협박 전화가 걸려오는가 하면 시도 때도 없이 일선 경찰서의 형사가 찾아와 쓸데없는 '안부'를 물어 작가를 긴장케 하곤 했다. 주변의 충고성 경고도 잇달았다. 특히 작가를 힘겹게 한 것은 취재를 위해 전남 벌교 등 작품 속의 현장을 찾아가 관계자들에게 증언을 요청하면 대개는 눈치를 보며 입을 다물더라는 것이었다. 그래도 이때까지는 현행법을 들먹인다든지 작품 연재에 영향을 주는 직접적인 압박은 없었다.

소설 《태백산맥》의 사상성이 처음 공개적으로 도마 위에 오른 것은 뜻밖에도 문단이었다. 원로 소설가 김동리가 한 문학 강연에서 '민중문학의 사상성은 본질적으로 불온하다'면서 《태백산맥》을 잠깐 언급한 데 뒤이어, 원로 시인 서정주는 사사로운 문인 모임에서 《태백산맥》은 전형적인 '빨갱이 소설'이라면서 '이런 빨갱이 소설이 거침없이 읽히는 이 사회가 개탄스럽다'고 말한 것이다. 특히 서정주의 '빨갱이 소설'이라는 표현은 《태백산맥》을 즐겨 읽던 많은 독자들을 자극했다. 따지고 보면 열렬한 공산주의자들이 대거 등장하고 빨치산 투쟁이 전편을 관통하는 소설 《태백산맥》을 '빨갱이 소설'로 지칭했다 해서 큰 잘못은 아닐는지도 모른다. 하지만 '빨갱이 소설'이라는 표현의 저변에는 오랜 세월 한국 사회를 옥죄어온 반공 이데올로기가 깊숙이 깔려 있음은 누구나 느낄 수 있었을 것이다.

공안당국이 《태백산맥》의 국가보안법상 이적성 여부를 은밀하게 내사하기 시작한 것은 연재가 끝나고 전10권으로 완간된 1989년 말의 일이었다. 완간 후 보인 독자들의 폭발적 반응을 고려했음인지 처음에는 수사에 적극성을 띠지 않은 말 그대로의 '내사' 수준이었으나 이듬해인 1990년 5월 대검찰청이 소설 《태백산맥》을 '이적 표현물'로 분류한다고 공표해 수사에 좀 더 적극성을 띨 것임을 예고했다. 하지만 작품에 대한 대중적 인기는 갈수록 치솟았고, 각종 매체는 여러 방식의 조사 통계를 통해 《태백산맥》을 '1980년대를 대표하는 최고의 소설'로 꼽고 있었다. 무엇보다 노태우 정권 말기에 접어들고 있었으므로 문학작품을 사법 처리의 대상으로 삼았다가는 정치권에까지 악영향을 미칠 것이 분명했다.

마침내 대검은 1992년 소설 《태백산맥》에 대한 내사를 종결한다고 발표했다. 차기 대통령 선거를 앞둔 시점이었다. '국가보안법상의 이적 표현물과 적에 대한 고무찬양에 저촉되는지를 내사한 결과 작가에 대한 의법 조치나 책의 판금을 문제 삼지 않기로 했다'는 것이다. 한데 단서로 붙인 문구가 희한했다. '일반 독자들이 교양으로 읽는 경우에는 무관하지만, 학생이나 노동자들이 읽으면 불온서적 소지 및 탐독으로 의법 조치하겠다'는 내용이었다. 이러지도 저러지도 못한 검찰당국의 고심한 흔적이 엿보이는 대목이다. 그때 이 발표를 접한 조정래는 이렇게 말했다.

"안방에서 어머니가 읽으면 교양물이고, 건넌방에서 대학생 아들이 읽으면 이적 표현물이란 말인가?"

소설 《태백산맥》의 수난은 여기서 그치지 않았다. 뒤이어 여러 개의 반공 우익단체들이 작가의 사상이 불온하다며 검찰에 고발하는가 하면 이승만 초대 대통령의 양자도 이승만의 명예를 훼손했다 하여 검찰에 고발했다. 조정래는 치안본부 대공수사실에까지 끌려가 조사를 받기도 했으나 그 이후에는 수사기관의 잇단 출두 요구를 번번이 거부하는 공방이 한동안 되풀이되기도 했다.

《태백산맥》의 주요 무대가 되는 벌교는 세습 봉건지주와 일제의 수탈 그리고 여순반란사건과 6·25전쟁 등 고난의 한국현대사가 점철된 곳이다. 조정래는 이곳에서 소년 시절을 보냈고, 그래서 《태백산맥》은 그의 숙명적인 작업이었는지도 모른다. 문학평론가 김윤식은 '우리 문학이 여기까지 이르기 위해서는 해방 40년의 기간이 필요했다'고 단언한다. 하지만 아직도 많은 사람들은 이 작품을 서정주가 표현한바 '빨갱이 소설'의 울타리에 가두려 하고 있고, 그것은 남북 분단의 현실 속에서 최소한의 타당한 근거도 지닌다. 그것이 소설 《태백산맥》이 태생적으로 지닌 비극이다. 《태백산맥》이 오로지 순수한 문학작품으로 제대로 평가받기 위해서는 아직도 더 많은 세월이 흘러야 할 듯하다.

14

전봉건,
두 형의 비극 품은 '6·25의 시인'

전봉건 시인은 흔히 '6·25의 시인' 혹은 '전쟁 시인'이라고
불린다. 6·25전쟁을 전장에서 직접 체험했을 뿐만 아니라 그
체험을 시적으로 승화시켰기 때문이다. 6·25전쟁은 그의 시
에 가장 큰 영향을 미쳤다고 평가되기도 한다. 1980년대 중반
부터는 병고에 시달리면서도 6·25전쟁의 비극적 체험을 민족
사적 차원에서 형상화하려는 연작시 《6·25》를 연재하고 있
었으나 완성하지 못한 채 1988년 6·25 발발 38주년을 눈앞
에 둔 6월 13일 세상을 떠났다. 환갑을 불과 두어 달 앞두고
서였다.

전봉건은 1928년 평안남도 안주에서 일제 때 관리 집안의

일곱 형제 중 막내로 태어났다. 예총 회장을 지내기도 한 첼리스트 전봉초(1919~2002)는 그의 사촌형이다. 평양 숭인중학교를 졸업한 전봉건은 1946년 아버지를 따라 월남한 뒤 경기도의 한 시골에서 교사를 지냈다. 그 무렵 다섯 살 위인 형 전봉래에게서 영향을 받아 시를 쓰기 시작하고, 1950년 6·25 전쟁이 발발하기 직전 서정주·김영랑의 추천으로 《문예》지에 〈원顧〉 〈사월〉 〈축도〉를 발표하면서 등단했다(이 작품들은 당시에는 전봉래의 이름으로 발표했으나 전봉건의 작품으로 알려져 있다).

전쟁이 터지면서 미처 피난을 가지 못한 전봉건은 형 전봉래와 함께 석 달을 지하에서 숨어 지내다가 수복 후 징집되어 중동부 전선에 투입된다. 위생병으로 복무하던 그는 전장에서 부상을 당하고 제대해서 형을 찾아 피난지 부산으로 간다. 하지만 부산에서는 크나큰 비극이 전봉건을 기다리고 있었다. 그를 시인의 길로 들어서게 한 형 전봉래는 이미 자살하여 이 세상 사람이 아니었던 것이다. '전봉래 자살 사건'은 아직까지도 한국 문단에 전설처럼 남아 있다. 1951년 2월의 어느 날 저녁 전봉래는 부산의 '스타다방'에서 치사량의 수면제를 먹은 뒤 바흐의 음악을 들으며 죽음에 이르는 순간순간을 시로 써서 남겼다. 다방을 나선 그는 비틀거리며 부두를 거닐다 국제시장에서 쓰러져 다음 날 아침 시신으로 발견됐다. 그의 나이 겨우 스물여덟이었다.

비극은 거기서 끝나지 않았다. 전봉건의 또 다른 형인 전근영이 간첩을 숨겨주었다는 죄로 재판에서 사형선고를 받고 형장의 이슬로 사라진 것이다. 방송국 기술직원이었던 전근영 역시 전봉래와 전봉건처럼 문학을 사랑해 문인들과 교유가 잦은 터였다. 두 사건 모두 6·25전쟁과 직접적인 관련은 없다 해도 그 배경에 시대 상황이 깔려 있음은 부인할 길이 없다. 두 형의 비극적인 죽음은 전봉건의 가슴속 깊이 씻어낼 수 없는 상처로 남게 되었다. 전쟁이 끝나면서 전봉건은 잠시라도 그 고통에서 헤어나기 위해 시에 매달렸다. 〈0157584〉(그의 군번이다), 〈강물이 흐르는 너의 곁에서〉 등 그 무렵 그의 시는 전쟁 체험을 바탕으로 인간과 자연을 접목시켜 생명에 대한 갈망을 노래하고 있다.

전봉건과 가까웠던 문인들은 전쟁을 체험하고 형들의 비극을 겪은 뒤로 그의 성격도 많이 변했다고 말한다. 180cm가 넘는 훤칠한 키에 본래 명랑하고 쾌활했으나 차츰 과묵하고 신중하며 때로는 까다로운 면을 보이기도 했다는 것이다. 그래도 그는 문인들과 자주 어울렸다. 술은 즐겨 하지 않앉지만 문인들의 술자리에 자주 끼었고, 문인들의 이런저런 모임에도 빠지지 않았다. 1957년 김종삼·김광림과 3인 시집 《전쟁과 음악과 희망》을, 1959년에 첫 개인 시집 《사랑을 위한 되풀이》를 각각 펴내면서 마침내 시단의 중견으로 자리 잡게 되었다.

시를 쓰는 일만으로는 생계를 꾸려나가기 어려운 시절이었으므로 전봉건은 일찍부터 잡지 편집에 투신했다. 초창기에 그가 만든 잡지는 《부부》《흥미》《아리랑》《여상》 등 주로 흥미 위주의 대중잡지였다. 대중잡지 편집에 남다른 솜씨를 보여 한때는 대중잡지들의 스카우트 대상이 되기도 했다. 하지만 《부부》라는 잡지를 만들었을 때는 선정성이 너무 짙어 경찰에 체포되는 곤욕을 치르기도 했다. 그래도 1960년대 중반을 전후해서는 《소설계》《문학춘추》 등 문예지 편집에도 참여했고, 이때의 경험을 토대로 1969년 그의 분신이라고 할 수 있는 《현대시학》을 창간하기에 이른다.

대중잡지계에서 발을 빼고 문예지 편집에 참여하던 1960년대 중반 전봉건은 '순수시와 참여시'를 놓고 김수영과 논쟁을 벌여 문단의 주목을 끌었다. 흔히 '사기詐欺 논쟁'으로 불리는 이 논쟁은 김수영이 《사상계》에 발표한 〈난해의 장막〉이라는 제목의 1964년 시 연평에서 '시인의 양심을 저버린 채 기술만을 구사하는 시를 주지적이고 현대적인 시라고 하는 것은 사기'라 질타하면서 촉발됐다. 이에 대해 전봉건은 〈사기론〉이라는 제목의 반론을 통해 김수영의 시를 분석하면서 참여시와 그의 논리를 비판했다. 이 논쟁은 이어서 〈문맥을 모르는 시인들〉(김수영), 〈참여라는 것〉(전봉건)으로 이어졌으나 결국 순수와 참여는 계속 평행선을 달릴 수밖에 없다는 사실만 확인했을 뿐이었다.

그 후로 전봉건은 1967년 옥에 갇힌 춘향의 애환과 허무감을 장시로 묘사한 시집 《춘향 연가》를 펴내 화제를 모았고, 특히 1982년에는 남북 분단으로 비롯된 실향의 상처를 연작시 형태로 그린 시집 《북의 고향》을 내놓아 한반도의 비극적 현실을 되새겼다. 주목을 끄는 시작 활동으로 대한민국문학상, 대한민국문화예술상 등을 수상하기도 하지만 그의 후반기 삶에서 가장 중요한 부분을 차지했던 것은 월간 시 전문지 《현대시학》의 창간이었다. 《현대시학》은 전봉건의 분신이었고, '전봉건=현대시학'이라고 생각하는 사람들이 많았다.

하지만 시 잡지를 만드는 일은 쉽지 않았다. 정부에서 일

정한 원고료를 지원받았음에도 불구하고 필자에게 원고료를 지급하지 못해 몇몇 문인들과는 불화가 생겼고 또 몇몇 문인들은 청탁을 받아도 글을 쓰지 않았다. 고질인 당뇨병이 더욱 악화된 것은 경영난을 겪으면서부터였다. 20년 가까이 약을 달고 살았으나 좀처럼 좋아질 기미를 보이지 않았다. 그가 세상을 떠난 뒤 정진규가 판권을 이어받아 발행해오고 있다.

_15_

정한모,

만학의 첫 시인 장관

1988년 2월 제6공화국의 노태우 정부가 출범하면서 한국 문화예술진흥원 원장이며 서울대학교 문리대 국문과 교수직 의 정년을 앞둔 정한모 시인이 문화공보부 장관에 발탁됐다. 그때까지 문공부 장관은 주로 정치인이나 언론계 출신이 도 맡아왔던 점을 감안하면 다소 예상치 못한 기용이었다. 문 화예술계는 대체로 환영하는 분위기였고, 정한모는 '첫 시인 장관'이라는 기록을 남기게 됐다. 그해 12월 경질되어 10개월 단명 장관으로 끝나게 되지만, 그는 재임 중이던 7월 문단의 해묵은 과제였던 월북 문인 100여 명의 광복 이전 작품 해금 을 단행하는 등 몇 가지 현안을 해결함으로써 장관직을 무난하게 수행했다.

정한모가 문공부 장관에 발탁된 것은 그때까지의 다채로운 경력이 뒷받침됐겠지만 뭣보다 그의 원만하고 부드러운 성격이 참작됐을 것이라는 평가였다. 그가 남들보다 훨씬 늦은 나이에 학업을 마쳤고, 문단 진출 역시 많이 늦었으면서도 짧은 시간에 학계와 문단의 중진으로 우뚝 설 수 있었던 것도 그런 품성과 무엇이든 생각한 대로 이루겠다는 그 나름의 집념이 조화를 이룬 결과였다.

1923년 충남 부여에서 태어난 정한모는 일제강점기에 일본 오사카의 나니와상업학교를 졸업한 뒤 귀국해 경성제국대학에서 청강하던 중 1944년 강제징용에 끌려가 일본 전역의 노역장을 전전한다. 1945년 일본에서 광복을 맞은 그는 그해 11월 징용당한 젊은이와 정신대로 끌려간 소녀 등 수백 명을 이끌고 귀국한다. 광복 후 서울대학교 문리대 국문학과에 입학하지만 6·25전쟁을 겪은 탓으로 휴학을 거듭한 끝에 졸업한 것은 서른두 살이던 1955년이었다. 일본에서 공부할 때부터 문학에 뜻을 품고 습작에 몰두하기도 했지만, 그는 대학을 졸업할 무렵까지도 공식적인 경로를 통해 문단에 진출하는 대신 문우들과 동인 활동에 주력했다.

첫 동인지는 광복 직후 대학에 입학하면서 김윤성, 구경서 등과 함께 만든 《백맥》이었다. 이들은 기성 문단을 깜짝 놀라게 할 생각으로 창간호를 무려 1만 부나 찍어 뿌렸지만 실패하고 만다. 뒤를 이어 김윤성, 공중인 등과 함께 '시탑' 동인을 결성하고 동인지를 6집까지 발행하지만 자금난으로 활동을 접을 수밖에 없었다. 정한모가 참여한 마지막 동인 활동이 1940년대 후반 정한숙, 전광용, 전영경과 함께 결성한 '주막' 동인이었다. 이 동인은 동인지를 내는 대신 각자의 작품을 돌려가며 읽고 합평을 하는 형식으로 이어졌으나 전쟁이 터지면서 뿔뿔이 흩어졌다. 고등학교 교사로 일하면서 종전 후 다시 모인 이들은 공식적인 경로를 통해 정식으로 등단하자고 약속했다.

이들이 겨냥한 것은 신춘문예였다. 놀랍게도 이들 네 사람은 똑같이 1955년 일간지의 신춘문예에 당선하거나 입선해 그 약속을 지켰다. 시 쪽에서는 정한모가 한국일보에서 〈멸입滅入〉과 전영경이 조선일보에서 〈선사시대〉로, 소설 쪽에서는 정한숙이 한국일보에서 〈전황당인보기〉와 전광용이 조선일보에서 〈흑산도〉로 각각 당선하거나 입선해 등단한 것이다. 전영경만이 아직 20대였을 뿐 다른 세 사람은 모두 30대 중반을 전후한 다소 늦은 나이였다.

　좀 늦기는 했지만 등단 후 정한모는 문단과 학계에서 비교적 순탄한 길을 걸었다. 1950년대 후반 《카오스의 사족》과 《여백을 위한 서정》 등 잇달아 두 권의 개인 시집을 펴내 주목을 끌었고, 모교 대학원에서 박사학위를 취득한 후 52세 때인 1975년 마침내 모교 교수로 임용된다. 작달막한 키에 동그랗고 통통한 몸매가 대변하는 무골호인형 기질 덕분에 문단과 학계에서 교유의 폭도 넓었다. 주량도 어지간했고, 굵고 쾌활한 목소리로 풀어내는 구수한 입담으로 어느 모임이든 그가 참석한 자리는 늘 화기애애했다. 하지만 그는 좀 지나치다 싶을 정도의 '포커 취미'를 가지고 있었다. 한국시인협회 사무실이나 시 잡지 《심상》의 편집실 그리고 문인들이 운영하는 출판사 사무실에 그가 나타나고 '동호인' 두엇만 모이면 늘 판이 벌어졌다. 그는 항상 좌장이었고 그보다 열 살 안팎이 아래인 이형기·김광림·성춘복·김시철, 스무 살 가까이 아래인 김영태·이근배·이탄·김종해 등이 단골 멤버였다.

　내가 '문단 포커 판'에 끼어든 것도 그의 영향이 컸다. 1970년대 중반쯤의 어느 날 저녁 시인협회 사무실에 들렀다가 시인들의 포커 게임을 구경하게 되었다. 정한모가 나에게 '포

커를 할 줄 아느냐'고 물었다. '초보'라며 꽁무니를 뺐으나 그
는 손수 자리를 마련해주며 반 강제로 나를 끼워 넣었다. 그
렇게 해서 나도 시인들의 포커 판에 꽤 자주 어울리게 됐는
데 눈여겨보니 정한모는 십중팔구 피해를 보는 쪽이었다. 그
래도 그는 줄기차게 포커를 즐겼다. 한데 그는 밤이 이슥해
지면 자주 시계를 들여다보며 안절부절못하곤 했다. 노모가
주무시지 않고 자신을 기다리신다는 것이었다. 통행금지시
간이 임박해오면 그는 아쉬워하면서도 서둘러 자리를 뜨곤
했다.

정한모는 노모를 모시고 서울 성북동 언덕바지 중턱의 자
택에서 아들 손자들과 함께 4대가 30년이 넘도록 살았다. 그
가 장관에 취임했을 때 93세의 노모가 언론에 소개되기도 했
다. 1982년에 태어난 그의 맏손녀 정수영은 2000년 뮤지컬배
우로 연예계에 데뷔한 뒤 탤런트로 활약하고 있다. 정한모가
쓴 〈어머니〉라는 시는 어머니의 애틋한 자식 사랑을 감동적
으로 그려 널리 사랑받고 있다.

어머니는/눈물로/진주를 만드신다//그 동그란 광택의 씨를/아
들들의 가슴에/심어 주신다//씨앗은/아들들의 가슴속에서/벽

찬 자랑/젖어드는 그리움/때로는 저린 아픔으로 자라나/드디어 눈이 부신/진주가 된다/태양이 된다 (시 〈어머니〉 첫 세 연)

장관직에서 물러난 후 한국간행물윤리위원회 위원장을 맡았던 정한모는 1991년 췌장암으로 세상을 떠났다. 68세였다.

16

두 서정시집의 돌풍,
'접시꽃 당신'과 '홀로서기'

1970년대가 '소설의 시대'였다면 1980년대는 '시의 시대'였다고 말할 수 있다. 1970년대 후반에서 1980년대 초반에 이르는 정치적 혼란의 소용돌이를 중심으로 1970년대에 소설들이 대중문학 혹은 문학의 대중화라는 이름으로 독자의 눈길을 사로잡았다면, 1980년대에는 노동자시 혹은 농민시라는 이름으로 시들이 시대의 아픔을 겪고 있는 많은 사람들에게 공감을 심어주었던 것이다. 하지만 1980년대 '시의 시대'는 다시 정치적 상황의 변동에 따라 전반기와 후반기가 각각 다른 모습이었다. 민중시 혹은 저항시의 속성이 정치적 상황의 변화와 무관할 수 없다면 1980년대 '시의 시대'는 어차피 태생적

한계성을 지니고 있었던 것이다.

1980년대 중반에 접어들면서, 정확하게 말하면 제5공화국 말기에 들어서면서 그동안 숨을 죽이고 있던 정통적 서정 시편들이 슬금슬금 머리를 내밀기 시작했다. 처음에는 서정시에 독자의 반응도 그저 관망하는 분위기였으나 1986년 말 도종환의 《접시꽃 당신》이 출간되면서 기이한 현상이 벌어지기 시작했다. 불과 몇 개월 만에 수십만 부가 팔려나가는 돌풍을 일으킨 것이다. 《접시꽃 당신》에 이어 이듬해인 1987년 3월에 출간된 서정윤의 《홀로서기》도 마찬가지였다. '시집은 1만 부만 팔려도 베스트셀러'라던 시절에 이 두 권의 시집에 쏠린 그와 같은 독자의 관심은 말 그대로 폭발적이라 할 만했다.

이 두 권의 시집이 나오기까지의 과정을 살펴보면 각기 나름대로의 독특한 배경을 지니고 있다. 도종환은 등단하면서부터 민중문학 성향이었고, 더군다나 전교조(전국교직원노동조합)를 통한 적극적인 활동이 서정시와는 거리가 멀지 않은가 생각하는 독자들이 많았다. 1954년 충북 청주에서 태어난 도종환은 충북대 사대 국어교육과를 졸업한 뒤 1976년부터 교직생활에 몸담고 있었다. 그가 문학 활동을 시작한 것은 서른 살에 접어든 1984년 동인지 《분단시대》에 〈고두미 마을에서〉 등 5편의 시를 발표하면서부터였다. 궁핍하고 외로웠던 성장기의 상처를 절절하게 묘사해 주목을 끈 그는 다음 해 《실천문학》에 〈마늘밭에서〉를 발표하면서 등단한 후 창작과 비평사에서 첫 시집 《고두미 마을에서》를 펴낸다.

도종환이 《접시꽃 당신》을 쓰게 된 것은 아내의 죽음이 계기였다. 등단하던 무렵 결혼한 그는 아내가 두 아이를 낳은 뒤 위암으로 와병하게 되자 아내의 곁을 지키며 틈틈이 아내와 고통을 함께 나누는 시를 쓴다. 아내가 죽은 뒤 세상에 나온 《접시꽃 당신》은 아내의 투병과 죽음의 비극을 바탕에 깔면서도 궁극적으로는 사랑과 희망을 노래한다는 점이 많은 사람들의 공감을 얻을 수 있었던 요소였다. 도종환은 1988년 계속해서 《내가 사랑하는 당신은》이라는 제목의 서정시집을 펴내지만 그의 문단 활동과 교직 활동은 여전히 참여적이었고 투쟁적이었다. 1989년에는 전교조 충북지부장을 맡았다가 해직된 후 투옥되는 곤욕을 치렀고, 풀려난 후에는 민예총 충북지부장과 민족문학작가회의 사무총장을 지내기도 했다.

반면 서정윤은 도종환과는 전혀 다른 길을 걸었다. 등단하기까지의 과정도 제도권 문단의 정통 코스를 밟았다. 1957년 대구에서 태어난 서정윤은 영남대학교 국문과를 졸업한 뒤 여러 해의 습작기를 거쳐 1984년 김춘수의 추천으로 《현대문학》에 〈서녘바다〉〈성〉 등을 발표하면서 데뷔한다. 시집 《홀로서기》가 첫선을 보인 것은 1987년 3월이었지만 〈홀로서기〉라는 제목의 시가 처음 발표된 것은 그로부터 6년 전인 1981년에, 그것도 대학 교지에 발표된 시라는 점이 흥미롭다. 서정윤이 재학 중 교지 《영대문화》에 발표한 일곱 단락의 시 〈홀로서기〉는 발표되자마자 복사본이나 필사본으로 광범위하게 유포되기 시작했다.

그뿐만 아니라 몇몇 지방 방송이 이 시를 소개하고, 많은 여성들이 편지에 시구를 인용해 쓰면서 〈홀로서기〉는 전국적으로 유명해지게 되었다. 하지만 이처럼 비정상적인 경로로 유통되다 보니 아직 등단 전인 서정윤의 이름은 차츰 자취를 감추고 독자들 사이에선 '서정주의 시다, 아니다 김남조의 시다, 아니다 김춘수의 시다' 하는 따위의 논란이 빚어지기도 했다. 서울의 한 대형서점에서는 아직 나오지도 않은 시집 《홀로서기》를 찾는 고객이 갈수록 늘어나자 시 〈홀로서기〉를 복사해 한 부씩 나눠주는 진풍경도 벌어졌다.

그 무렵 출판사 청하를 운영하던 시인이자 평론가인 장석주는 서둘러 시집 《홀로서기》를 출판했다. 시 〈홀로서기〉를 비롯해 50여 편의 시가 실린 시집 《홀로서기》는 시중에 깔리자마자 한 달에 수만 권씩 팔려나가는 폭발적인 반응을 불러일으켰다. 장석주는 후에 그 원인을 이렇게 분석했다.

"체제비판적인 민중시와 같은 시대적 프리미엄이 전혀 없는 서정시라는 점에서 이 시집에 대한 독자들의 열화 같은 반응은 《홀로서기》가 스스로 이룩하고 있는 탁월한 서정성, 혹은 이루지 못한 사랑의 안쓰러움, 절대고독의 가치, 젊음의 방황 등과 같은 주제의 대중적 호소력에서 찾아야 할 것이다."

한데 똑같은 서정시 계열이면서도 《접시꽃 당신》과 《홀로서기》는 궁극적으로 나타내고자 하는 의미는 사뭇 다르지 않느냐는 견해도 많았다. 곧 《접시꽃 당신》은 현실적으로 존재하는 희생적 사랑을 통해 공동체적 의미의 사랑을 파악하려 한 반면 《홀로서기》는 고독한 존재 의미로서의 사랑을 천착하려 했다는 것이다. 이 같은 견해는 도종환과 서정윤의 '문단적 성분'과도 일치해 관심을 모았다.

어쨌거나 이들 두 서정시집의 돌풍은 민중시로부터 시작

된 1980년대 '시의 시대'를 오래 지속케 하는 촉매로 작용하지 않을까 하는 전망을 갖게 했으나, 결론부터 말하자면 그것은 1980년대 후반에 나타난 반짝 돌풍에 그치고 말았다. 일부 시인과 시집 전문 출판사들의 서툰 상업주의 탓이었다. 이들은 이미 출간된 인기 시집과 크게 다를 바 없는 속편 시집을 내놓아 시의 가치를 스스로 떨어뜨리는 어리석음을 범했으며, 센세이셔널리즘에 기대어 대중적 호기심에 영합하는 수준 낮은 시집을 양산함으로써 시에 대한 독자의 신뢰를 저버리는 무모함을 드러냈던 것이다.

17

1세대 여류 작가

박화성의 파묻힌 사연

한국 여성 문단의 인맥과 서열을 파악하려면 한국여성문학인회 역대 회장의 면면을 살펴보면 쉽게 알 수 있다. 1965년 9월 창립된 여성문학인회는 창립 이후 오랫동안 여성 문인들의 연령과 등단 시기 그리고 작품 활동 등을 종합한 천거로써 그 순서대로 회장을 역임했기 때문이다. 그에 따라 박화성이 초대 회장을 지낸 후 최정희, 모윤숙, 임옥인, 손소희, 전숙희, 조경희, 한무숙, 강신재, 홍윤숙, 김남조…… 등이 차례로 회장을 역임했고 그것이 곧 한국 여성 문단의 서열이었다. 박화성은 1988년 1월 30일 84세를 일기로 세상을 떠날 때까지 줄곧 여성 문단의 최고 원로이자 정신적 지주였다.

하지만 박화성이 오랜 세월 한국 여성 문단의 버팀목이 될 수 있었던 것은 연령이 가장 높다거나 1920년대부터 문학 활동을 시작한 유일한 여성 소설가이기 때문만은 아니었다. 언행은 말할 것도 없고 일상의 미세한 부분까지도 여성 문인들에게는 모범이었고 귀감이었다.

예를 들어보자. 나도 여러 차례 경험했지만 그의 집을 방문하면 그는 손님을 거실에 기다리게 해놓고 오랫동안 안방에서 옷매무새랑 얼굴이며 머리 모양 따위를 세심하게 가다듬은 다음에야 손님을 맞는 것이 습관이었다. 박화성의 그런 풍모를 손소희는 이렇게 표현했다.

"……안경 속의 차가운 눈빛도 그렇고 엄격한 정형률을 연상케도 하는 그분의 단정한 외모와 그 외모를 보호하고 있는 그 매무새에서도 전연 빈틈이라고는 찾아볼 수 없는 그런 인상이다."

한데 흥미로운 것은 박화성의 젊은 시절로 거슬러 올라가면 말년에 보여준 그런 풍모와는 사뭇 다른 여러 가지 모습들을 쉽게 엿볼 수 있게 된다는 점이다. 1904년 전남 목포의 선창가 객주업을 하던 부유한 집안의 5남매 가운데 막내로 태어난 박화성은 어렸을 적부터 총명하고 자유분방한 기질이었다. 네 살 때 《천자문》을 읽는가 하면 7~8세 때부터 《삼국지》 《홍루몽》 등 중국의 고전소설을 독파하고, 목포 정명여학교 재학 때인 열대여섯에 〈유랑의 소녀〉라는 제목의 소설을 쓰는 등 그의 재능은 일찍부터 소문이 자자했다고 한다. 서울로 올라와 정신여학교에 편입해 다니다가 이 학교의 엄격하고 까다로운 분위기가 싫어 숙명여자고등보통학교로 옮긴 것도 널리 알려진 이야기다.

박화성은 21세 때인 1925년 1월 이광수의 추천으로 《조선문단》에 소설 〈추석 전야〉를 발표하면서 문단에 데뷔한다. 그때 이광수는 격찬을 아끼지 않았고 그 인연으로 두 사람은 급속하게 가까워지기 시작했다. 20대 처녀의 몸으로 열두 살 연상인 기혼의 이광수를 좋아했던 일만으로도 박화성의 자유분방한 성격을 엿볼 수 있다. 몇 년 뒤 모윤숙이 등단하면서 세 사람이 삼각관계에 빠지게 되었다는 사실은 후에 박화성이 회고의 글에서도 밝힌 적이 있다.

박화성은 1926년 숙명여고보 개교 이후 최고의 성적인 평균 98점으로 졸업한 뒤 일본으로 건너가 니혼여자대학교 영문과에 입학한다. 그 무렵 틈틈이 사회주의 서적을 탐독한 박화성은 1928년 1월 결성된 여성 항일 구국운동 단체인 근우회 도쿄지부 창립대회에서 위원장으로 선출되기도 한다. 하지만 그 무렵 아버지의 파산으로 학교를 중퇴하고 귀국한다.

그와 같은 사상적 성향은 사회운동을 하다가 투옥된 오빠 박제민의 영향이었다. 박화성은 그 오빠를 모델로 한 소설 《북국의 여명》을 발표하기도 했다. 그뿐만 아니라 1930년 그 오빠의 절친한 친구이며 성향이 비슷한 김국진과 가족들에게조차 알리지 않은 채 비밀 결혼식을 올린다. 그 이후 〈하수도 공사〉, 장편《백화》등 주요 작품을 발표하지만 김국진과의 불화가 갈수록 깊어져 1937년 파경을 맞게 되었다. 같은 해 박화성은 목포 지역 굴지의 사업가이던 천독근과 재혼했다. 천독근은 일찍부터 박화성을 연모해 자살소동까지 벌인 적이 있는 사람이었다. 박화성은 재혼하면서 일제 말기의 혼란을 피해 고향인 목포로 내려가 광복까지 작품 활동도 접고 평화로운 나날을 보냈다.

박화성의 세 아들은 모두 문단에 진출해 소설가인 맏며느리 이규희와 함께 '문학 가족'을 이루었다. 1938년 출생한 천승준은 문학평론가, 아내인 이규희는 1963년 동아일보 장편소설 공모에서 《속솔이뜸의 댕이》가 당선해 등단한 소설가다. 둘째 천승세는 소설가, 셋째 천승걸은 문학평론가이자 서울대 교수를 지낸 영문학자다. 한데 그들 형제 관계에는 짚고 넘어가야 할 부분이 있다. 둘째인 천승세는 호적상 1939년생으로 등재돼 있지만 그는 오랫동안 1932년생으로 행세했고, 문단에서도 그것을 인정해왔다는 점이다.

여러 가지 취미가 같았던 탓에 나는 1970년대 초부터 천승세와 '형' '아우'로 호칭하며 서로의 집을 오갈 정도로 친숙하게 지냈다. 처음부터 그는 자신이 호적상의 나이보다 일곱 살이 많다고 말했고, 그렇게 된 사연까지 낱낱이 털어놨다. 그가 졸업한 서라벌예술대학 문예창작과 1958년 입학 동기생들 가운데는 김주영·이근배·홍기삼·유현종·김문수 등 문인들이 많았지만, 천승세는 그들 동기생들과는 잘 어울리지 않았고 오히려 그들보다 7~8세 위인 이호철(1932년생)·고은(1933년생) 등과 말을 트고 지냈다. 대학 동기생들은 그의 말을 믿으려 하지 않았지만 이호철, 고은 등은 '무슨 사연이 있는지는 몰라도 그가 1932년생인 것은 맞다'고 단언했다.

박화성과 천승세 모자의 파묻힌 사연 중 일부가 신문지상에 처음 공개된 것은 박화성이 타계한 지 20년의 세월이 흐른 2007년 4월이었다. 《국민일보》 정철훈 문학전문기자의 천승세 인터뷰 기사다. 천승세가 네댓 살 때 박화성이 재혼했다는 것도, 목포 근처의 어떤 섬에서 살던 소년 시절에 어머니가 이따금 찾아와 만났다는 것도, 어머니와 평생 불화할 수밖에 없었다는 것도 모두 1970년대 초 내가 들었던 이야기와 똑같다. 특히 함께 게재된 사진 한 장이 눈길을 끌었다. 목포의 '박화성문학관'에 전시된 이 사진은 1942년 박화성·천독근 부부와 세 아들이 함께 찍은 것인데 천승세가 천승준보다도 네댓 살 위라는 것을 확연하게 보여주고 있었다. 하지만 출생 시기야 어떻든 천승세는 '어머니가 돌아가신 후에야 어머니는 나에게 또 다른 하늘이었음을 깨달았다'며 어머니와의 화해를 내비쳤다.

(덧붙이는 글: 이 글이 실린 신문이 발행된 날 이른 아침 천승걸로부터 전화를 받았다. 그는 서울대 영문학과 2년 선배이기도 하다. 그는 '승세 형이 왜 그런 소리를 하고 다니는지 도무지 이해할 수가 없다. 실제 나이가 일곱 살이나 많다는 승세 형의 이야기는 주정이거나 헛소리일 뿐이다⋯⋯'고 일축했다. 생전의 박화성도 그런 이야기가 나올라치면 '정신 나간 녀석'이라고 웃어넘기곤 했다. 어느 쪽이 옳고 어느 쪽이 틀린지 제삼자로선 가늠할 길이 없지만 천승세를 제외한 가족들은 한결같이 부인하고 있음을 밝혀둔다.)

18

젊어 죽은					

						시인들

임홍재(1942~1979, 37세, 추락사)

전재수(1940~1986, 46세, 실족사)

채광석(1948~1987, 39세, 교통사고사)

박정만(1946~1988, 42세, 병사)

기형도(1960~1989, 29세, 돌연사)

고정희(1948~1991, 43세, 실족사)

김남주(1946~1994, 48세, 병사)

1970년대 막바지부터 1990년대 초반 사이의 10여 년간 20
대에서 40대에 이르는 젊은 나이에 유명을 달리한 시인들이

다. 모두 나와는 가깝게 지내던 사이였으며, 그 가운데 서넛
은 혈육 못지않은 정을 나누던 시인들이다. 우선 죽음의 원
인부터 살펴보자.

임홍재는 '육성' 동인(정대구, 이인해)과 함께 술을 마시고 귀가
하던 중 노래를 흥얼거리며 청량리 뚝방길을 걷다가 자석에
이끌리듯 뚝방 아래로 떨어져 숨을 거뒀다. 전재수는 집에
서 저녁을 먹고 산책을 하겠다며 집을 나서다가 계단에서 발
을 헛디디며 아래로 굴러떨어져 숨졌다. 채광석은 새벽에 귀
가하려고 택시를 기다리던 중 교통사고를 당해 타계했다. 박
정만은 '한수산 필화사건'에 연루돼 온갖 고문을 당하고 풀
려난 뒤 술과 방황으로 일관하다가 세상을 떠났다. 기형도는
새벽에 심야극장에서 잠자는 듯 숨을 거뒀다. 고정희는 지
리산 등반 도중 실족사했다. 김남주는 '남민전사건'으로 10년
가까이 복역한 뒤 시름시름 앓다가 세상을 떠났다.

어찌 보면 인간 사회에 흔히 있을 수 있는 병사요 사고사
다. 하기야 박정만처럼 '나는 사라진다/저 광활한 우주 속으
로'라고 한다든가, 기형도처럼 '잘 있거라, 짧았던 밤들아/창
밖을 떠돌던 겨울안개들아/아무것도 모르던 촛불들아, 잘
있거라'라는 시구로 죽음을 예감하기도 했다지만, 누구나 막

연하게나마 죽음을 예감하면서 살아가도록 되어 있다면 그 또한 대수로울 것이 없다. 한데 나는 위의 시인들이 죽었을 때마다 그 '각별한 의미'를 캐내려 고심했다. 김남주가 죽었을 때는 시를 종교에 비유한 어느 철학자의 글을 인용해 그 의미를 천착하려는 칼럼을 쓰기도 했다. 하지만 만족스럽지 못했다. 그러다가 몇 해 전 인터넷을 둘러보다가 한 젊은 철학도의 사이트에서 다음과 같은 글을 발견하게 됐다.

세인의 죽음과는 달리 시인의 죽음은, 사뭇 잊고 살았던 삶의 근원적 의미를 채근하게 된다. 자명하게만 다가왔던 우리네 삶이 어느 순간 한없이 낯설어진다. (중략) 시인의 죽음은 모든 존재가 엔트로피의 법칙에 의해 와해되는 서글픔이 아니라, 마치 그토록 가고 싶어 했던 본향에로의 황홀한 귀향과 같다. 어쩌면 시인에게 있어서 암울한 현실은 언제나 면역 결핍의 영역이다. 오히려 시인의 고향은 삶 저편의 신성한 숲일는지도 모른다. (전철, 〈시를 읊은 삶, 칼 구스타프 융을 회상하며〉 중에서)

시인이 살아 있는 동안 그에게 암울한 현실은 마치 면역되지 못하는 질병 같은 것이지만 일단 죽게 되면 그 죽음은 엄마의 품속 같은 따뜻한 고향에로의 회귀가 될 것이라는 뜻이리라. 그렇게 보면 이들 젊어서 죽은 시인들에게는 어떤 공통점이 있을 듯싶기도 하다. 무엇보다 그들의 시와 삶에서 한결같이 시대의 아픔이 느껴진다는 점이다. 민중시를 쓰면서 '급진적 좌파 비평가'의 격한 몸짓을 보였던 채광석이나, '여성해방 전사'로 불리던 고정희나, 투쟁적이고 전투적인 시로 일관했던 김남주는 말할 것도 없고, 맑고 투명한 영혼으로 삶의 구석구석을 관조했던 임홍재나 박정만이나 기형도도 마찬가지다.

결국 그들의 시와 삶이 시대의 아픔에서 자유로울 수 없었다면 그들의 죽음은 그 아픔으로부터의 해방 그리고 본향에로의 회귀였던 셈이다. 그것은 박정만이 죽었을 때 기형도가 독백처럼 내뱉은 한마디로 집약돼 나타나고 있음을 나중에야 알게 되었다. 나와 박해현과 함께 문상을 가는 차 안에서 기형도는 박정만이 타계하기 전에 봇물처럼 시를 토해내던 일을 상기시키면서 '이 세상에 박정만처럼 행복한 시인이 또 있을까' 웅얼거렸다. 곧 시인으로서 박정만의 죽음은 행복하지 않았겠느냐는 것이다. 박정만이 죽은 뒤 5개월여 만에 세상을 등진 기형도 역시 그 전 몇 달 사이에 생애를 통틀어 가장 많은 시를 썼으니 그들에게 있어서 시는 곧 죽음이었을까, 아니면 죽음이 곧 시였을까.

죽기 전에 시에 집착하는 모습을 보이기는 나와 동년배였던 전재수도 마찬가지였다. '좋은 시를 쓰려면 확고한 시론을 갖춰야 한다'며 40대를 넘어선 나이에 대학원에 입학하기도 했고, 전에 없이 강한 의욕과 열정을 보이기도 했다. 하지만 나로서는 그에 대한 다소 입맛 쓴 기억을 가지고 있었다.

5·18민주화운동 직후의 일이다. 계엄령이 발동하고 서울시청에는 소위 '신문검열단'이 들어앉아 매일매일의 신문을 사전 검열하고 있었는데 어쩐 일인지 전재수가 그 검열단을 지휘하고 있었다. 물론 나는 그 사실을 알 수가 없었는데, 어느 날 그날 치 신문의 검열을 받고 돌아온 신문사 후배들이 검열단에서 누군가 내 안부를 물으며 자신의 이름까지 밝히더라는 것이다. 그 사람이 전재수였다. 연유야 어떻든지 간에 그것이 자랑스러운 경력이 될 수 없음은 두말할 나위도 없다. 그 이후 시인들의 술자리에서 여러 차례 만났지만 전재수도 나도 검열단 일에 대해서는 입 밖에 꺼내지 않았다. 그 일 역시 시대의 아픔 가운데 하나였다면 전재수도 뒤늦게나마 시에 집착함으로써 그 아픔으로부터 벗어나고자 한 것은

아니었을까.

전재수는 성정이 다소 거칠고 격한 면도 있어서 술자리 같은 데서 시인 친구들과 다투는 일이 잦았다. 그래도 '경상도 사나이'답게 붙임성이 있어서 그를 좋아하는 시인 친구들도 많았다. 너무 갑작스러운 죽음이어서 그의 장례는 몇몇 시인들만 참석한 채 간소하게 치러졌다. 한데 그의 영정 앞에서 가장 서럽게 오열한 사람은 그와 가장 사이가 나빴던 시인이었다. 그때 나는 〈어떤 시인의 죽음〉이라는 제목의 짤막한 칼럼에서 그 이야기를 전하면서 이렇게 썼다.

"이처럼 어지러운 시대를 함께 살면서 현실적인 삶에는 아무런 도움도 되지 못하는 시를 속절없이 경쟁하듯 써왔다는 아픈 동류의식 때문은 아니었을까."

19

기형도,
죽어도 지워지지 않는 흔적들 1

    1985년 1월 하순의 어느 날 오후, 낯선 이로부터 전화를 받았다. 그는 '기형도'라 자신의 이름을 밝히고, 나의 고등학교 후배가 된다고 덧붙였다. 그 무렵 나는 계간문예지 《문예중앙》의 편집을 맡고 있었으므로 그해 1월 초 각 일간지의 신춘문예 발표를 둘러보던 중 동아일보의 시 당선작 〈안개〉를 읽으면서 깊은 관심을 가졌던 기억이 있었다. 당선자의 약력에서 그가 '현직 중앙일보 기자'라는 사실도 알고 있었다. 그는 경찰기자로 뛰고 있어 시간을 내기가 어려워 먼저 전화로 인사를 드린다고 하면서 조만간 찾아뵙겠다며 전화를 끊었다. 기형도가 내 앞에 나타난 것은 그로부터 서너 달 뒤였다.

그의 첫 인상은 눈이 깊고 어딘가 우수에 차 있는 모습이었다. 그는 수습을 끝내고 정치부에 배속돼 중앙청을 출입하고 있다며 응석 부리듯 이렇게 말했다.

"실은 문화부 일을 하고 싶어 신문사에 입사했는데 제 뜻이 언제 이루어질는지 답답해요. 혹 정 선배께서 힘이 돼주실 수 있을는지요."

그 뒤 나는 편집국의 몇몇 간부에게 기형도의 뜻을 전했고, 그것이 주효했는지 어쩐지는 알 수 없지만 기형도는 1986년 봄 마침내 문화부로 자리를 옮기게 되었다. 한데 기형도와 예사롭지 않은 운명으로 엮일 운명이었던지 그해 여름엔가 편집국장이 바뀌면서 나는 다시 문화부의 데스크를 맡게 되었다. '한수산 필화사건'과 함께 문화부를 떠난 지 꼭 5년 만의 복귀였다.

나의 문화부 복귀를 가장 반긴 사람은 기형도였다. 그때 문학담당은 특채된 소설가 양헌석이었고, 기형도는 문화부의 막내가 늘 그랬듯 방송담당이었다. 기형도는 각 방송사를 제집 드나들듯 하며 방송사의 눈에 거슬리는 행태와 프로그램들을 가차 없이 비판하고 있었다. 방송사 간부들이 떼를 지어 편집국으로 찾아와 기형도의 기사를 항의한 적도 몇 차례 있었다. 나는 늘 기형도의 방송기사를 '톤다운'하려 고심했지만 기형도는 막무가내였다.

　문화부 데스크를 맡은 지 얼마 지나지 않아 사보社報 담당자로부터 문화부와 문화부원들을 소개하는 글을 써 달라는 청탁을 받았다. 그 일 또한 막내 기자의 몫이어서 기형도에게 써보라고 했더니 선뜻 응낙했다. 기형도가 남긴 많지 않은 글들이 그의 사후 샅샅이 발굴 공개됐으나 이 글은 전혀 알려지지 않은 글이어서 그 서두 부분을 옮겨볼까 한다. 문화부의 위상을 다소 익살스럽게 혹은 역설적으로 패러디한 글인데 나름대로 기형도의 재기가 엿보인다.

'문화면 빼놓으면 신문 뭐 볼 게 있느냐'는 독자들의 아우성(?)은 우리를 슬프게 한다. 토요일마다 연재소설 《백두산》(황석영의 주말 연재소설)을 한 줄도 빼놓지 않고 읽는다는 동료 기자들의 윙크는 우리를 슬프게 한다.

문화부는 외풍이 센 곳이다. 시, 소설, 평론, 영화, 연극, TV, 음악, 미술, 무용, 음식, 미용, 패션, 종교, 교육, 가요, 고물(?), 학술, 어린이, 책, 바둑, 시조…… 누구나 다 간섭하기 좋은 분야들 아닌가. 위에서 아래까지 모든 사람들이 이 방면에 박사들인 것이다(실제로는 한두 마디 아는 척하는 경우가 태반이지만). 그래서 문화부 사람들은 늘 시달린다. 매일같이 신문의 1/4을, 어떤 때는 1/3(3~4개 면이라는 어마어마한 양)의 기사를 쓰고 있으면서도 '쟤네들은 매일 놀고먹는군'이라는 기가 찬 오해를 받을 때도 그렇고 문화부에 발령이 났다고 하면 '아까운 사람 하나 물먹었군' 하는 전근대적인 동정(?)을 받는 풍토가 또 그렇다.

그러나 사우들이여, 문화부란 아무나 올 수 없는 곳이다. 오고 싶어도 쉽게 올 수 없는 곳이다. 무한한 인내심과 상상력을 가진, 무엇보다도 가장 부지런하고 인간적인 '문화인'들만이 올 수 있는 곳이다. 다음 열두 사람의 얼굴을 들여다보라. 무엇인가 여러분들과는 수준이 다른(?) 어딘지 존경하고 싶은(?) 그런 사람들 아닌가.

그러고 나서 부원 한 사람 한 사람을 소개한 다음 자기 자신에 대해서는 이렇게 썼다.

유일한 총각이라 언니들 네 명의 쟁탈전이 볼만하다. 그 쟁탈전을 은근히 감상 내지 조장하는 게 낙. 1985년 동아일보 신춘문예에 〈안개〉로 당선한 시인. 유머감각이 탁월한 독설가이자 우울증이 심한 사이코. 팔자에 없는 TV 시청으로 일요일 밤잠을 못 자는(TV 주평 쓰느라) 남자. 기사에 너무 멋을 부린다는 질책을 한 몸에 받고 있다. 문화부의 가수이며 만화가. 순발력 있는 공상가.

얼마 후 양헌석이 다른 부서로 전출되면서 자연스럽게 문학담당은 기형도의 몫이었다. 기형도는 고기가 물을 만난 듯 문학과 문단을 요리했고, 시단에서도 등단 2년차의 신예 시인으로 주목받고 있었다. 눈여겨보니 그는 시인으로서뿐만 아니라 태생적으로 예술적 기질이 몸에 밴 젊은이였다. 술은 별로 즐기지 않았지만 문인들의 술자리에는 비교적 자주 끼어 노래를 청하면 수줍어하면서도 가곡에서 팝송, 대중가요에 이르기까지 다양한 노래를 능숙하게 부르곤 했다. 이따금 보여주는 인물이나 정물 등의 스케치도 상당한 솜씨였다.

하지만 일에 매달리지 않고 있을 때의 기형도는 대개 우울하고 우수에 차 보였으며, 뭔가 깊은 생각에 잠겨 있는 듯한 모습이었다. 내가 농담 삼아 여자 친구라도 사귀어보라고 권하면 쑥스러운 미소를 짓곤 했다. 그 무렵 강석경이 《가까운 골짜기》라는 제목의 소설을 연재하고 있었는데, 어느 날 기형도는 강석경 같은 여성이 '이상적인 여성상'이라고 흘리듯 말했다. 내가 거들었다.

"좋은 작가고 이상적인 여성인 것은 틀림없지만 자네와 나이 차이가 열 살이나 되니 여자 친구 삼기도 뭣하고……."

그러자 기형도가 정색을 하며 항변했다.

"열 살은 무슨 열 살입니까. 아홉 살 차이밖에 안 나는데."

몰랐던 것이 아니라 아홉 살이나 열 살이나 별반 다를 것이 없다는 뜻이었는데 기형도는 좀 서운했던 듯싶었다. 실제로 기형도는 1960년생, 강석경은 1951년생이니까 정확하게 아홉 살 차이였던 것이다.

20

기형도,
죽어도 지워지지 않는 흔적들 2

기형도의 마지막 몇 년을 이야기하자면 빼놓을 수 없는 두 사람이 있다. 그보다 5개월여 전에 세상을 등진 박정만 시인 그리고 그보다 1년 3개월여 뒤에 세상을 떠난 김현 평론가다. 박정만은 문학기자로서의 기형도의 위상을 높여주었을 뿐만 아니라 자신의 기이한 시적 체험을 매개로 시적 영감을 불어넣어주었고, 김현은 기형도의 사후에 그의 시세계를 집중 조명함으로써 그가 불세출의 걸출한 시인이었음을 확인했다.

1988년 2월 초순의 어느 날 오후 박정만이 불쑥 나를 찾아왔다. 그 얼마 전 나는 편집국을 떠나 출판국으로 옮겨가 있었다. 박정만은 기형도와 인터뷰 약속이 있는데 나를 만나기 위해 조금 일찍 왔다고 했다. 그 전해 말 약 한 달 동안 끼니때마다 밥 대신 소주 두 병씩을 마시며 마치 봇물 쏟아지듯 300여 편의 시를 쏟아내 한꺼번에 여섯 권의 시집을 펴냈다고 했다. 그 이야기를 아무도 믿어주지 않았으나 기형도는 있을 수 있는 일이라면서 인터뷰를 요청했다는 것이다. 기형도가 박정만을 믿었던 것은 자신도 비슷한 시적 체험을 가지고 있기 때문이었다. 그 무렵 기형도는 자신의 시적 체험을 이렇게 술회한 적이 있었다. '자면서도 시를 쓰고, 밥을 먹으면서도 쓰고, 길을 걸으면서도 쓴다'는 것이다.

하지만 그때까지만 해도 기형도는 '과작의 시인'이었다. 머릿속이 시로 가득 차 있으면서도 완벽하게 마음에 들지 않으면 작품으로 만들지도 않았고 발표도 하지 않았던 것이다. 언젠가 그의 책상 위에 놓여 있던 시작노트를 슬쩍 들춰본 일이 있었다. 알아보기 힘든 깨알 같은 글씨로 가득 차 있었고, 군데군데 암호나 기호 혹은 스케치 같은 것도 곁들여 있었다. 기형도는 그 노트에서 마치 보물을 캐내듯 시를 뽑아내고 있었던 것이다.

기형도의 그런 감춰진 시적 재능을 일찌감치 발견한 사람이 김현이었다. 그 무렵 나는 김현을 꽤 자주 만나고 있었는데 그는 만날 때마다 기형도와 그의 시에 대해서 이런저런 이야기를 꺼내곤 했다. 그는 기형도가 무한한 가능성을 지닌 시인이라고 칭찬하면서도 그의 지나친 완벽주의가 오히려 시적 긴장감을 떨어뜨리고 있다고 비판하기도 했다. 내가 기형도와 함께 일할 때 그에게 '소심한 완벽주의자'라는 별명을 붙여주었던 것과도 통하는 지적이었다.

기형도의 기질을 그대로 보여주는 일화가 있다. 그해 3월 초순께의 일이다. 어느 아침나절 기형도가 심각한 얼굴로 나를 찾아왔다. 그는 들고 온 원고를 내밀며 읽어봐 달라고 했다. 김현이 쓴 그달의 '시 월평' 원고였다. 10장 분량의 그 원고는 앞의 절반가량이 기형도의 작품만을 집중적으로 다루고 있었다. 자신이 문학담당인데 어떻게 이 원고를 자신의 손으로 데스크에 넘길 수 있겠느냐는 것이었다. 그러면서 김현에게 전화를 걸어 자신의 작품에 대한 언급은 빼고 원고를 새로 써 달라고 부탁해 달라는 이야기였다. 그럴 수도 있는 일이라며 달랬으나 기형도는 막무가내였다. 오랜 승강이 끝에 하는 수 없이 김현에게 전화를 걸었다. 정황을 듣고 난 김현은 한참을 웃다가 마지못해 응낙했다.

기형도가 그토록 갈망했던 문화부와 문학담당기자의 일을 고작 2년 남짓 만에 끝낸 것도 그의 그런 기질이 빌미가 됐으니 그것도 그의 운명이었다고나 할까. 발단은 그해 여름의 어떤 방송기사였다. 그 무렵 방송은 새로 문화부의 막내가 된 박해현 담당이었으나 그가 새로 창간되는 경제신문으로 전출되면서 방송은 다시 기형도가 잠정적으로 커버하고 있었다. 기형도는 다시 그 전처럼 날카롭게 방송을 비판하는 기사를 썼다. 어느 날 데스크의 손질을 거쳐 넘어간 방송기사를 기형도가 한밤중 조판실로 들어가 직원들의 협조를 얻어 본래의 자기 기사로 복원시키는 황당한 일이 벌어졌다. 다음 날 아침 신문은 그대로 발행됐고 해당 방송사와 시끄러운 문제가 발생했다. 있을 수 없는 일이 일어났고 이 일로 해서 기형도는 문화부를 떠나지 않을 수 없게 되었다. 기형도의 잘못임은 분명했으나 그것은 다분히 의도적인 실수였고 평안한 시대였다면 유야무야 넘어갈 수도 있는 일이었다.

편집부로 자리를 옮긴 기형도의 모습에는 좀 더 짙은 그늘이 드리웠고 말수도 더욱 적어졌다. 그는 한가한 시간이면 내 자리로 찾아와 한참 동안 말없이 앉아 있다가 가곤 했다. 그렇게 여러 달이 흘렀다. 그 사이 기형도는 유럽 여행을 다녀오기도 했고, 경상도와 전라도 일대를 둘러보기도 했다. 늘 혼자였다. 여행을 할 때마다 내게 안부를 묻는 엽서를 보내곤 했다. 해가 바뀌고 1989년 3월 6일 오후, 타계하기 불과 일고여덟 시간 전 기형도가 나를 찾아왔다. 그날 나는 밖에 일이 있어 나갔다가 들어오지 못하고 내 자리로 전화를 걸었다가 기형도와 통화를 할 수 있었다. 그는 뭔가를 이야기하려다 말문을 닫고 내일 다시 찾아뵙겠다며 전화를 끊었다. 그것이 마지막이었다.

다음 날 아침 출근 준비를 하고 있는데 전화가 걸려왔다. 박해현이 젖은 목소리로 기형도의 갑작스러운 죽음을 알렸다. 종로의 한 심야극장에서 숨진 채 발견됐다는 것이다. 그날 나는 아침에 이어 점심 때 다시 빈소를 찾았으나 기형도의 죽음이 영 믿기지 않았다. 밤늦게 다시 찾았을 때 기형도 또래의 젊은 시인들이 까닭 없이 집단난투극을 벌인 패닉의 흔적을 보고 그때서야 기형도의 죽음을 실감할 수 있었다. 29세 생일을 엿새 앞둔 기형도의 짧은 생애는 그렇게 허무하게 종말을 고했다.

문학과지성사가 준비 중이던 기형도의 첫 시집은 두 달 후 출간됐다. 김현이 제목을 《입 속의 검은 잎》으로 정했고

〈영원히 닫힌 빈 방의 체험〉(부제: 한 젊은 시인을 위한 진혼가)이라는 해설도 썼다. 김현은 기형도의 작품세계를 '그로테스크 리얼리즘'이라 명명하고 말미에서 '기형도의 시를 읽어보면, 그는 젊어 죽을 수밖에 없었던 시인'이라고 했다. '우리 모두 오고 가는 이 세상은/시작도 끝도 본시 없는 법!'이라는 오마르 하이얌의 시구를 인용하기도 한 김현 역시 이듬해인 1990년 6월 48세의 젊은 나이에 세상을 떠났다.

21

한운사,
다양한 장르 넘나든 방송작가

우리나라의 정통적인 문단 구조의 측면에서 보면 한운사 같은 문인은 다소 이질적이라 할 수 있다. 문예지의 추천이라든가 일간지의 신춘문예 혹은 현상공모제도를 거치는 것이 문단 진출의 필수적인 코스라면 한운사는 그 어떤 절차를 거치지 않고서도 문학의 여러 장르를 두루 넘나들면서 많은 글을 썼기 때문이다. 그는 '본업'이라 할 수 있는 라디오·TV 드라마나 시나리오와 희곡은 말할 것도 없고, 소설·시에서 전기(傳記)·회고록에 이르기까지 다양한 장르의 많은 글을 남겼다. 그럼에도 불구하고 2009년 세상을 떠날 때까지 그에게는 '방송작가'라는 타이틀만 줄기차게 따라다녔다. 그로서는 그것이 다소 못마땅했던 듯싶다. 그냥 '작가'라 하면 어때서 꼭 '방송작가'라 소개하느냐는 불평을 내게 토로했던 적도 몇 번 있다.

그럴 만한 까닭은 있다. 그는 1960년대에 들어서면서부터 방송작가로 이름을 날리기 시작했지만 처음 쓴 글도 소설이었고, 그때까지 쓴 글도 주로 '입체낭독'용의 소설형식이었던 것이다. 1923년 충북 괴산에서 태어난 한운사는 청주상고를 거쳐 일본 츄오대 예과에 다니던 중 학도병으로 끌려갔다가 광복을 맞는다. 광복 후 고향으로 돌아가 모교에서 교편을 잡던 그는 서울로 올라와 서울대 불문과에 입학한다. 1948년 재학 중 아르바이트를 위해 중앙방송국을 찾아간 것이 처음 소설을 쓰게 된 계기였다. 채용 여부를 결정짓는 테스트가 소설 한 편을 써보라는 것이었다. 그는 정동 스튜디오에서 밤을 새워가며 소설 한 편을 완성한다. 일제 치하에서 교육을 받아 한글을 체계적으로 배우지 못한 그가 처음 한글로 쓴 단편소설이 그때 쓴 〈날아간 새〉였고, 김억이 심사한 그 작품으로 그는 방송국에 일자리를 갖게 된 것이다.

6·25전쟁 중 미처 피난을 가지 못했다가 9·28수복 후 미군에게 포로가 되는 곤욕을 치르기도 한 그는 1954년 6월

《한국일보》가 창간되면서 문화부 기자로 발탁된다. 그의 기자 생활은 이듬해인 1955년 11월 유네스코 한국위원회 홍보부장으로 자리를 옮기면서 1년 5개월의 단명에 그치지만 그 짧은 기간 동안 뜻깊은 기사들로 문화면을 화려하게 장식했다. 애국가 작곡자인 안익태의 첫 인터뷰 기사를 쓴 것도 그였고, 이중섭의 은박지 그림을 신문에 처음 소개한 것도 그였다. 문학평론가 지망생인 20대 초반의 청년 문학도 이어령의 첫 평론인 〈우상의 파괴〉를 과감하게 신문에 실어준 것도 한운사였다. 그가 딱 한 차례 관장한 1955년 신춘문예 소설 부문에서는 그의 대학 후배인 오상원이 당선, 정한숙이 입선해 문단에 데뷔했다.

유네스코 재직 중 '휠체어의 육군 대령' 김기인을 만나 반년 동안 취재하여 첫 장편소설 《이 생명 다하도록》을 쓰면서 한운사는 본격적인 글쓰기의 길에 들어섰다. 이 작품이 입체낭독의 형식으로 KBS 라디오의 전파를 타면서 시청률이 치솟았고, 신상옥 감독은 영화로도 만들었다. 뒤이어 그의 학병 시절의 체험을 그린 《현해탄은 알고 있다》가 역시 KBS 라디오의 연속극으로 방송되면서 그는 당대 최고의 인기 작가로 꼽히기에 이르렀다. 이 작품을 소설로 다시 써 정음사에서 출간해 베스트셀러에 오르자 《한국일보》가 그 속편 격인 《현해탄은 말이 없다》를 연재하기에 이른다. 한운사로서는 첫 신문 연재소설이었다. 뒤이어 당시 최고의 지성적인 잡지로 꼽히던 《사상계》에 '아로운전(傳)' 3부작의 세 번째 작품에 해당하는 《승자와 패자》를 연재하면서 그는 '주목받는 소설가' 가운데 한 사람이 되었다.

그러나 그 무렵에도 그에게는 소설가나 작가보다는 방송작가라는 타이틀이 꼬리표처럼 붙어 다녔다. 그에게는 그것이 몹시 신경을 거슬리게 하는 일인 것 같았다. 그것은 입체 낭독이든 드라마든 방송을 탄 작품은 예술작품으로 간주하지 않는 풍토에서 비롯된 것이라고 생각했고, 그런 생각을 칼럼으로 쓰거나 지인들에게 하소연하듯 털어놓곤 했다. 어쨌거나 한운사는 소설을 쓰면서도 문단과는 일정한 거리를 유지할 수밖에 없었다. 그가 '소설가 자격'으로 가입한 유일한 문학단체가 국제펜클럽 한국본부였다. 그것도 성북동에 살던 시절 이웃에 살면서 친하게 지냈던 소설가 전광용의 간곡한 권유에 따른 것이었다. 전광용과는 학과는 다르지만 서울대 동기였고, 당시 전광용은 서울대 국문과 교수로 재직 중이었다.

그러나 개인적으로 한운사는 많은 문인들과 친분을 쌓고 있었다. 아이러니컬하게도 그의 방송드라마가 인기 절정일 때는 몇몇 소설가와 시인들이 드라마 작법을 배우겠다며 그의 집을 찾아오는 일도 있었다. 문화예술계뿐만 아니라 한운사는 평생 정계, 관계, 재계, 학계 등 여러 분야에 걸쳐 수많은 인사들과 돈독한 친분 관계를 맺었고 그것은 그의 문필 생활에 중요한 자산이 되었다. 외교관과 국회의원을 지낸 엄영달을 주인공으로 한 신문 연재소설 《대야망》이 좋은 예다.

한운사와 가까웠던 사람들 간에 이해관계가 얽히다 보니 그의 입장만 난처해진 경우도 있었다. 대통령 선거가 있던 1992년의 일이다. 김영삼과 김대중이 유력한 후보로 부상한 가운데 정주영 현대그룹 명예회장이 출마를 선언하면서 그해 1월 통일국민당을 창당했다. 한운사는 YS와 서울대 동기생으로 일찍부터 말을 놓는 막역한 사이였고, 정주영과는 1980년대 이후 급속하게 가까워져 흉금을 털어놓는 사이로 발전했다. 한데 통일국민당 창당 발기인 속에 한운사의 이름이 들어 있었고, 그 무렵 어떤 모임에서 YS와 한운사는 맞부딪치게 되었다. YS는 한운사를 향해 '늘그막에 무슨 영화를 보겠다고……' 삿대질을 하면서 노골적으로 불쾌해했다고 한다. 그래도 선거 뒤 한운사는 팩스로 김영삼 캠프에 축하인사를 보냈다던가.

어쨌거나 한운사는 일평생 쓰고 싶은 글, 하고 싶은 일, 하고 싶은 말을 내키는 대로 해내고 2009년 8월 11일 86세를 일기로 세상을 떠났다. 말년의 그는 재일동포 노인들을 돕는 일에 심혈을 기울였고, 1주기 때는 그 공적을 기려 일본 교토의 노인 홈 '고향의 집'이 그 부설 문화관을 '운사의 집'으로 명명하는 행사가 열리기도 했다.

22

한무숙,
가장 여성스러웠던 규수 작가

한무숙은 흔히 '한국의 버지니아 울프'라 불리곤 한다. 미모와 예술적 재능이 뛰어났던 19세기 영국의 '규수 작가' 울프와 여러 모로 닮았다는 뜻이다. 한무숙이 1993년 세상을 떠날 때까지 꼬박 40년을 살았던 서울 종로구 명륜동의 전통한옥은 지금 '한무숙문학관'으로 꾸며져 그의 고고하고 우아했던 삶을 한눈에 보여주고 있다. 혹독했던 일제강점기와 6·25전쟁 그리고 그 이후의 끊임없는 정치적 혼란 속에서 그 또래의 한국인 대다수가 어둡고 괴로운 시절을 보낼 수밖에 없었다는 점을 감안한다면 그가 평생 품위를 잃지 않고 살아갈 수 있었던 것도 그의 타고난 복이었다.

한무숙은 1918년 서울 통의동 유복한 집안의 둘째 딸로 태어났다. 〈신화의 단애〉 등으로 널리 알려진 소설가 한말숙 (1931~)이 그의 동생이다. 일제강점기에 고등경찰을 지낸 아버지(한무숙의 장남이며 한무숙문학관 관장인 김호기는 후에 그것은 잘못된 기록이며 외조부는 일제강점기에 고등경찰을 지낸 적이 없다고 전해왔다)의 덕으로 별 어려움 없이 자란 그는 아버지의 전근으로 부산에 내려가 1936년 부산고등여학교를 졸업한다. 하지만 폐결핵으로 학업을 계속할 수 없게 되자 요양생활을 하며 독서에만 몰두한다.

그가 일찍부터 재능을 보인 쪽은 문학이 아니라 미술이었다. 초등학교 2학년인 여덟 살 때 베를린 세계아동미술전시회에서 입상할 만큼 뛰어난 재능이었다. 일본 화가 아라이荒井에게서 사사받기도 한 그는 학교를 졸업한 이듬해 고작 19세의 나이로 《동아일보》에 연재된 김말봉의 장편소설 《밀림》의 삽화를 맡을 정도로 재능을 인정받고 있었다.

하지만 1940년 결혼하면서 한무숙은 화가의 꿈을 접을 수밖에 없었다. 완고한 시댁의 강력한 반대에 부딪힌 것이었다. 그는 아버지 친구의 아들인 두 살 위의 김진흥과 결혼했다. 김진흥은 후에 미국 유학을 마치고 돌아와 금융계에 투신해 주택은행장과 신탁은행장을 지내기도 한 정통 금융인이었다. 화가의 꿈을 접은 한무숙을 격려해 문학 쪽으로 방향을 틀게 한 것은 김진흥이었다. 그뿐만 아니라 서화에 조예가 깊었던 김진흥은 아내와 함께 1976년, 1985년, 1990년 세 차례에 걸쳐 '부부서화전'을 열기도 한다.

한무숙은 1942년 《신시대》의 현상공모에 소설 《등불 드는 여인》이 당선해 등단한다. 뒤이어 1943년과 1944년 조선연극협회의 희곡 현상공모에 〈마음〉과 〈서리꽃〉이 잇달아 당선하면서 문단과 연극계에서 동시에 주목받기 시작한다. 하지만 그가 소설가로서 본격적인 활동을 시작한 것은 광복 후인 1948년 국제신보의 장편소설 현상공모에서 그의 대표작 가운데 하나인 《역사는 흐른다》가 당선되면서부터였다. 이후 6·25전쟁을 겪고 폐결핵의 재발로 투병생활을 하면서도 수많은 소설을 발표해 중견 작가로 떠올랐다. 특히 1957년 《문학예술》에 발표한 단편소설 〈감정이 있는 심연〉은 이를테면 그의 출세작이었다. '의식의 흐름' 기법을 보인 이 작품을 표제로 한 첫 창작집은 그에게 첫 문학상인 자유문학상을 안겨주었다.

안정된 삶을 누리면서 문학에 몰두할 수 있었던 것은 1953년 휴전 후 서울 명륜동에 전통 한옥을 지어 이사하면서부터였다. 부산 피난 시절부터 박화성, 모윤숙, 최정희, 손소희 등 여류 문인을 비롯해 여러 문인들과 친교를 가졌던 한무숙은 명륜동으로 이사한 후 꽤 자주 문인들을 집으로 초대했다. 모두가 헐벗고 굶주렸던 그 시절에 한무숙으로부터 초대를 받으면 그날이 바로 생일이었다. 마음 놓고 먹고 마실 수 있기 때문이었다. 잘 곳이 마땅치 않았던 몇몇 문인들은 술이 취하면 그대로 쓰러져 자고 가는 일도 종종 있었다. 훨씬 후의 일이지만 지금까지도 심심치 않게 문인들의 입에 오르내리는 유명한 에피소드가 있다.

어느 날 문단의 대표적 기인으로 꼽히던 천상병과 그 또래의 문인 두 사람 등 셋이 한무숙으로부터 저녁 초대를 받았다(초대를 받은 것이 아니라 술집에서 셋이 술을 마시다가 돈이 떨어져 무작정 한무숙의 집으로 쳐들어갔다는 설도 있다). 한무숙은 여느 때와 다름없이 술과 음식을 융숭하게 대접했다. 통행금지 시간이 임박해서 한 사람은 자리를 떴으나 천상병과 다른 한 사람은 더 마시다가 그대로 곯아떨어졌다. 새벽녘에 목이 말라 잠에서 깨어난 천상병은 희미한 불빛 아래서 더듬거리다가 한무숙의 화장대 위에 놓인 작은 병을 양주병으로 착각하고 그 속에 담긴 액체를 모두 마셔버렸다. 한무숙이 쓰던 향수병이었다. 술이 아직 덜 깼는지 향수 탓인지 천상병은 다시 쓰러졌고, 독한 향

수 냄새 때문에 곧 식구들에게 발견됐다. 천상병은 즉시 병원으로 옮겨져 위세척 조치를 받아야 했다.

한무숙은 겉보기에는 누구에게나 부러움을 살 정도로 복된 삶을 누렸으나 그의 삶이 그렇게 안락하고 평탄한 것만은 아니었다. 이따금 그를 괴롭혔던 폐결핵도 그렇지만 1970년 2월 그는 청천벽력과도 같은 일을 겪는다. 미국에 유학 가 의과대학을 졸업하고 레지던트로 일하던 둘째 아들이 교통사고로 사망한 것이다. 큰 충격을 받은 한무숙은 실명을 하게 되고 뒤이어 척추 골절까지 겹쳐 여러 달 병원 신세를 져야 했다. 하지만 신앙과 의지로 극복해 시력도 얼마간 되찾고 이듬해부터 다시 창작에 몰두한다. 퇴원 후 첫 작품이 아들에 대한 뜨거운 모정을 그린 〈우리 사이 모든 것이〉였고, 뒤이어 실명 체험을 바탕으로 장애인의 세계 속에서 삶의 의미를 조명한 〈어둠에 갇힌 불꽃들〉을 발표했다.

60대에 이르는 1980년대에 접어들면서 문학과 관련한 한무숙의 활동은 절정에 이른다. 구한말의 풍속, 의식, 언어들을 사실적으로 복원한 〈생인손〉(1982)과 조선 후기의 천주교 박해와 지식인의 수난을 그린 장편소설 《만남》(1986) 등 후기의 대표작을 발표해 주목을 끄는가 하면 한국여류문학인회, 한국소설가협회, 가톨릭문우회 등 문학단체의 회장을 맡는 등 문단 활동에도 적극 나섰다. 미국의 조지 워싱턴대와 하버드대에서 문학 강연을 하기도 했다. 말년에 상복도 쏟아져 대한민국문학상 대상, 3·1문화상 예술대상, 대한민국 예술원상 등을 수상한 뒤 1993년 일흔다섯의 나이로 세상을 떠났다.

2J

전광용·정한숙,
서울대와 고려대의 교수 작가

1980년대 중반까지 서울대 국문과 교수를 지낸 전광용 (1919~1988), 정한모(1923~1991)와 고려대 국문과 교수를 지낸 정한숙(1922~1998)은 광복 직후부터 동인 활동을 함께한 평생 문학동지들이었다. 그들 가운데 정한모는 시를 썼고 출신지도 충남 부여인 데 비해 소설을 쓴 전광용(함남 북청)과 정한숙(평북 영변)은 똑같이 홀로 월남한 실향민 처지여서 평생을 혈육처럼 지냈다.

20대 중반을 넘긴 이들 세 사람과 20대 초반이었던 전영경 (1930~2001) 등 네 사람이 '주막' 동인을 결성한 것은 1947년 전광용과 정한모가 서울대 국문과에, 정한숙이 고려대 국문과에, 전영경이 연희대 국문과에 재학 중일 때였다. 그 무렵 대개의 동인들이 동인지 발간을 일차적인 목표로 삼았던 것과는 달리 '주막' 동인은 남의 작품을 읽고 토론을 하거나, 각기 작품을 써서 돌려가며 읽은 다음 합평 형식으로 서로의 장단점을 가려내는 특이한 동인이었다. 그것이 동인 간의 우정과 유대를 더욱 돈독하게 하는 요소로 작용하기도 했다.

6·25전쟁으로 뿔뿔이 흩어졌다가 종전 이후 다시 뭉친 것도 그들의 인간관계가 얼마나 끈끈했던가를 보여주는 대목이다. 그때 전광용과 정한숙은 서울의 휘문고등학교 교사로 재직 중이었고, 정한모는 대학을 졸업하고 적당한 일자리를 찾지 못해 쉬고 있었다. 마침 정한숙이 모교인 고려대의 강사로 나가게 되어 교사직을 그만두게 되자 전광용은 그 빈자리에 재빨리 정한모를 채워 넣었다. 그 무렵까지도 이들은 여러 간행물에 틈틈이 작품을 발표하고 있었으나 공식적인 등단 과정은 거치지 못하고 있었다. 이들은 신춘문예를 겨냥하기로 합의했고, 1955년도 신춘문예 발표에는 이들 네 사람의 이름이 나란히 올라 문단을 깜짝 놀라게 했다. 전영경만이 20대였을 뿐 다른 세 사람은 30대 중반을 전후한 다소 늦은 나이였다.

특히 이때 발표한 전광용의 소설 〈흑산도〉와 정한숙의 소설 〈전황당인보기〉는 평생 그들의 대표작 가운데 하나로 꼽힐 만큼 중요한 작품이었다. 그해 전광용은 36세, 정한숙은 33세였으나 실상 그들의 작품 활동은 일찍이 20대 초반부터 시작되고 있었다. 전광용은 20세 때인 1939년 동아일보 신춘문예에 동화 〈별나라 공주와 토끼〉가 입선했고, 정한숙은 26세 때인 1948년 《예술조선》에 소설 〈흉가〉를 발표한 것이다. 공식적인 등단 이후 소설가로서 이들의 이름을 널리 알린 작품은 전광용의 〈꺼삐딴 리〉와 정한숙의 〈고가古家〉였다. 〈꺼삐딴 리〉는 일제강점기와 광복 이후의 격동기를 거치면서 그때그때 재빨리 변신하는 카멜레온적 인간상을 그린 작품으로 전광용에게 동인문학상을 안겨주었고, 그 후 전광용의 별명처럼 따라다녔다. 〈고가〉는 6·25전쟁을 배경으로 종가제도를 유지하려는 구세대와 여기서 벗어나려는 신세대의 갈등을 그린 작품이다.

등단을 전후해 각기 모교인 서울대와 고려대의 교수로 임용된 두 사람은 교수직과 작품 활동을 병행하기 어려운 여건 속에서도 왕성한 창작욕을 과시했다. 그뿐만 아니라 문학사나 소설이론 따위에 대한 연구도 게을리하지 않아 많은 저서를 내놓기도 했다. 문학에 대한 남다른 열정과 부지런함의 결실이었다.

문학수업 시절의 동인 명칭에 '술 주酒'자가 들어가 있던 것처럼 이들은 문단이 두루 인정하는 타고난 술꾼들이었다. 등단 이후 문인들의 술자리는 빠지는 법이 없었고, 특히 그들의 스승 격인 김동리가 주도하는 '주회酒會'에는 늘 고정 멤버였다. 두 사람의 성격, 취향, 버릇 따위는 초창기 술자리부터 쉽사리 드러났다. 우선 그들의 심한 고향 사투리였다. 그래도 정한숙은 차츰 표준말을 구사하게 되었지만 전광용은 좀체 좋아지는 기미를 보이지 않았다(나도 대학 시절 그의 강의를 들은 적이 있는데 처음 얼마 동안은 그의 말을 절반 정도밖에 알아듣지 못했다). 목소리 또한 우렁찬 데다 어미語尾가 늘 반말투여서 위압적이었다. 그가 카랑카랑한 목소리로 '석탄 백탄 타는 데는/연기가 폴폴 나고요/이 내 가슴 타는 데는 연기도 김金도 안 나네/어랑어랑……' 민요를 부르면 좌중은 물을 뿌린 듯 조용해지기 마련이었다.

좌중을 압도하기는 정한숙도 마찬가지였지만 그 방식은 전광용과는 차이가 있었다. 정한숙은 이름도 여성적인 데다가 깊게 패인 쌍꺼풀이며 동글동글한 얼굴 모습에 귀염성이 배어 있어서 일찍부터 여류 문인들은 그를 '문단 최고의 미남' 으로 꼽았다. 그런 외양처럼 평소의 그는 조용하고 차분한 모습이지만 술자리가 길어지면 공격적이고 저돌적인 모습으로 돌변하곤 했다. 남이 노래를 부를 때 중도에서 가로채 자기가 부르기 일쑤였는가 하면 누군가와 언쟁이 생길 때면 무슨 수를 써서라도 상대방을 굴복시켜야 직성이 풀렸다. 전광용은 이런 정한숙에게 함경도 사투리인 '발개돌이'라는 별명을 붙여주기도 했다.

두 사람의 그런 성격은 수많은 제자들의 호오도 엇갈리게 했다. '작가적 기질'일 뿐이라고 감싸는 제자들이 있는가 하면 받아들이기 어려운 부분도 있다고 마땅치 않은 반응을 보이는 제자들도 있었다. 그럼에도 불구하고 두 사람은 국문학 교수로 30년 봉직하는 동안 수많은 문인과 학자를 배출했다. 전공인 국문학 제자들은 말할 것도 없고 전공이 국문학이 아닌데도 그들의 영향을 받고 문인이 된 제자들도 많았다. 소설가이면서도 국문학과 창작의 이론적 연구에도 심혈을 기울였기 때문이다. 전광용은 《신소설 연구》로 사상계 논문상을 수상하기도 했으며, 그의 《한국현대문학논고》는 우리 현대문학 연구에 적잖이 기여한 역저로 평가받았다. 정한숙 역시 《현대소설사》《현대한국작가론》《한국문학의 주변》 등의 이론서로 학계와 문단의 주목을 끌었다.

전광용은 정년퇴직 후 지병인 당뇨가 악화돼 1988년 6월 21일 69세의 나이로, 정한숙은 1997년 9월 17일 75세의 나이로 각각 세상을 떠났다. 정한숙 역시 정년퇴직 후 평생 취미였던 유화를 그려 문우들에게 나눠주는 것을 낙으로 삼다가 어느 날 낮잠을 즐기던 중 자는 듯 숨을 거뒀다.

24

신동문,
시인의 길과 침술가의 길

1980년 봄. 2년여 병석에 있는 유주현 소설가의 홍은동 댁을 찾았다. 문병도 할 겸 중단한 연재소설 문제도 상의하기 위해서였다. 늘 누워 있기만 하던 그가 그날엔 마당에 나와 앉아 햇볕을 쬐고 있었다. 얼굴도 밝아 보였고 몸놀림이랑 다소 원활해 보였다. 병세를 물었다. 며칠 전 충북 단양에 살고 있는 신동문 시인이 모처럼 상경한 길에 집에 찾아와 침을 몇 대 놔주고 간 후 몸이 가벼워지더라는 것이었다.

1970년대 중반 홀연 단양으로 낙향한 신동문은 그곳에서 10년 가까이 포도밭 농장을 운영하면서 침술로 크게 명성을 떨치고 있었다. 인근에서는 말할 것도 없고 전국 각처에서 환

149

자들이 몰려들 정도였다. 무료 시술이었기에 아프리카에서 헌신적인 의료봉사 활동을 펼쳐 세계적으로 유명한 슈바이처에 그의 성을 가져다붙여 '신바이처'라는 별명으로 불리고 있었다.

신동문이 왜 어떻게 침술을 배웠는지 알려진 것은 없지만 어렸을 적부터 병약하여 학교를 제대로 다니지 못할 정도로 앓았던 폐결핵 등 각종 병력과 무관하지 않을 것 같다. 1928년 충북 청주에서 태어난 신동문은 초등학교부터 대학교까지 병마에 시달리느라 학교를 정상적으로 다니지 못했다. 1년에 몇 차례씩 앓아누워야 했기 때문이다. 서울대 문리대에 입학해서도 1년을 다니다가 그만둬야 했고, 동국대에 편입해서도 몇 달을 버티지 못했다. 그래도 어려서부터 수영을 잘해 경희대의 전신인 신흥대에 체육특기자로 합격해 20세 때인 1948년 런던올림픽 국가대표로까지 선발됐으나 때마침 늑막염 발병으로 수영선수의 꿈마저 접어야 했다. 그런 병약한 몸으로도 6·25전쟁이 일어나자 공군에 자원입대하여 전쟁 중 3년을 복무했다.

공군비행장에 근무하면서 매일 끝없는 창공을 바라보며 그는 마음속으로 시를 쓰기 시작했다. 병석에서도 틈틈이 시를 썼고, 마침내 1956년 조선일보 신춘문예에 시 〈풍선기〉가 당선하여 등단한다. 같은 해 첫 시집이자 그의 유일한 시집인 《풍선과 제삼포복》을 내놓으면서 시단의 주목을 끌기 시작했다. 〈풍선기〉는 공군 시절의 체험과 느낌의 산물이었고 이후 연작으로 이어진다. 1960년 4·19혁명 직후에 발표한 〈아! 신화같이 다비데군#들〉과 〈피의 화요일〉 등은 혁명의 현장을 가장 리얼하게 묘사한 그의 대표작으로 꼽힌다.

《충북일보》논설위원으로 일하던 신동문은 본격적인 문학 활동을 위해 1960년 서울로 올라와 종합월간지《새벽》의 주간 일을 맡게 되었다. 그해《새벽》11월호에 최인훈의 문제작《광장》이 발표될 수 있었던 것은 순전히 신동문의 공이었다. 민주화를 이루었다고는 하지만 여전히 혼란스러웠고, 맹목적 반공 이데올로기의 잔재들은 여전히 곳곳에서 은밀하게 숨 쉬고 있는 상황이었다. 남한의 이기주의와 북한의 도식주의를 함께 비판한《광장》이 발표되는 경우 뒤따를 파장은 불을 보듯 뻔했다. 작품을 받아든 신동문은 한동안 고민하다가 이 작품에 생명을 불어넣어주는 것이 자신의 책무라고 판단했다. 신동문은 아무에게도, 심지어는 발행인에게도 이야기하지 않고 한밤중에 원고를 들고 인쇄소를 찾아갔다.

그리고 밤을 새워가며 《광장》이 인쇄되는 과정을 지켜보았다. 《광장》은 그렇게 발표됐고, 《새벽》은 다음 호인 12월호를 마지막으로 폐간됐다.

1965년에는 그가 편집위원으로 재직하던 종합월간지 《세대》에 이병주의 〈소설 알렉산드리아〉를 발표해 등단시키는 등 편집자로서 작품을 보는 그의 안목은 탁월했으나 막상 시인으로서 그 자신의 생명은 아주 짧아 10년을 채우지 못했다. 1965년 〈바둑과 홍경래〉라는 시를 마지막으로 그는 자의가 아닌 타의에 의해 붓을 꺾은 것이다. 사연은 이렇다. 《새벽》의 폐간으로 직장을 잃은 신동문은 《경향신문》 특집부장으로 자리를 옮겼다. 군사정권의 서슬이 시퍼렇던 1965년 그가 담당하던 특집면에 한 독자가 쌀값의 폭등을 비판하면서 '북한에는 쌀이 남아돌아간다니 북한 쌀이라도 수입하자'라고 쓴 글이 실렸고, 중앙정보부는 이 글을 문제 삼아 신동문을 끌고 가 혹독한 고문을 가했다. 며칠간의 고문 끝에 풀려나면서 신동문은 '앞으로 다시는 글을 쓰지 않겠다'는 각서를 썼다고 한다. 물론 강압에 의한 각서였던 만큼 반드시 지켜야 할 내용은 아니었다. 하지만 그것은 중앙정보부와의 약속이었을 뿐만 아니라 자기 자신과의 약속이기도 했다는 것이다.

　1960년대 중반 이후 신구문화사의 주간 일을 맡은 신동문은 계간지 《창작과 비평》이 신구문화사에서 발행되기 시작하면서 《창작과 비평》의 편집에도 간여했다. 1970년대 초 단양에 살 곳을 마련하고 언젠가는 그곳에 가서 살겠다는 생각을 굳혀가고 있던 중 낙향의 시기는 훨씬 빨리 다가오고 있었다. 1975년 백낙청의 부탁으로 보관하고 있던 월남전에 관한 리영희의 글을 《창작과 비평》에 게재하면서 또다시 문제가 발생했다. 중앙정보부에 끌려가 다시 한 차례 곤욕을 치른 신동문은 차제에 아예 서울을 등지기로 결심했다. 그는 미리 마련해둔 단양군 애곡리의 남한강 기슭에 포도밭을 꾸미고 그 앞에 농막과 침술방 따위를 만들었다.

　신동문의 침술이 신통할 정도로 효험이 있다는 소문이 널리 퍼지면서 그의 농장에는 환자들이 몰려들기 시작했다. 무료 시술에다 환자들을 먹이고 재우기까지 했다. 1980년을 전후해서는 매일 하루 20~30명의 환자들이 들끓었다고 한다. 그가 20년 가까운 세월 동안 침으로 시술한 환자들이 최소한 수천 명에 이를 것으로 추산됐고, 수만 명에 이를 것이라고 장담하는 사람들도 있었다. 하지만 환자들을 위해 그토록 헌신하던 신동문도 막상 자신의 육체가 병마에 의해 서서히 허물어져가고 있다는 사실을 깨닫지 못하고 있었다. 그가 췌장암 발병 사실을 알게 된 것은 1993년 봄이었다. 너무 늦어 있었다. 몇 달 간 투병하다가 그해 9월 29일 숨을 거두었다. 65세였다. '장기는 모두 기증하고, 화장해서 유골은 농장에 고루 뿌리라'는 유언을 남겼다.

25

정비석,
풍랑 겪은 한 소설가의 항해

여류 작가 손소희(1917~1987)의 문인들에 대한 인물평은 재미있을 뿐만 아니라 정곡을 찌르는 묘미도 있다. 때로는 치켜세우기도 하고 때로는 아픈 곳을 건드리기도 하지만 겉모습과 함께 내면까지 꿰뚫어보는 나름대로의 예리함이 있었다. 선배 소설가 정비석에 대한 인물평은 그런 까닭에 문단에서 두고두고 회자되었다.

……그 정(비석) 선생께서는 그러나 언제라도 웃음을 웃고 있는 그러한 호랑이의 인상이었다. (중략) 군자의 인품을 풍기고 있었고 그야말로 뿌리 깊은 나무를 문득 연상케도 하는 예의 바

른 분이기도 하였다. 한국의 그중 오래된 토속신이 살고 있는 〈성황당〉을 기점으로, 한 시대의 첨단을 걷는 《자유부인》의 위험한 곡예에 이르기까지 수많은 독자들로 하여금 받은 갈채 속에는 그늘진 면의 정화에 밑거름이 되었다 해서 보낸 박수도 있었을 것이다. 그러고 보니 포효하고 으르렁대는 호랑이가 아니라 인간의 약점에 즐겨 도움을 주는 산의 신령 같은 그러한 내면이 그 관상 속에 들어 있지나 않은지.

아닌 게 아니라 손소희가 '위험한 곡예'라 표현한 《자유부인》이 세상에 태어나기 전까지만 해도 정비석은 문학적으로 주목받는 소설가 가운데 한 사람이었다. 일제강점기 말에 쓴 몇몇 작품들이 훗날 그를 '친일' 명단에 포함되게 하는 불명예를 안겨주기도 했지만, 정비석은 데뷔작인 〈성황당〉을 비롯해 〈졸곡제〉《고원》 등 초기의 많은 작품에서 작가적 역량을 확실하게 보여주었던 것이다. 1911년 평북 의주에서 태어난 정비석은 일본으로 건너가 니혼대학 문과를 중퇴하고 귀국해 1936년 동아일보 신춘문예에 〈졸곡제〉가 입선, 이듬해엔 조선일보 신춘문예에 〈성황당〉이 당선해 등단했다. 1940년부터는 《매일신보》 기자로, 광복 이후에는 《중앙신문》 문화부장으로 언론계 생활을 거치기도 했다.

정비석의 소설가적 생애에 큰 전환점을 이룬 작품이 1954
년 1월 1일부터 8월 9일까지 《서울신문》에 연재된 장편소설
《자유부인》이었다. 6·25전쟁 이후 성도덕의 몰락 등 퇴폐적
인 사회상을 실감 있게 묘사한 이 소설은 대학교수의 아내
가 남편의 제자인 대학생과 탈선하고, 남편인 대학교수는 미
군부대 타이피스트와 사랑에 빠진다는 통속적인 내용이었
다. 이 소설은 연재 중에는 물론 단행본으로 출간된 이후에
도 선풍적인 화제를 불러일으켰다. 특히 여대생 등 70여 명의
여성을 농락한 세칭 '박인수 사건'과 맞물리면서 '통쾌하다'는
반응을 보이는 독자들도 많았다.

1956년 한형모 감독이 영화로 만들자 관객이 몰리는 등
《자유부인》의 대중적 인기는 좀처럼 수그러들지 않았으나 후
폭풍 또한 만만치 않았다. 연재 도중 서울대 법대 황산덕 교
수의 비판과 정비석의 반론으로 시작된 작품을 둘러싼 논쟁
은 홍순화 변호사와 백철 평론가 등의 가세로 계속 이어졌
고, 마침내 막강한 권력을 휘두르던 특무대가 정비석을 연행
하기에 이르렀다. 사회의 혼란상을 부추긴다는 이유였다. 정
비석은 고문을 당한 끝에 풀려났으나 《자유부인》을 비롯한

그의 소설들은 판매금지 조치됐다. 어쨌거나 《자유부인》은 광복 이후 소설의 윤리성과 창작의 자유라는 문제를 처음 제기한 사례로 남게 됐다.

1960년 4·19혁명으로 정비석의 작품의 판매금지 조치는 해제됐으나 그에게는 또 다른 수난이 기다리고 있었다. 그는 그해 5월 18일부터 《한국일보》에 소설 《혁명전야》의 연재를 시작했다. 대학생들을 등장시켜 학생혁명의 참뜻을 다각적으로 조명하려는, 그로서는 전혀 색다른 시도였다. 한데 겨우 4회째가 나간 5월 21일 아침 연세대생 400여 명이 정비석의 후암동 자택으로 몰려가 연재 중인 소설 《혁명전야》를 당장 중단할 것과 공개 사과할 것을 강력하게 요구했다. 소설 속에서 '특별히 연세대 학생들을 모욕하고 명예를 훼손한 까닭이 무엇이냐'는 것이었다. 그 전날 3회분에 실린 다음과 같은 대목을 문제 삼은 것이다. '……돈이 생기면 서울대 학생들은 책을 사고, 고려대 학생들은 막걸리를 마시며, 연세대 학생들은 구두를 닦는다'는 내용이었다.

학생들 앞에 나선 정비석은 작의를 설명하고, 자신도 연세대생의 학부모(장남 천수가 영문과 1학년이었다)로서 연세대를 폄하할 까닭이 있겠느냐고 설득했으나 학생들은 막무가내였다.

158

학생들은 정비석을 떠메듯이 한국일보사로 끌고 가 전날 〈연세대생, 백낙준 총장 사퇴 요구〉 제하의 기사 문제로 농성 중이던 또 다른 수백 명의 학생들과 합류해 장기영 사장의 면담을 요구했다. 마침내 학생들 앞에 나타난 장 사장은 백 총장 관련 기사가 잘못됐다면 정정하겠으나 소설은 중단할 수 없다고 맞섰다. 대다수의 학생들이 수긍하는 태도를 보였으나 일부 강경파 학생들은 자신들의 요구가 받아들여지지 않는다면 결코 물러나지 않겠다고 으름장을 놓았다. 결국 정비석과 장기영은 별수 없이 학생들의 요구에 굴복하고 말았다.

하지만 그런 곤욕을 치렀음에도 불구하고 1960년대 이후 정비석의 창작 의욕은 가속도가 붙어가고 있었다. 1960년대에서 1970년대를 거치는 동안 그는 주로 신문 연재를 통해 《여인백경》《욕망해협》《노변정담》《명기열전》 등 대중 성향이 짙은 선정적인 작품들을 내놓았다. 특히 그의 나이 70대에 이르는 1980년대에는 주로 역사물이나 중국 고전을 새롭게 해석한 《소설 명성황후》《손자병법》《초한지》《김삿갓 풍류기행》 등을 발표하면서 노익장을 과시했다.

정비석은 문학, 특히 소설의 기능과 역할에 대해 남다른 견해를 지니고 있었다. 즉, 문학에는 대중성과 예술성이 공존하기 마련인데 어느 한쪽에 치우치다 보면 다른 한쪽을 잃게 된다는 것, 어느 쪽에 치중하느냐 하는 것은 작가 자신의 문제지만 자신으로서는 그 우선순위를 대중성에 두고 있다는 것이다. 그렇게 보면 문학의 순수성이나 예술성에서 다소 밀린 것은 어쩔 수 없는 일이었겠지만 문학의 대중화라는 측면에서는 그가 기여한 바도 전혀 무시해버릴 수만은 없을 것이다. 정비석은 1991년 10월 19일 80세를 일기로 별세했다.

26

'멋쟁이 남편 이진섭',

소설가 박기원의 추억

지금 그 사람 이름은 잊었으나/그의 눈동자 입술은/내 가슴
에 있네//바람이 불고/비가 올 때도/나는 저 유리창 밖/가로
등 그늘의 밤을 잊지 못하네//사랑은 가고/과거는 남는 것……

(주: 본래의 시와 노래로 만들어진 가사에는 어미語尾 등에서 약간의 차이를 보인다.)

요절한 시인 박인환(1926~1956)의 마지막 작품인 〈세월이
가면〉이라는 이 시는 노래로 만들어져 반세기가 넘도록 널
리 애창돼오고 있거니와 노래로 만들어진 그 과정이 영화의
한 장면을 연상케 한다. 박인환이 죽기(3월 20일) 바로 며칠 전
인 이른 봄의 어느 날 박인환과 소설가 송지영, 시나리오 작

가 이진섭, 배우이자 가수인 나애심 등 넷이서 명동 '동방살 롱'에서 만나 이야기를 나누다가 그냥 헤어지기 서운하다며 길 건너 대폿집으로 자리를 옮긴다. 스탠드에 나란히 걸터앉아 술잔을 기울이다가 세 남성이 그 무렵 인기가 치솟던 나애심에게 노래를 불러 달라고 조른다. 나애심이 이리저리 꽁무니를 빼자 박인환이 종이를 달라고 하여 즉석에서 〈세월이 가면〉을 완성한다. 이진섭이 시를 보고 다른 종이에 악보를 만든다. 나애심이 악보를 보고 노래를 부른다. 다음에는 넷이서 합창을 한다. 이때 '명동백작' 이봉구와 테너 임만섭이 술집에 들어선다. 임만섭이 악보를 받아들고 노래를 부른다……. (송지영, 이봉구의 생전 회고)

〈세월이 가면〉에 곡을 붙인 이진섭은 다재다능한 팔방미인이었다. 1922년 서울에서 태어난 이진섭은 서울대 사회학과를 졸업한 뒤 합동통신 기자를 시작으로 KBS 아나운서를 지내는가 하면 《조선일보》《서울신문》《경향신문》을 거치는 등 1983년 세상을 떠나기까지 30여 년 동안 줄곧 언론인으로 일관했다. 하지만 언론계 생활 틈틈이 시나리오, 희곡, 소설, 오페라 등 여러 분야에서 많은 작품을 남겨 문명을 떨치기도 했다. 이진섭이 타계하던 그 무렵부터 나는 그의 아내 박기원을 '은평클럽'의 모임에서 비교적 자주 만날 수 있었다. '은평클럽'은 박연희, 서기원, 이호철, 김시철, 박성룡 등과 박기원, 구혜영, 최미나 등 여류 문인들이 멤버인 은평구 거주 문인들의 모임이었다. 1929년 서울 태생인 박기원은 숙명여대를 졸업한 뒤 《서울신문》《경향신문》의 기자를 지내고 1950년대 중반부터 소설을 쓰기 시작했다.

박기원에 따르면 이진섭은 일찍부터 음악에 관심이 많아 어렸을 적의 꿈은 지휘자가 되는 것이었다고 한다. 그래서 일본의 우에노음악학교에 진학하려 했으나 집안의 강력한 반대에 부딪혀 꿈을 접을 수밖에 없었다는 것이다. 그래도 음악에 대한 관심의 끈은 놓지 않고 혼자 악전樂典과 피아노 등 악기를 익히고 음악사를 공부하는가 하면 KBS 아나운서 시절에는 한국 최초로 라틴음악과 샹송을 소개하고 해설하는 프로그램을 담당하기도 했다. 슬하의 네 남매 가운데 두 딸이 음악을 전공한 것도 그의 영향이었다. 〈세월이 가면〉을 작곡한 것은 이진섭의 감춰진 음악적 재능의 한 단면이었던 것이다.

이진섭과 박기원이 부부가 된 것도 다분히 극적인 데가 있다. 두 사람이 처음 만난 것은 1949년 박기원이 《서울신문》

문화부 기자로 들어갔을 때였다. 그때 이진섭은 서울신문사가 발행하던 《주간서울》의 기자로 일하고 있었고, 절친한 친구의 오빠여서 자연스럽게 만날 수 있었다. 하지만 이진섭은 이미 결혼한 몸이었다. 두 사람이 다시 만난 것은 부산 피난 시절인 1953년 봄이었다. 1950년 7월 북한군이 점령하고 있던 서울에서 아들을 낳은 이진섭의 아내는 고향이 북쪽인 데다 아버지가 공산주의자여서 북한군 퇴각 때 그를 남겨둔 채 아들을 데리고 친정식구들을 따라 월북했다. 이진섭은 1·4 후퇴 때 부산으로 피난해 박기원을 만났고 그때부터 사랑이 싹터 서울수복 후인 1954년 10월 이들은 결혼식을 올리고 부부가 되었다.

이진섭에게는 즐기는 잡기도, 음악 외에는 이렇다 할 취미도 없었다. 하지만 그의 생애에서 떼어놓을 수 없는 한 가지가 있었다. 술이었다. 그에게 있어서 술은 취미라기보다는 '반려'의 의미가 있었다. 1970년대까지만 해도 이진섭은 경복고 1년 후배인 칼럼니스트 심연섭과 함께 언론계에서 알아주는 '쌍벽의 애주가'로 꼽혔다. 술과 관련한 이들의 에피소드도 많다. 프랑스 파리의 '뉴욕 해리스 바'라는 술집은 카뮈, 사르트르 등 프랑스 문인은 물론 헤밍웨이, 피츠제럴드 등 세계의 저명 문인들이 즐겨 찾는 곳으로 유명한데 그 술집의 낡은 사인첩에는 그들의 사인과 함께 한국인으로서는 심연섭과 이진섭의 사인이 올라 있다고도 한다.

박기원이 '여자문제 따위로 질투를 느껴본 적은 한 번도 없었지만 술에 대해서는 늘 질투하며 살았다'고 회고할 정도로 이진섭은 매일 술에 파묻혀 살았다. 심연섭이 1977년 54세로 세상을 떠났을 때 이진섭은 장례가 끝날 때까지 줄곧 술을 마시며 동기간을 잃은 것처럼 슬피 울었다고 한다. 그때부터 마시는 횟수와 주량이 다소 줄기는 했지만 술이 곁에 있어야 무슨 일이든 하는 습관은 버리지 못했다. 특히 혼자 술을 마실 때면 앞의 빈 잔에다 술을 따르고 '이건 심연섭의 잔'이라며 대작 아닌 대작을 하는 새로운 버릇이 생겼다고 한다.

심연섭의 죽음에 영향을 받았던지 그 이듬해인 1978년부터 별탈이 없던 이진섭의 건강에도 적신호가 켜지기 시작했다. 간경화 증세였다. 1980년대에 들어서면서부터는 당뇨병까지 겹쳐 입원과 퇴원을 되풀이했다. 그래도 퇴원을 하면 술잔을 입에 대곤 했다. 술로써 스스로의 건강을 체크한다는 것이 이유였다. 1982년 말 이진섭은 KBS 출판국으로부터 《모차르트의 일생》을 번역해 달라는 청탁을 받았다. 내용이 난해하고 까다로운 데다가 방대한 분량임에도 두 달 안에 끝내 달라는 주문이었다. 투병 중임에도 이진섭은 밤을 새워가며 원고에 매달려 약속대로 2월 중순께 탈고했다. 그리고 그로부터 10여 일 만인 1983년 3월 초 숨을 거두었다. 61세였다. 장례식 때는 샹송 가수 최양숙이 애잔한 목소리로 그가 작곡한 〈세월이 가면〉을 불러 장내를 숙연케 했다. 이진섭이 세상을 떠난 뒤 박기원은 《하늘이 우리를 갈라놓을지라도》 《그대 홀로 가는 배》 등 남편을 추억하는 두 권의 책을 내놓았다.

27

백철,
문학평론 초석 다진 1세대 비평가

1970년대 중반 백철 평론가가 신문에 1920~30년대 문단 이야기를 연재할 때 한동안 그를 자주 만났다. 내가 '꼬부랑 글씨'라고 명명한 그의 원고에 알아보기 힘든 부분이 꽤 있었고, 간혹 문장과 문맥에 연결되지 않는 대목이 나오기도 했기 때문이었다. 이런저런 이야기를 나누는 중에 그가 일흔을 바라보는 연배에도 불구하고 묵직해 보이는 외양과는 달리 매우 개방적이고 진취적인 사고를 가진 분이라는 것을 알게 되었다. 연재하던 글에도 그런 기질이 나타나곤 했지만 그 무렵 출간된 그의 자전적 문단 회고록 《진리와 현실》을 읽으면서 그런 생각은 더욱 굳어졌다. 예를 들면 1935년의 이런 대목이다. 당시 이화여전의 음악 교수로 있던 안기영이 제자인 김현순과 사랑에 빠져 가정과 직장을 버리고 외국으로 사랑의 도피행각을 벌인 일이 있었다.

세상이 발칵 뒤집혔다. 그들 남녀의 불륜과 부도덕을 지탄하는 비난의 화살이 마구 쏟아졌다. 특히 미션 스쿨인 이화여전 당국과 기독교계에서는 '천벌을 받아 마땅하다'는 저주를 퍼부었다. 신문들이 연일 그들에 관한 독설로 도배질하는 가운데 백철은 크게 분개했다. 백철은 속물주의적인 기성의 도덕관을 비판하고 그들 남녀를 옹호하는 60장 분량의 글을 써서 종합월간지 《중앙》에 보냈다. '예술가에게 있어서 사랑은 무엇보다 중요하다, 사제 간이라고 해서 사랑하지 못할 이유가 무엇이냐, 애정 없는 가정은 감옥인데 그 감옥에서 탈출하는 것이 무슨 잘못이냐……'는, 당시로서는 매우 파격적인 내용이었다. 이 글이 실리면서 이번에는 백철에게 비난의 화살이 쏠렸다. 어떤 목사는 '백철은 악마의 화신이며 영원히 구제받지 못할 것'이라고 악담을 퍼부었다.

그로부터 3년쯤 전 《개벽》지에 근무할 때 여류 작가이며 기자인 송계월과의 '자유연애'로 문단의 화제가 된 적도 있었지만 백철의 진취적인 기질은 이미 청년 시절부터 몸에 배어

168

있었다. 1908년 평북 의주에서 태어난 백철은 어렸을 적부터 두뇌가 명석해 신의주고보를 수석으로 졸업한 뒤 도쿄고등사범 문과에 입학해 영문학을 전공했다. 재학 중 바이런, 셸리 등의 영시를 탐독하고 습작으로 시를 쓰던 백철은 3학년 때 마르크스주의에 매료돼 나프NAPF(일본프롤레타리아예술가동맹)에 가입한다. 그때부터 일본어로 시와 이론을 발표하면서 문학 활동을 시작한 백철은 1931년 귀국해 《개벽》의 기자로 일하면서 카프에 가입해 중앙위원이 된다. 국내 문단 데뷔작은 평론 〈농민문학의 문제〉였다. 그의 문학적 생애에 전환점이 된 것은 1934년 '카프 2차 검거' 때 체포돼 1년 반 동안 투옥됐다가 풀려나면서부터였다. 프로문학에서 우파 성향의 문학으로 전향한 것이다.

1935년의 이른바 '휴머니즘 논쟁' 때 좌파를 공격하고 우파를 옹호하는 글을 쓴 백철은 프로 계열의 문인들로부터 호된 공격을 받아야 했다. 하지만 그들과의 인간관계마저 단절된 것은 아니었다. 사교적이며 소탈한 성격 덕분에 백철은 문단에 두터운 친분을 쌓은 문인들이 많았다. 고향 후배인 정비석을 비롯해 김동리·최정희·박화성 등, 그리고 한때 카프 활동을 함께한 임화·한설야·김남천 등 좌파 문인들이었

다. 특히 임화와의 우정은 유명해 임화는 백철이 전향했음에
도 '이념보다는 우정'이라며 백철을 감싸기도 했다.

그때의 전향을 시작으로 이후 백철의 잦은 변신은 두고두
고 그에게 오점으로 따라다녔다. 1939년부터 일제 기관지《매
일신보》기자로 일하면서 창씨개명을 하고 친일의 글을 발표
하는가 하면 광복 뒤에는 좌익 단체인 조선문학가동맹의 기
관지《문화전선》의 편집을 맡은 일 따위가 그렇다. 6·25전쟁
때는 피난을 가지 못해 조선문학가동맹의 신분증으로 납북
의 위기를 넘기기도 했다. 그럼에도 불구하고 전쟁 후 학계와
문단에서 백철의 위상이 쉽사리 흔들리지 않았던 것은 1세
대 비평가로서 그가 이룩한 업적을 뛰어넘을 만한 것이 거의
없고, 그에 필적할 만한 후진을 찾아보기도 어려웠기 때문
이다. 특히 1957년 미국으로 건너가 1년 동안 예일대와 스탠
퍼드대에서 교환교수를 지내고 돌아온 뒤 '뉴 크리티시즘' 곧
신비평 이론을 국내에 처음 소개하면서 그의 위상은 더욱 굳
어지는 느낌이었다.

사실 문학평론가로서 백철의 존재는 광복 이후 오랜 세월
동안 후진들에게는 '넘어야 할 산'이었고 극복해야 할 과제
였다. 조연현이 몇몇 글에서 조심스럽게 백철의 이론에 반기

를 든 것이 그 출발이었고, 특히 1956년 22세의 이어령이 그의 첫 평론이라 할 수 있는 〈우상의 파괴〉에서 백철을 비롯한 선배 평론가들을 싸잡아 폄하한 것은 세대교체를 요구하는 신호탄의 의미가 있었다. 문단의 분위기가 그렇게 돌아가게 된 것은 그가 신문이나 문예지의 문학 월평을 도맡다시피 한 데다 그의 인정을 받아야 행세를 하는 등 평단을 좌지우지하고 있었기 때문이었다. 그러다 보니 사소한 실수는 말할 것도 없고 다소의 편향적 시각도 용납되지 않았다. 1960년 말 최인훈의 《광장》과 황순원의 《나무들 비탈에 서다》에 대한 백철의 월평은 오독誤讀 혹은 작품 해석상의 문제 따위를 놓고 정비석, 황순원, 서기원, 강신재, 신동한 등 후배 작가와 평론가들로부터 집중포화를 받기에 이르렀다.

1930대의 평론가 신동한은 논전 중에 50대를 갓 넘어선 그를 '백철 옹翁'이라 지칭했다. 지금 같으면 '야유'라고 했겠지만 그 지칭에는 얼마간 '권위'의 뜻도 포함돼 있었다. 어쨌거나 백철은 1962년 국제펜클럽 한국본부의 위원장직에 올라 그 '권위'에 힘을 보탰다. 1970년대 막바지 회장직을 모윤숙에게 물려줄 때까지 백철은 20년 가까이 그 자리를 굳게 지켰다. 펜클럽의 정관은 2년마다 임원을 개선하도록 되어 있었으나 후배들의 우회적인 퇴진 압력에도 그는 못 보고 못 들은 체 꿋꿋하게 버텼다. 그래도 1970년 제37차 국제펜대회 서울 대회 대회장으로 행사를 성공적으로 치른 것은 그의 큰 업적으로 꼽혔다. 일선에서 물러난 1980년대 이후에도 백철은 글을 쓰고 강의에 나가는 등 노익장의 왕성한 활동을 계속했으나 1985년 10월 77세를 일기로 파란의 삶을 마감했다.

28

구상,

필화사건 세 번 겪은 박정희의 친구

　1975년 구상 시인은 그때까지 써온 시, 평론, 희곡, 시나리오 가운데서 주요 작품들을 추려 《구상문학선》을 상재했다. 600쪽이 넘는 두터운 이 책 케이스의 앞뒤 면에는 화가 이중섭(1916~1956)의 잘 알려지지 않았던 그림 두 점이 표지화로 실려 있었다. 구상과 이중섭의 오랜 우정은 널리 알려진 일이니까 새삼스러울 것도 없는 일이지만 그 그림에 얽힌 뒷이야기가 흥미로웠다. 구상은 이 그림들이 1952년께 제주도에서 그려진 것으로 추정했다. 그 무렵 6·25전쟁이 아직 끝나지 않은 상황에서 정국은 이른바 '제1차 정치파동'으로 몸살을 앓고 있었고, 당시 《영남일보》 주필이던 구상은 기명 칼럼으로 이승만 정권을 비판하고 항거하는 글을 계속해서 쓰고 있었다.

그해 가을 구상은 그 글들을 모아 《민주고발》이라는 제목의 사회평론집을 펴냈다. 당시 제주도에 머물고 있던 이중섭은 친구 구상이 책을 내려 한다는 소식을 듣고 구상과 연락이 닿지 않은 상황에서 '민주고발'이라는 제자題字와 표지화 두 점을 그렸다. 하지만 구상에게 전달할 방법을 찾고 있던 중 책은 변종하 화백의 그림을 장정으로 이미 출간됐고, 이중섭의 그림들은 어느 수장가의 수중에 흘러 들어갔던 것이다. 어쨌거나 《민주고발》은 출판되자마자 판매금지 조치됐고, 구상은 특무부대에 쫓겨 피신을 다니다가 마침내 체포되고 만다. 이 책을 빌미로 구상은 이른바 '레이다 사건'에 연루되면서 투옥돼 고초를 겪기에 이르렀다. 구상이 당한 두 번째 필화사건이었다.

1919년 함남 원산에서 태어난 구상은 고등학교를 졸업한 뒤 일본으로 건너가 니혼대학 종교학과를 졸업했다. 1941년 귀국한 구상은 함흥 《북선매일신문》 기자로 일하면서 1946년 원산문학동맹이 펴낸 동인 시집 《응향》에 시 〈길〉 〈여명도〉 등을 발표하면서 문학 활동을 시작한다. 하지만 《응향》이 출간되자마자 북한의 문화예술을 총괄하던 북조선문학예술

총동맹은 구상의 작품들을 문제 삼고 나선다. 부르주아적이고 퇴폐주의적이며, 반역사적이고 반인민적인 '반동 시'라는 것이었다. 그것이 첫 필화였다. 구상은 여러 차례 '동맹'에 끌려가 신문을 받아야 했고, 직장에서도 쫓겨날 위기에 처하자 표현의 자유가 없는 북한을 떠날 결심을 한다. 이듬해인 1947년 구상은 가족과 친구 이중섭을 남겨둔 채 홀로 월남했다.

월남한 구상은 《연합신문》 문화부장으로 일하면서 《백민》《문예》 등 문예지에 시를 발표하면서 남한에서의 문학 활동을 시작했다. 월남한 지 3년 만에 겪게 되는 6·25전쟁이 그의 인간적인 면모를 보여주는 계기였다. 피난 행렬을 따라 대구로 내려온 그는 국방부가 발행하던 《승리일보》의 주간을 맡는 한편 '문총구국대'의 선봉에 서서 전란의 충격으로 정신병 증세를 보인 서정주 등 어려움에 빠진 동료 문인들을 돕는 일에 발 벗고 나섰다. 9·28수복 며칠 전에는 군용 지프를 타고 아직 북한군이 남아 있던 서울로 들어와 《승리일보》를 거리에 살포하는 대담성을 보인 일화도 있다. 1·4후퇴 때 월남한 소설가 김이석, 시인 양명문, 작곡가 김동진 등에 《승리일보》 기자증을 마련해줘 남쪽에서 안전하게 살 수 있도록 한 것도 구상이었다.

박정희를 처음 만난 것이 그 무렵 대구에서였다. 《승리일보》를 주관하던 육군본부 작전국장이 이용문 준장이었고 차장이 박정희 대령이었다. 이용문의 소개로 인사를 나눈 두 사람은 첫눈에 서로의 사람됨을 알아보고 자주 만나면서 우정을 키워나갔다. 박정희가 34세, 구상이 32세 때였다. 5·16 군사쿠데타가 성공한 후 박정희가 구상을 불러 국정에 참여해줄 것을 간곡하게 청했으나 구상은 '마음으로만 돕겠다'며 정중하게 사양했다. 유신 시절에는 거의 만나지 못하다가 10·26사태를 한 달여 앞둔 1979년 9월 구상이 마지막으로 박정희를 찾아가 간곡하게 은퇴를 권유했으나 박정희는 끝내 묵묵부답이었다는 이야기도 전해진다.

　철저한 반공주의자였고 반공을 국시國是로 삼던 군사정권의 최고 권력자가 다정한 친구였는데도 구상이 겪은 세 번째 필화가 관계당국으로부터 '이적利敵 혐의'를 받으면서 시작됐으니 아이러니컬한 일이었다. 1965년 여름의 일이다. 그는 유치진이 만든 드라마센터에서 공연하기 위해 〈수치〉라는 제목의 희곡 한 편을 완성했다. '지리산 빨치산의 여대원 한 명이 능욕이 자행되는 산속의 짐승 같은 생활에 지쳐 정말 인간적인 삶이 어떤 것인가를 보고 죽겠다는 생각으로 귀순하지만, 거기서도 전투경찰의 비열한 유혹과 가혹한 행패가 자행되고 있음을 보고 그에 저항하다가 죽음을 택한다'는 줄거리였다. 하지만 이 작품은 무대에 올리기도 전에 사전심의에 걸려 공연금지 조치가 내려졌고, 구상은 관계기관에 끌려가 조사를 받는 곤욕을 치렀다. 부분적인 묘사들이 국립경찰의 품위를 훼손했다는 것이었다.

그 외에도 구상은 또 다른 필화사건을 겪을 뻔한 일이 있었다. 5공 말기의 일이다. 구상은 60대에 접어든 1980년대에 들어서면서부터 생애를 통틀어 가장 왕성한 작품 활동을 펴고 있었다. 매년 한 권꼴로 시집을 내놓았고, 1986년에는 《구상 시전집》을 펴냈다. 1987년 3월에 발표한 〈까마귀〉라는 시가 그 무렵의 시대 상황과 맞물려 세간의 주목을 끌었다. '어른은 젊은이를 물 먹여 죽이고/이 독사의 무리들아, 회개하라……' 등의 대목이 그해 1월의 '박종철 고문치사사건'을 연상시켰기 때문이다. 읽는 이마다 그 작품이 몰고 올 파장을 우려했으나 뒤이은 민주화 열기에 파묻혀 정권의 눈총을 피해 갈 수 있었던 것이 그나마 다행이었다.

독실한 가톨릭 신자였던 구상은 어려운 이웃을 돕는 일에 늘 앞장섰으나 두 아들을 병으로 잃는가 하면 여의도의 작은 구형 아파트에서 30여 년을 사는 등 그 자신의 삶은 그리 유복하지 못했다. 젊었을 때 폐결핵을 앓아 폐 한쪽을 절제하고도 비교적 건강을 유지하던 그는 폐결핵이 다시 악화하면서 2004년 5월 85세를 일기로 세상을 떠났다. 구상은 죽음을 앞두고 장애인 문예지 발간을 지원하기 위해 2억 원을 쾌척해 주위를 숙연케 했다.

29

'훌륭한 주부'보다
'뛰어난 작가' 택한 강신재

1960년 《사상계》 1월호에 강신재의 단편소설 〈젊은 느티나무〉가 발표된 후 젊은 연인들 사이에서는 한동안 '비누냄새'라는 단어가 유행어처럼 떠돌았다. '그에게서는 언제나 비누냄새가 난다'는 소설의 첫머리가 일으키는 신선하고도 에로틱한 상상력 때문이다.

여고생 숙희와 대학생 현수는 서로 사랑하는 사이다. 하지만 두 사람의 부모가 재혼하는 바람에 법적으로는 남매다. 소설은 '행복한 결말'을 제시하지는 않지만 이들의 사랑은 깊어만 가고 행복한 미래에 대한 꿈과 희망을 버리지 않는다…….

지금이라면 대수로울 것도 없는 이야기지만 반세기 전만 해도 파격적이었다. 강신재는 소설에서 친남매 간의 '근친상간'도 과감하게 다루는 등 남녀 간의 애정 문제에 있어서는 변칙적이고 파격적인 주제를 즐겨 썼다.

1924년 서울에서 태어난 강신재는 지금의 경기여고를 거쳐 1943년 이화여전 가사과에 입학하지만 이듬해인 1944년 20세에 결혼하면서 학칙에 따라 학교를 중퇴해야 했다. 강신재보다 두 살 위인 남편 서임수는 대구 태생으로 1945년 경성대(지금의 서울대학교) 법문학부를 졸업한 뒤 서울대 교수, 공군본부 정훈감, 국회의원, 경향신문사 부사장 겸 편집국장, 국민대학장 등 다양한 경력을 거쳤다. 특히 서임수는《장미도 먹을 여인》《삼천궁녀 거느리는 뜻은》등 여러 권의 수필집을 낸 수필가로 문명을 떨치기도 했다. 강신재가 6년차 주부에서 소설가의 길로 들어선 데는 남편의 영향도 컸을 것 같다. 1980년 한 문예지의 청탁으로 강신재를 장시간 인터뷰했을 때 그는 소설가가 된 동기를 이렇게 말했다.

"결혼하면서 대구 시댁에 내려가 아이를 낳고 살림을 하다 보니 문득 주부로서는 낙제생이 아닌가 하는 생각이 들었어요. 어렸을 적부터 소설을 비롯해서 많은 책을 읽기는

했지만 감히 작가가 되겠다는 생각은 품지 못하다가 주부 노
릇을 제대로 하지 못할 바에야 소설로서 탈출구를 찾아보겠
다고 마음먹은 거지요. 어이없는 얘기지만 훌륭한 주부보다
는 뛰어난 작가 쪽이 쉽지 않을까 생각했거든요."

서울로 올라온 강신재는 1949년 김동리의 추천으로 《문
예》에 〈얼굴〉〈정순이〉 두 편의 소설을 발표하면서 등단한다.
데뷔작에서부터 강신재의 소설 속 여자 주인공들은 변태적이
거나 불행을 감수하는 숙명적 여인상 등 다양한 형태로 나타
난다. 이따금 그 주인공들은 비극적인 종말을 맞기도 하지만
작가는 따뜻한 시선과 손길로 그들을 감싸 안으면서 역설적인
아름다움을 추구한다. 이것은 아마도 강신재 특유의 태생적
'페미니스트 기질'의 소산일 것이다.

나는 강신재의 그 여성스러움과 여성 편향적 기질에 관한
몇 가지 기억을 가지고 있다. 1981년 박경리 소설가를 만났을
때 들은 이야기다. 1973년 4월 그의 외동딸(김영주)과 김지하가
명동성당에서 결혼식을 올렸을 때의 일이다. 혼배미사가 한
창 진행되던 중 박경리는 쏟아지는 눈물을 참을 수 없어 자
리에서 살며시 일어나 뒤쪽 구석으로 가서 기둥을 부여안고
하염없이 울었다. 그때 누군가 조용히 다가와 어깨를 감싸 안

고 손수건을 꺼내 눈물을 닦아주었다. 박경리가 돌아다보니 선배 작가 강신재였다. 강신재는 '나도 딸(피아니스트 서타옥)을 시집보낼 때 생이별하는 것 같아 박 선생처럼 눈물을 쏟았다. 딸 시집보내는 엄마의 심정은 누구보다 내가 잘 안다'며 박경리의 등을 토닥였다. 박경리는 '그때의 그 따사로운 손길과 위로의 말로 큰 감동을 받았다'며 평생 잊지 못할 기억이라고 했다.

이런 기억도 있다. 강신재는 1970년대부터 80년대 초에 이르는 기간 동안 여러 차례 신문에 연재소설을 쓰고 있었으므로 나는 꽤 자주 그를 만나고 있었다. 어느 날 함께 저녁을 먹고 서울시청 앞 한 호텔의 지하 바에서 맥주를 마시고 있었는데 문득 강신재의 눈길이 출입문 쪽을 향하더니 입가에 미소가 번지는 것이었다. 강신재의 눈길을 따라가보니 그의 남편 서임수가 두어 명의 젊은 여성과 함께 들어서고 있었다. 부부는 눈짓으로만 인사를 나누었고, 서임수 일행은 우리 자리에서 비교적 멀리 떨어진 곳에 자리를 잡았다. 내가 공연히 난처해져서 그냥 자리를 떠야 하나 어째야 하나 망설이는 모습을 보이자 강신재가 웃으면서 말했다.

"신경 쓸 것 없어요. 우린 늘 이래요."

지금 같으면 보통 있을 수 있는 일이겠지만 그 무렵에는 그들 부부보다 20년 가까이 젊은 내가 신기해할 정도의 생소한 광경이었다. 남녀평등이니 여성해방이니 하는 따위의 진부한 표현들을 들먹일 필요도 없이 그것이 강신재가 지닌 태생적 기질일 것이라 느껴졌다.

　언젠가 한 평론가가 강신재의 작품을 거론하면서 '강신재는 가장 여성스러운 여류 작가'라는 글을 썼을 때 강신재는 노골적으로 불쾌감을 드러냈다. '여성이 여성스럽다는 것이 무슨 이야깃거리가 되느냐'는 것이며, '작가면 작가지 왜 꼭 앞에 여류를 갖다 붙여야 하느냐'는 것이었다. 그가 '훌륭한 주부'보다 '뛰어난 작가'가 되고 싶었다고 한 것도 따지고 보면 그 스스로 여성의 속성을 떨쳐버리려 했던 의미로 받아들일 수 있을 것이다.

　감각적이고 세련된 문체라든가 여성의 운명이나 남녀의 다양한 애정 관계 따위를 강신재의 작가적 특질로 보는 시각이 많기는 하지만, 그의 작품들을 세밀하게 관찰하면 그 하나하나의 주제들이 역사적 현실이나 사회상을 배경으로 삼고 있음을 엿볼 수 있게 된다. 가령 6·25전쟁이나 4·19혁명 같은 거대한 역사적 소용돌이를 바탕에 깐 《오늘과 내일》

《임진강의 민들레》《북위 38도선》 같은 작품들이 좋은 예다. 그것이 강신재를 '여류'라는 한정사로 묶어두지 않게 하는 요소로 작용하기도 한다. 한국문학상, 여성문학상, 예술원상, 중앙문화대상 등을 수상하고 여류문학인회 회장을 맡기도 한 강신재는 2001년 77세를 일기로 세상을 떠났다.

30

'잉꼬부부'

양명문과 김자림

    얼마 전 우리나라 최초의 클래식 음악감상실인 대구 '녹향'의 주인이 세상을 떠났다는 기사가 신문에 실렸다. '녹향'은 6·25전쟁 때 대구로 피난 간 유치환·박목월·양주동 등 문인들이 자주 드나들었던 곳으로 유명하고, 특히 바리톤 오현명이 부른 가곡 〈명태〉의 노랫말이 된 시 〈명태〉를 양명문이 그곳에서 썼다고 알려져 있는 곳이다. 그 기사를 읽으면서 문득 1970~80년대 양명문 시인과 김자림 희곡작가 부부의 몇 가지 모습이 떠올랐다. 베레모를 쓰고 스틱단장을 속된 말로 '폼 나게' 휘두르던 양명문의 모습과, 다소 작고 통통한 몸매로 땀을 뻘뻘 흘리며 연극 공연 자료를 들고 동분서주하던 김자림의 모습이다.

이들 부부는 같은 평양 태생으로 1·4후퇴 때 각각 단신 월남한 뒤 부산에서 처음 만나 훗날 13년의 나이 차를 극복 하고 결혼했다. 1913년생인 양명문은 일찍 일본으로 건너가 도쿄 센슈대학 법학부를 졸업한 뒤 1940년 시집 《화수원》을 내고 일본 문단에 데뷔했다. 광복을 맞아 귀국한 양명문은 평양에서 문학 활동을 하던 중 공산주의자들의 회유와 협박 에 못 이겨 〈김일성 찬가〉를 쓰기도 했다. 1950년 10월 국군 과 유엔군이 평양을 함락했을 때 양명문을 비롯한 박남수, 김이석, 오영진, 장수철 등 평양 문인들은 일찍 월남했다가 고향을 찾아온 최태응과 납북된 아버지를 찾아온 조지훈 등 과 함께 평양연합예술회를 결성하고 남북 문화인 교류를 결 의했다. 하지만 이들은 구체적인 활동을 펼치기도 전에 중공 군 개입 소식에 피난을 서둘러야 했다. 대부분의 평양 문인 들이 피난을 결심한 가운데 양명문은 〈김일성 찬가〉를 쓴 전 력 탓에 고민하지 않을 수 없었다. 결단을 내리지 못하고 망 설이기만 하다가 피난을 결심한 평양 문인들의 간곡한 설득 에 양명문도 결국 피난 대열에 합류했다.

월남 후 한동안 부산 부두에서 노무자 생활을 하기도 했던 양명문은 대통령 공보비서관이던 김광섭과 국방부 정훈국장이던 김종문의 배려로 육군 종군작가단에 편입됐다. 육군 종군작가단은 공군·해군 종군작가단과 함께 일선에 투입되기도 하고 기관지 《전선문학》을 발간하는가 하면 '국군의 밤' 방송, 시국 강연, 군가 작사 등 다양한 활동을 펼쳤다. 양명문도 최초의 문인극 〈고향 사람들〉에 출연하고 군가를 작사하는 등 열성적인 모습을 보였다. 이 무렵 그는 국방부 정훈국이 마련해준 안동 집에 기거하면서 대구와 부산을 오락가락하고 있었다. 안동 집에는 역시 월남한 작곡가 변훈, 김동진 등이 함께 살고 있었다. 어느 날 양명문은 그가 쓴 시 몇 편을 두 작곡가에게 보여주면서 혹시 가곡으로 만들 만한 것이 있는지 살펴보라고 했다. 이때 변훈은 〈명태〉를, 김동진은 〈낙동강〉을 선택해 가곡을 만들었다.

가곡 〈명태〉에는 얽힌 일화가 있다. 이듬해인 1952년 부산에서 열린 음악회에서 오현명이 〈명태〉를 불렀을 때의 일이다. 중간쯤에 '어떤 외롭고 가난한 시인이/밤늦게 시를 쓰다가 소주를 마실 때/그의 안주가 되어도 좋고/그의 시가 되어도 좋다……'는 대목에 이르렀을 때 관객들이 일제히 웃음을 터뜨렸다. 가곡 공연에서는 좀처럼 볼 수 없는 광경이었다.

더군다나 이튿날 음악평론가 이성삼은 한 신문에 쓴 음악평에서 〈명태〉를 혹독하게 비판했다. 여기에 자극받은 변훈은 그때까지 만든 가곡들을 모두 찢어 없애버리고 작곡가의 길을 포기하기로 결심했다. 변훈이 작곡가에서 외교관으로 변신한 것은 이때부터의 일이었다.

전쟁이 끝난 후 양명문은 서울대 등 몇 개 대학에서 강의를 맡다가 1960년 이화여대 교수로 부임하면서 안정기에 접어들었다. 그의 아내 김자림도 그 무렵 조선일보 신춘문예에 희곡이 당선하면서 왕성한 활동을 펴기 시작했다. 1970년대 이후 방송극과 영화의 오리지널 시나리오를 써 주목을 끌기도 했지만 김자림은 '본업은 어디까지나 희곡작가'임을 늘 내세웠다. 연극 일에 관한 한 늘 열정적이었고, 특히 그의 작품을 공연할 때면 마치 신 들린 듯했다. 한데 그를 만날 때마다 눈에 띄는 게 있었다. 연신 시계와 수첩을 번갈아 들여다보며 좌불안석하는 모습이었다. 처음엔 워낙 바빠서 그러려니 했는데 그게 아니었다. 남편의 스케줄과 행보를 낱낱이 체크하는 것이었다. 주변 문인들은 멋쟁이 남편을 둔 아내의 '보호관찰'이라 표현했다. 남편도 아내의 그런 '특별한 배려'를 당연하게 받아들였다는 것이다.

사실 양명문의 예술가적 기질과 풍모는 일본 유학 시절부터 유명해 여성들에게도 꽤 인기가 높았다고 한다. 같은 실향민이며 절친한 후배인 김시철은 양명문의 풍모를 이렇게 쓴 적이 있다.

남달리 굵어 보이는 눈썹, 올백으로 넉넉하게 빗어 넘긴 숱 많은 곱슬머리, 지그시 아래로 내리까는 눈매, 굵은 톤의 묵직한 성대, 체구에 잘도 어울리는 한복과 두루마기, 턱 들고 뒤로 젖히는 의젓한 폼…….

그런 외양뿐만 아니라 최고로 꼽히는 시낭송 솜씨라든가 여성을 대하는 세련된 매너 등 하나하나가 여성들에게 호감을 갖게 하는 요소로 작용한다는 것이었다. 그렇게 보면 그런 남편을 한눈팔지 못하게 하는 김자림의 '보호관찰'은 아내로서의 특권이었고, 그것이 문단이 두루 인정한 잉꼬부부의 결정적 요인이었던 것이다.

그들 부부는 서로의 일에서 벗어나기만 하면 늘 붙어 다녔다. 문단의 행사나 문인들의 모임에 그들이 함께 나타나는 것은 극히 자연스러운 일이었다. 1985년 11월 양명문이 72세를 일기로 세상을 떠났을 때 김자림이 받은 충격은 컸다. 장례 후 허전함을 이기지 못해 아들이 살고 있는 미국으로 갔다가 이듬해 돌아왔다. 양명문의 1주기를 맞아 남편과 가까웠던 많은 사람들을 초청해 문예진흥원 강당에서 '양명문 시인 추도 문학의 밤'을 성대하게 열었다. 이날 오현명은 〈명태〉를 불러 고인을 추모했다. 1991년 미국으로 이민한 김자림은 1994년 시애틀에서 68세로 타계했다.

31

박완서,
가족 잃은 비극 극복한 작가정신

1988년은 박완서 소설가에게는 참혹한 시련의 한 해였다. 그해 5월 폐암을 앓던 남편이 세상을 떠난 데 이어 3개월여 뒤인 8월에는 서울대병원 마취과 레지던트로 일하던 외아들이 '불의의 사고'를 겪으면서 갑작스럽게 세상을 등졌기 때문이다. 이제 겨우 스물여섯이었고, 딸 넷을 낳은 뒤 어렵게 얻은 아들이었다. 1970년 등단 이후 쉼 없이 달려오던 그의 집필 여정은 일시 휴지기를 맞을 수밖에 없었다. 박완서는 한동안 부산 분도수녀원에서 지내다가 미국 여행을 떠나 이듬해 다시 돌아왔다. 그의 휴지기간은 길지 않았다. 비극을 겪은 지 6개월 만인 1989년 2월부터 장편소설《그대 아직도 꿈

구고 있는가》 연재를 새로 시작했고, 그해 10월부터는 중단했던 연재소설 《미망》을 다시 집필하기 시작했다. 그 무렵 박완서는 아들을 잃었을 때의 참담함을 이렇게 썼다.

> ……참척慘慽(자식이 부모보다 먼저 죽음)을 당한 어미에게 하는 조의弔意는 그게 아무리 조심스럽고 진심에서 우러나오는 위로일지라도 모진 고문이고, 견디기 어려운 수모였다. (중략) 그 애 없는 세상의 무의미함도 견디기 어렵거니와 도대체 내가 뭘 잘못했기에 이런 벌을 받나 하는 회답 없는 죄의식과 부끄러움은 더욱 참혹하다.

독실한 가톨릭 신자였던 박완서가 십자가를 내던지며 하느님을 원망할 정도였으니 그 참담한 심정은 이해하기 어렵지 않을 것이다. 그때 수많은 독자들은 '이제 겨우 등단 18년 차인 박완서 작가가 한창 물이 올라 있을 때 영영 다시 붓을 들지 못하게 되는 것이 아닌가' 우려했다. 그래서 6개월 만의 소설가 복귀를 사람들은 안도감과 함께 놀라운 시선으로 바라보았다. 그 '극복의 힘'은 어디에서 우러나온 것이었을까. 박완서는 자신이 겪은 비극이나 고통과 투쟁하기보다는 결국 화해를 선택했고, 그 화해의 과정에서 궁극적으로 또 다른 삶의 의미를 캐내려 했던 것이다. 그런 작가적 기질은 그의 고통스럽고 비극적인 가족사가 바탕을 이룬 등단 과정에서부터 나타나고 있다.

1931년 개성에서 20여 리 떨어진 개풍군 박적골에서 태어난 박완서는 세 살 때 아버지를 여의면서 고난의 삶을 시작했다. 조부모에게 맡겨졌다가 먼저 오빠와 함께 서울에 자리 잡은 어머니를 따라 서울에 온 것이 일곱 살 때였다. 숙명여고에 진학해 6·25전쟁 때 행방불명된 소설가 박노갑을 담임선생으로 만나면서 소설에 관심을 갖기 시작했다. 그때의 동기생이 소설가 한말숙과 시인 김양식, 박명성이었다. 하지만 1950년 서울대 문리대 국문과에 진학해 6월 20일 입학식을 치른 뒤 닷새 만에 6·25전쟁이 일어나면서 '소설가의 꿈'은 20년 뒤로 미뤄지게 된다. 미처 피난을 가지 못한 박완서의 가족은 열 살 위인 오빠와 아버지와도 같았던 숙부가 전쟁 초기에 빨갱이로 몰렸다가 반동으로 몰리는 어처구니없는 일을 번갈아 겪다가 목숨을 잃는 비극을 경험한다.

그런 비극을 겪으면서 박완서의 머릿속을 떠나지 않은 생각은 '차곡차곡 기억 속에 담아두었다가 언젠가는 소설로 쓰리라'는 다짐이었다. 하지만 집안의 기둥이던 오빠와 숙부가 유명을 달리하면서 박완서는 어머니와 올케 그리고 어린 조카들의 생계를 책임지지 않을 수 없게 되었다. 그때 취직한 곳이 미8군의 PX였는데 얼마 뒤 지금의 신세계백화점 자리에 있던 초상화부로 자리를 옮겼다. 거기서 박수근 화가와 만나게 되고 그때의 이야기가 데뷔작인 《나목》의 소재가 되는 것이다. 1953년 휴전 직후 결혼해 1954년 첫딸을 낳은 후 2년 간격으로 다섯 남매를 낳았고, 막내가 초등학교에 입학한 1960년대 막바지까지는 한눈팔 겨를이 없었다. 자식들 키우랴 살림 보살피랴 바쁜 탓도 있었지만 가정생활의 안락함과 행복감에 젖어든 동안에는 글을 쓰고 싶다는 충동이 별로 일어나지 않더라는 것이었다.

1960년대 후반 우연히 박수근 화가의 유작전을 관람한 것이 박완서의 잠자던 충동을 일깨웠다. 박완서는 박수근의 이야기를 쓰기로 결심했다. 하지만 여기서 박완서의 소설가적 운명은 뒤바뀔 뻔했다. 어느 종합지의 '논픽션 공모'를 겨냥해 쓰기 시작했으나 논픽션을 쓰기에는 박수근에 대해 아는 것이 너무 적었다. 마감일도 지나가고 있었다. 마침 《여성동아》의 장편소설 공모 마감기일이 두 달 뒤였다. 박완서는 이미 쓴 원고를 토대로 나름대로의 픽션과 상상력을 가미해 소설로 다시 썼다. 그렇게 해서 태어난 것이 《나목》이었다.

두 번째 장편소설이 1972~73년 사이에 연재한 《한발기旱魃記》였다. 1950년 6월부터 이듬해 5월까지 1년 동안의 체험이 고스란히 담겨 있는데, 몇 년 뒤 《목마른 계절》이라 제목을 바꿔 단행본으로 출간됐을 때 박완서의 부탁으로 어느 문예지에 서평을 쓴 인연이 있다. 그를 마지막 만난 것은 2010년 봄 어느 날 저녁 인사동의 한 주점에서였다. 젊은 여성 문인 두엇과 맥주를 마시던 그는 우연히 그 앞을 지나던 나와 눈이 마주치자 밝고 화사한 웃음으로 나를 반겼다. 그때까지도 아주 건강해 보였는데 얼마 뒤 담낭암이 발병했다는 소식을 들었다.

박완서는 문학의 효용은 '우리가 가장 고통스러울 때 위안을 주고 힘이 돼주는 것'이라고 말한 적이 있다. 그런 인식 속에서 쓴 그의 소설에 가장 많은 독자가 몰린 것도, 가장 많은 문학상이 주어진 것도 당연한 일이었다. 그의 상복은 '소설을 쓰기만 하면 상을 주니까 무서워서 못 쓰겠다'는 우스갯소리를 할 정도였다. 소설뿐만 아니라 유니세프의 친선대사로 활동함으로써 행동으로 고통받는 이들에게 위안과

힘이 돼주기도 했다. 병마를 이기지 못한 박완서는 2011년 1월 22일 80세를 일기로 세상을 떠났다. 문상객들에게 조위금을 받지 못하도록 유족들에게 미리 당부한 것도 그의 인품을 말해주는 대목이다. 박완서의 유해는 오산 천주교 공원묘지, 23년 전 먼저 간 남편과 아들의 곁에 묻혔다.

32

선우휘,
　　　참여론자에게 비판받은 언론인 작가

　　1986년 6월 12일 부산에서 KBS-TV 6·25 특집 프로그램
〈살아 있는 전장〉의 녹화 제작에 출연 중이던 선우휘 소설가
가 갑자기 쓰러진 뒤 깨어나지 못하고 그대로 숨을 거뒀다.
그해 선우휘는 64세로 《조선일보》 논설고문직에서 정년퇴임
했고 건강에도 별 이상이 없었다. 그로부터 몇 달 전 나는
한 문예지의 청탁으로 그와 두 시간 남짓 문학 이야기를 나
눈 적이 있었다. 그때 선우휘는 30년 동안 언론사에 재직하
면서 계속 소설을 써왔는데 두 가지의 글이 이질적이어서 나
름대로 고충이 있었다고 토로했다. 이제 소설 하나에만 매달
릴 수 있게 됐으니 정말 쓰고 싶었던 소설을 마음껏 쓸 작정

이라고 기대에 부풀어 있었다. 그리고 나서 그 무렵 구상 중인 소설의 줄거리를 이야기해주기도 했다.

1922년 평북 정주에서 태어난 선우휘는 33세 때인 1955년 단편소설 〈귀신〉을 《신세계》에 발표하면서 문단에 등단하기까지 이미 세 개의 직업을 거치고 있었다. 경성사범학교를 졸업한 뒤 귀향해서 초등학교 교사로 부임한 것이 첫 직업이었고, 광복 이듬해 월남하여 《조선일보》 사회부 기자로 입사한 것이 두 번째 직업이었다. 1949년 육군 소위로 임관하면서 그는 6·25전쟁을 온몸으로 체험하게 된다. 전쟁이 일어나자 특수유격대에 지원해 국군과 유엔군이 평양을 함락했을 때 그의 활약상은 문단에 널리 알려져 있다. 수십만의 중공군이 압록강과 두만강을 건너 내려온다는 소문과 함께 평양 시민들이 피난을 서두르던 때의 일이다.

평양에 주둔 중이던 헌병사령부와 미군은 자신들도 철수를 준비하면서 시민들의 피난은 저지하려 안간힘을 쓰고 있었다. 헌병사령부는 정훈장교인 선우휘에게 '작전상 일시 후퇴하는 것이니 시민들은 안심하고 피난을 중지하라'는 내용의 포고문을 작성하라고 지시한다. 하지만 선우휘는 명령을 무시하고 오히려 부하들과 함께 대동강으로 나가 파괴된 철교 위에 가교를 긴급 설치해 한 사람이라도 더 피난시키려고 애쓰는 모습을 보인다. 이 일은 그때 선우휘의 덕으로 무사히 대동강을 건너 월남할 수 있었던 박남수, 김이석, 양명문 등 평양 문인들의 증언으로 알려지게 되었다.

이 일화가 보여주는 것처럼 선우휘는 투철한 반공정신의 소유자였다. 자신이 반공주의자가 된 경위에 대해서 그는 이렇게 말했다. 사실 젊었을 때의 그는 사회주의 소설을 탐독하고 사회주의 이론에 매력을 느끼는 등 한때는 사회주의 신봉자였다. 광복 직후 신의주에 가서 중학교 시절의 담임선생을 만났을 때 함께 공산주의 운동을 벌이자는 말에 귀가 솔깃해졌다. 선생과 함께 그곳 인민위원회를 찾아갔을 때 신의주학생사건을 목격한 것이 공산주의에 회의를 품게 된 직접적인 계기였다. 교사직을 그만두고 신문기자가 된 것도 공산주의의 실상을 알리는 것이 무엇보다 중요한 일이라고 생각했기 때문이었다.

하지만 기자로서의 메시지 전달에는 한계가 있음을 느끼게 된다. 기자 생활을 2년쯤 하다가 인천중학교 교사로 부임한 것은 그 때문이었다. 전쟁이 끝난 후 아직 군인 신분으로 문단에 데뷔한 선우휘는 1957년 《문학예술》에 그의 대표작이며 출세작인 〈불꽃〉을 발표할 때까지 고작 서너 편의 단편소설을 발표하고 있었다. 그러나 소설 역시 그가 원하는 메시지 전달에는 한계가 있음을 느껴가고 있었다. 한데 〈불꽃〉에 대한 세간의 주목은 전혀 뜻밖이었다. 그 무렵 가장 권위 있는 동인문학상이 주어지고 집중 조명을 받는 '스타 작가'가 돼가기 시작했다. 그때의 일을 선우휘는 이렇게 말했다.

"만약 그 작품이 상을 받지 못하고 세간의 주목을 끌지도 못했다면 내 작가적 생명은 거기서 끝났을는지도 모릅니다."

같은 해 대령으로 예편한 뒤 다시 언론사에 입사한 것은 생계를 위해서였다. 그의 집필 활동도 본궤도에 접어들었다. 경험해본 사람은 알겠지만 언론계 생활과 작품 활동을 병행하는 것은 간단한 일이 아니었다. 그럼에도 불구하고 그는 단편소설은 물론 신문 잡지에 장기 연재하는 것도 마다하지 않았다. 원고 약속도 펑크 내는 일이 없었다. 신문 잡지의 편집자들 가운데 선우휘는 '신통력을 가진 작가'라고 말하는 이들이 많았다. 원고 마감 2~3일 전에 확인 전화를 하면 '아직 시작도 못했다'고 해 애를 타게 하면서도 약속된 날짜면 어김없이 원고가 도착한다는 것이다. 그 '비결'을 묻는 질문에 선우휘는 이렇게 대답했다.

"마감이 임박해야만 글을 쓰는 신문기자의 오랜 버릇 탓이지요. 하지만 소설은 청탁을 받는 순간부터 머릿속으로 쓰기 시작합니다. 차 타고 가면서도 쓰고, 밥 먹으면서도 쓰고, 커피 마시면서도 쓰고……. 심지어는 잠자리에 들어서도 씁니다. 그러니까 실제로 원고 쓰는 시간은 그리 오래 걸리지 않습니다. 100장 정도의 단편소설이라면 2~3일이면 충분하지요."

〈불꽃〉 등 일련의 초기 작품으로 '행동주의적 휴머니즘의 작가'라 불리기도 했던 선우휘의 작품 세계는 1960년대 후반을 기점으로 다소의 변모를 보이기 시작한다. 이른바 '순수·참여의 논쟁'에서 문학의 사회변혁 기능에 대해 비관적인 견해를 보인 그는 1970년대 이후 〈묵시〉〈쓸쓸한 사람〉 등 몇 편의 소설에서는 이광수를 비롯한 변절 지식인의 침묵 행위를 새롭게 해석하려는 시도를 보인다. 이 같은 선우휘의 작가적 변모는 유신정권으로부터 요직을 제의받았다는 풍문 그리고 그가 보수 언론의 중견 간부라는 사실과 맞물려 참여문학론자들로부터 비판의 표적이 되기도 했다. 하지만 월북 작가 해금을 공식적으로 거론하는가 하면 1974년 인혁당사건 때와 1979년 남민전사건 때 중형을 선고받은 김지하와 임헌영의 구명을 위해 대통령에게 탄원서를 쓰고 담당 검사를 찾아가 그들을 변호하기도 했다.

선우휘의 갑작스러운 죽음을 많은 사람들이 애석해한 것은 소설가 하나만의 직업을 갖게 된 그가 작가로서 또 어떤 모습을 보여줄는지 기대가 컸기 때문이었다. 그와 비슷한 연배인 일본 작가 시바 료타로도 그의 죽음을 전해 듣고 애도하는 장문의 조전을 보내왔다. 그의 젊은 아내 이형원은 1978년 8월 《현대문학》의 추천을 받고 소설가로 데뷔했으나 이렇다 할 활동을 보여주지 못했다.

33

김정한,
민족문학의 뿌리 다진 소설가

1987년 6월 민주화운동 이후 정세가 급격하게 변화하면서 문단에도 진보적 민족문학 운동을 표방한 새로운 문학단체가 태어났다. 그해 9월 17일 창립된 민족문학작가회의가 그것이다. '새로운 문학단체'라고는 했지만 이 단체를 구성하고 있는 문인들이 1970년대 중반 이후 반체제 문학 운동을 이끌어왔던 자유실천문인협의회의 회원들이었고, 목표와 조직 또한 '자실'의 그것을 확대 개편한 것에 지나지 않았다. 한데 특별하게 눈길을 끄는 것이 하나 있었다. 이 단체의 초대 회장으로 원로 작가 김정한이 추대됐다는 점이었다(부회장은 고은, 백낙청). 작가적 성향으로 봐서 김정한이 이 단체의 성격에 부합

하는 인물임에는 틀림없지만 그는 그해 팔순을 맞는 고령이었고, 더구나 오랜 세월 부산에만 거주해 잦은 서울 왕래가 간단한 일이 아닐 터였기 때문이다.

　그것이 5공 말기까지 김정한의 '존재감'을 말해주는 한 사례였다. 소설가로서 김정한의 이채로운 이력이 한국 문단에서 그의 위치를 뒷받침한다. 일제강점기인 1930년대 중반에 등단해 4~5년 동안 왕성한 작품 활동을 펴다가 홀연 붓을 꺾은 그가 30년 가까운 세월이 흐른 1966년 〈모래톱 이야기〉로 활동을 재개했을 때 몇몇 비평가들은 그의 문단 복귀를 하나의 '사건'으로 규정했다. 일제 치하에서 절필한 것은 '침묵의 저항'이라는 의미가 있었고, 1960년대 중반 복귀한 것은 '사회의 혼란상과 현실의 모순을 고발'한다는 의미가 있었다. 심지어 문학평론가 최원식은 훗날 〈90년대에 다시 읽는 요산樂山〉이라는 글에서 그의 재등장을 '단절된 카프 전통의 복원이요, 6·25 이후 지하로 스민 해방 직후 좌파의 부활'이라고까지 표현했다. '요산'은 김정한의 아호다.

　1908년 경남 동래에서 태어난 김정한은 동래고보를 졸업한 뒤 1929년 울산 대현공립보통학교 교사로 사회생활을 시작한다. 그때 일제의 민족 차별에 울분을 느껴 '조선인교육연

맹'을 조직하려다 사전에 발각돼 경찰에 끌려가 고초를 겪는다. 현실에 대한 비판정신은 이때부터 싹이 텄던 듯하다. 공부를 더 해야겠다는 생각으로 1930년 일본으로 건너간 김정한은 와세다대학 부설 제일고등학원 문과에 입학해 동서양의 문학작품을 골고루 탐독한다. 그 무렵 조선 유학생들이 발행한 《학지광》 편집에도 참여하면서 《조선시단》 등 국내에서 발간되는 잡지에 간간이 시와 소설을 발표하기도 한다. 그 가운데 〈구제사업〉이라는 소설은 발표됐다가 삭제되는 소동을 빚기도 했다.

1932년 여름방학을 맞아 일시 귀국한 것이 그 이후 김정한의 삶을 뒤바뀌게 하는 계기가 되었다. 동래 출신 유학생들과 함께 '양산농민봉기사건'의 피해를 조사하고 농사협동조합의 재건을 계획하다가 일본 경찰에 체포된 것이다. 일본 유학을 포기한 김정한은 이때부터 농촌과 농민 문제에 깊은 관심을 갖게 되었다. 경찰에서 풀려나 남해공립보통학교 교사로 부임한 김정한은 1936년 조선일보 신춘문예에 소설 〈사하촌〉이 당선하면서 정식으로 문단에 등단했다. 지독한 가뭄에 시달리던 소작농들이 힘을 합쳐 쟁의에 돌입하기까지의 과정을 사실적 문체로 그린 작품이다. 김정한은 발표 이후의 후유증을 고려해 필명으로 응모했으나 신문이 본명을 밝히는 바람에 또 한 번 호된 곤욕을 치러야 했다.

이 소설에 첫 반응을 보인 것은 뜻밖에도 부산 범어사의 스님들이었다. 농민들이 사찰의 땅을 빌려 농사를 짓다가 큰 가뭄이 들어 농사를 망쳤음에도 사찰 측이 소작료를 강요하고 늦춰 달라는 요청도 묵살했다는 내용 때문이었다. 스님들이 집단 반발하자 도 장학관은 교사인 김정한에게 '농민을 선동했다'고 경고 조치를 내렸다. 수난은 여기서 그치지 않았다. 그해 여름 고향 동래로 간 김정한은 어느 날 정체를 알 수 없는 괴한들에게 테러를 당해 두 달 동안 병원 신세를 져야 했다. 그런 수난에도 불구하고 그는 1940년 절필하기까지 주로 도탄에 빠진 농민들의 고달픈 삶을 그린 10여 편의 소설을 발표했다. 김정한은 교사직을 사퇴하고 조선일보와 동아일보 지국을 운영하다가 신문이 폐간되자 절필에 들어갔다.

광복 후 조선건국준비위원회에 참여하면서 《민주신보》 논설위원을 지내기도 한 김정한은 1947년에 다시 교직으로 돌아갔다. 부산중학교 교사를 거쳐 부산대학교 교수로 부임하지만 5·16군사쿠데타 이후 해직되면서 투옥되는 고초를 겪기도 했다. 그의 투옥 경험은 일제강점기를 포함해 모두 일곱 차례에

이르렀다. 그의 절필 기간이 길었던 것은 이런 현실적인 수난과
도 무관하지 않았을 것 같다. 1965년 부산대에 복직해 안정을
찾은 김정한은 이듬해부터 작품 활동을 재개하는 것이다. 낙
동강 하류 어느 외진 모래톱 조마이섬 사람들의 참담한 생활
상을 그린 〈모래톱 이야기〉를 비롯해 소외 계층의 뼈저린 생
존 투쟁을 사실적으로 묘사한 〈수라도〉〈산거족〉〈인간단지〉
등 그의 소설들은 발표될 때마다 주목을 끌었다.

　김정한이 소설 집필을 재개한 1960년대 중반은 '창작과비
평' 그룹의 출범과 함께 민족문학 혹은 참여문학의 뿌리가
다져지기 시작한 때였다. 하지만 그 이론이 서서히 기틀을 잡
아가기 시작했음에도 불구하고 그 이론을 뒷받침할 만한 작
품은 좀처럼 나오지 않고 있었다. 나이 60에 이른 김정한의 재
등장은 작품으로써 민족문학의 이론을 감쌌다는 점에서도 효
용가치가 충분했다. 〈모래톱 이야기〉를 발표한 이후 김정한
은 오랫동안 '낙동강의 파수꾼' '부산 지킴이'라는 별명으로 불
렸다. 그에게 낙동강과 부산은 삶의 의미와도 같은 것이었다.
1985년 수상집 《사람답게 살아가라》를 펴내고 뒤이어 창작과
비평사의 《12인 신작 소설집》에 마지막 작품인 〈슬픈 해후〉를
발표한 김정한은 1996년 11월 28일 88세를 일기로 세상을 떠났다.

34

장용학의 이단적인 소설,
극과 극의 평가

    1950년대의 한국 문단에서 소설가 장용학은 매우 이질적이자 이단적인 존재였다. 그가 1955년 《현대문학》에 대표작이라 할 수 있는 소설 〈요한 시집〉을 발표했을 때 문단과 독자의 반응은 크게 엇갈렸다. 독자들은 '이것도 소설이냐' 혹은 '신선한 느낌을 준다'는 상반된 반응을 보였고, 문단 역시 '관념의 유치한 유희를 보여주는 소설 같지 않은 소설' 혹은 '아무도 흉내 낼 수 없는 새로운 관념과 상징의 세계'라는 극과 극의 평가를 내렸다. 그의 작가 활동이 순탄치 않으리라는 것은 등단 초기부터 그 징후가 드러나고 있었다. 그는 1949년 말 《연합신문》에 첫 소설 〈희화戲畵〉를 연재했지만 문단의 인정을 받지 못했다. 이듬해 두 번째 작품 〈지동설〉을 들고 《문예》를 찾아갔지만 조연현 주간은 새로 추천받지 않으면 실어줄 수 없다고 맞섰다. 언쟁이 오가다 결국 장용학이 굴복해 추천 작품으로 실리게 되었고, 1952년 피난지 부산에서 〈미련 소묘〉가 추천 완료 작품으로 실려 '공식적'으로 등단하게 된다.

기이하게도 장용학은 문학을 마음에 품은 20대 초반까지도 한글을 제대로 깨치지 못하고 있었다. 1921년 함북 부령에서 태어난 그는 경성중학(지금의 서울고교)을 졸업한 뒤 일본 와세다대학교 상과에 재학 중 1944년 학병으로 끌려갔다가 광복을 맞았다. 귀국 직후 교통사고로 다리를 다쳐 누워 지내면서 그는 문학을 하겠다는 생각을 굳혔다. 국어사전을 빌려다 낱말 공부를 새로 시작했고, 이광수·김동인·이태준·박태원 등의 작품들을 닥치는 대로 읽었다. 그가 얼마나 국어 공부에 열중했는지는 이듬해인 1946년 생애 처음 갖게 된 직업이 청진여자중학교의 국어 교사였다는 점으로 입증된다. 월남한 후에도 장용학은 10여 년간 경동, 무학, 상명, 경기 등 여러 남녀 고등학교의 국어 교사를 지냈다.

하지만 1940년대 후반까지도 장용학의 한글 실력은 아직 서툴렀고 문단에 대한 지식은 무지에 가까웠다. 그가 처음 써서 《예술조선》의 현상공모에 응모한 단편소설 〈환幻〉은 예심조차 통과하지 못했고, 그다음에 쓴 200장 분량의 소설 〈육수肉囚〉는 김동리에게 건네졌으나 '앞으로 국어를 제대로 깨치면 좋은 작가가 될 것'이라는 소감만을 전해 들었다. 게다가 김동리라는 이름조차도 처음 접해 김동인과 착각할 정도였다. 1952년 등단 후 그의 소설가적 행보에 확실한 이정표를 세워준 것이 사르트르의 《구토》였다. 제자가 선물로 준 《구토》를 읽고 그는 소설가로서 눈앞이 확 트이는 듯한 느낌을 받았다고 한다. '실존주의 문학'을 향한 나름대로의 개안이었다. 그 무렵 거제도 포로수용소 출신의 체험 수기를 읽고 그 이야기를 실존주의에 접목시킨 작품이 〈요한 시집〉이었다.

〈요한 시집〉 이후 장용학은 《원형의 전설》 등 계속해서 주목을 끄는 작품을 발표했지만 문단에는 얼굴을 잘 내밀지 않았고 문인들과의 관계도 소원했다. 그런 그를 가리켜 '장용학은 작품만큼이나 난해한 사람'이라고 말하는 문인들이 많았다. 작품에 대한 평가가 그랬던 것처럼 인물에 대한 평도 '괴팍하다'는 견해와 '신중하고 과묵하며 매사에 합리적'이라는 견해로 엇갈렸다. 그래도 부총리 겸 교육인적자원부 장관을 지낸 안병영은 1950년대 후반 경기고등학교 재학 중 국어 교사였던 장용학의 풍모와 인품을 이렇게 회고한다.

"……큰 몸집은 아니셨고, 우수에 찬 얼굴에 순수하고 진지한 분이셨다. 유난히 까맣던 머리와 눈썹, 거뭇한 턱수염 자국이 기억에 난다. 세상 물정은 전혀 모르실 것 같은 인상인데, 막상 수업 시간에 국어 문장의 속뜻을 캐 들어가실 때 보면, 이분이 세상의 구석구석을 얼마나 면밀하게 관찰하고 계신지, 또 생각이 얼마나 깊고 날카로운지 놀랄 때가 많았다. (중략) 선생님은 얼마간 기인奇人풍의 인물이셨다. 그런데 다시 생각해보면, 그는 단지 인간화를 염원하던 꾸밈없는 보통인, 그 시대에 당연히 그랬어야 마땅한 그런 사람이었는데, 이미 비인화非人化에 물든 우리의 일그러진 의식이 그를 기인으로 보았던 것이 아닐까."

하지만 장용학은 자의식이 유난히 강한 작가임을 여과 없이 드러낸 적이 있었다. 1964년 《문학춘추》에 단편소설 〈상립신화喪笠神話〉를 발표했을 때의 일이다. 같은 잡지 다음 호에 소장 평론가 유종호가 〈시니시즘 기타〉라는 제목의 작품 평을 발표하면서 두 사람 사이에 격한 논쟁이 벌어지기 시작했다. 이어 장용학이 반론을 쓰면서 유종호가 자신의 작품을 오독誤讀했다든가, 자신을 몇몇 서구 작가의 아류로 단정했다는 따위를 지적한 것까지는 좋았으나 '이자가 눈에 말뚝을 박고 있나 하는 분을 금할 수가 없었다'는 독설로 격한 감정을 숨기지 못했다. 대개는 '지나쳤다'는 반응이었으나 '특이한 성격이 빚은 자기보호본능'이라고 보는 이들도 많았다. 그 뒤로도 너덧 차례 공방이 이어졌으나 승자도 패자도 없었다.

1960년대 들어 덕성여대 교수로 봉직하다가 1962년 《경향신문》 논설위원으로 자리를 옮긴 장용학은 《동아일보》 논설위원으로 퇴직할 때까지 20년 가까이 언론계에서 일했다. 그는 다작은 아니었으나 몇 년 만에 발표하는 작품들은 그때마다 관심을 모았다. 1981년 《문예중앙》에 발표한 장편소설 《유역》이 마지막이었지만 1999년 78세로 타계한 뒤 미완성 유작 소설 《빙하기행》의 일부가 《문학사상》에 발표돼 계속 소설을 써왔음을 보여주었다.

35

1981년 1월,

박경리의 '원주살이'

강원도 원주에 있는 박경리 소설가 댁을 처음 찾아간 것
은 1981년 1월 중순께였다. 박경리는 그 전해인 1980년 봄 대
하소설《토지》3부를 완결했고 7월에 원주로 이사했으며, 12
월 11일에는 사위인 김지하가 근 7년의 투옥에서 풀려났다.
그런저런 일에 대한 이야기를 나누고 싶었는데 박경리는 나
의 방문 요청을 완곡하게 거절했다. 특히 기사를 쓰기 위한
인터뷰는 사양하겠다는 것이었다. 글을 쓰지 않겠다는 전제
하에 나의 간곡한 요청을 마지못해 응낙한 데는 조그마한
'마음의 빚'도 얼마간 작용한 듯싶었다. 두어 해 전의 일이었
다. 어느 날 저녁 고은, 황동규, 김현 등과 청진동에서 술을

마시고 있는데 누군가 뒤늦게 술자리에 합류하면서 박경리의 모친상을 알렸다. 시간도 어지간히 늦어 있어서 다음 날 문상을 가려 했지만 고은이 자신은 당장 문상을 가겠다며 일어서는 바람에 모두 함께 따라나섰다. 고인이 운명한 지 얼마 안 돼서인지 정릉의 상가는 상가답지 않게 아주 조용했는데 우리 일행이 들어서자 박경리는 몹시 반가워하고 고마워하며 후배 문인들을 맞았던 것이다.

그렇게 해서 어렵게 얻어낸 방문 약속이었는데 그날 오후 신문사를 출입하던 국군보안사령부 요원이 찾아와 '박경리는 왜 만나려 하느냐' '김지하 이야기는 꺼내지 않는 게 좋을 것'이라는 등 겁박을 주어 이래저래 마음은 심란하기만 했다. 전화를 도청한 것이었다. 이튿날 아침 일찍 시외버스를 타고, 또 택시로 갈아타고 원주시 단구동 143번지 박경리의 새집에 들어섰을 때 박경리는 뜻밖에도 반갑게 맞아주었다. 지난밤 늦게까지 술을 마신 흔적을 읽었던지 아침 이른 시간인데도 해장하라며 맥주 두어 병과 안주 몇 가지를 내오기도 했다. 우리는 맥주를 홀짝이며 편안하게 이야기를 시작했다.

1926년 경남 충무에서 출생한 박경리는 태어나면서부터 그 삶이 순탄치 못했다. 아버지는 조강지처를 버리고 네 살 위인 그의 어머니와 재혼하여 박경리를 낳았는데 모녀는 일찍부터 남편이며 아버지에게 버림받으면서 어렵게 살아야 했다. 박경리는 진주여고를 졸업한 후 1946년 결혼해 같은 해 딸(김영주)을, 2년 뒤 아들을 낳지만 6·25전쟁이 일어나던 해인 1950년 12월 남편이 서대문형무소에서 사망하고 뒤이어 세 살배기 아들이 죽는 비극을 겪는다. 그때부터 모녀 3대가 함께 살았고, 박경리는 가계를 책임져야 했다.

1973년 외동딸을 출가시키고 몇 해 뒤 홀어머니마저 세상을 떠나자 박경리는 평생 들어앉아 글만 쓸 호젓하고 아늑한 곳을 물색했다. 몇 군데 후보지 가운데 선뜻 원주를 택한 것은 딸이 살고 있는 원주 시내의 시댁이 가까웠을 뿐만 아니라 주변의 모든 여건이 박경리의 마음을 흡족하게 했기 때문이었다.

700평 되는 땅을 평당 3만 원에 사들여 그 위에 50평짜리 집을 지었지만 들어간 돈은 서울 변두리의 조그만 집 한 채 값이었다. 땅을 다지고 집을 짓는 과정에서부터 박경리는 직접 참여했다. 전원생활에 익숙해지기 위해서였고, 그 땅 그 집에 정을 붙이기 위해서였다. 초기에는 일이 서툴러서 마당을 다듬느라 손이 퉁퉁 붓기도 했고, 담을 쌓다가 넘어져 다치기도 했지만 몇 달 지나면서 제법 익숙해져 '마당농사'에 재미를 붙이게 되었다. 쌀 등 주식과 육류를 제외한 거의 모든 식품을 '자급자족'할 수 있게 된 것이 자랑이었다.

하지만 《토지》의 집필계획에는 차질이 생겼다. 3부를 끝내고 몇 달 쉬다가 4부를 집필할 계획이었으나 1년이 다 되도록 시작도 못하게 된 것이다. 박경리를 바쁘게 한 것은 집안일 때문만은 아니었다. 예닐곱 살이 된 외손자 원보는 아버지 김지하가 출감한 뒤에는 다소 뜸해졌지만 그전까지는 하루가 멀다 하고 엄마와 함께 외할머니를 찾아왔다. 어느새 할머니는 손자를 기다리며 손자를 즐겁게 해줄 수 있는 게 뭘까 궁리하는 마음이 되었다. 은행나무를 깎아 목각인형 만들기, 색종이 접어 꽃이나 장난감 만들기, 헌옷가지로 인형 만들기 등 솜씨가 나날이 늘었다. 정성을 다해 만들면 손자가 이제나 오나 저제나 오나 창밖을 내다보며 기다리는 습관이 생겼다. 그리고 보니 안방 한 귀퉁이의 문갑 위에는 할머니가 만든 형형색색의 장난감들이 오밀조밀 늘어서서 원보가 들어서기를 기다리는 것 같았다.

그렇게 바쁘게 지내다 보니 지난 반년 동안 박경리는 시간을 모르고 살았다. 거실 벽에 비교적 큰 괘종시계가 걸려 있었지만 그나마도 고장 나 멎은 지 오래다. 매일 창문을 통해 볼 수 있는 해의 높낮이로 시간을 가늠하는데 실제 시간과 큰 차이가 없다. 그나마 날이 궂어 흐리거나 눈비가 오는 날이면 원보도 손님도 없어 흐르는 시간은 온통 박경리의 차지다. 그런 날이면 으레 스스로 《토지》의 세계에 스며들어가 온갖 상상력 속에서 주인공들과 대화를 나눈다. 《토지》 4부는 원주에서의 삶이 안정기에 접어든 그해 가을에 이르러서야 집필을 시작했고, 1994년 8월 15일에 5부로 완결됐다. 1~3부를 쓴 세월이 13년이었고, 4~5부를 쓴 세월이 또한 13년이었다. 4~5부는 원주가 그 산실이었다.

지금 원주의 '그곳'은 30년 전의 그 흔적들이 그대로 살아 숨 쉬고 있다. 1999년 6월 3000평의 대지 위에 건평 800평의 '토지문화공원'으로 개관됐다가 2008년 5월부터 '박경리문학공원'으로 불리고 있다. 《토지》의 산실인 옛집과 정원, 집필실 등이 원형 그대로 보존돼 있고, 소설 《토지》의 배경인 평사리마당, 홍이동산, 용두레벌이 재현돼 있다. 또 공원 내에 건립된 '박경리 문학의 집'에는 창작실·도서실·전시실·세미나실·야외무대 등 여러 가지 시설들이 골고루 갖춰져 국내외의 수많은 문인들이 이용하고 있고, 박경리와 《토지》의 숨결을 느끼고자 하는 많은 사람들이 이곳을 찾고 있다. 박경리는 2008년 5월 5일 82세를 일기로 세상을 떠났지만 '토지문화관'을 둘러보면 어느 구석에서든 그가 불쑥 튀어나와 반길 것 같은 착각에 빠져들게 된다.

36

김기팔,

타협 몰랐던 불굴의 방송작가

그는 자신이 옳다고 생각하는 일이면 무엇과도 타협하지 않는 고집스러운 사람이었다. 평안남도 용강 출신의 6·25 실향민인 그는 대학 후배며 오랜 술친구였던 김지하를 면전에서 '빨갱이'라는 애칭(?)으로 부르는 철저한 반공산주의자였다. 하지만 정부가 잘못하면 반체제 저항운동도 필요하다고 믿는 그런 사람이었다. 방송작가며 희곡작가인 김기팔(1937~1991)이다. 그는 내가 고등학교에 입학했을 때 같은 학교 3학년이었고 문예반장이었다. 소설가를 꿈꿨던 그는 그 무렵부터 필명을 떨치고 있었다. '매사에 칠전팔기七顚八起하겠다'는 뜻으로 본명인 김용남 대신 김기팔이라는 이름을 썼다.

하지만 서울대 문리대 철학과에 진학한 그는 2학년 되던 1959년 한국일보 신춘문예에 희곡 〈중성 도시〉가 당선하고, 3학년 되던 1960년에는 KBS 라디오의 '1백만 환 고료 드라마 현상공모'에 〈해바라기 가족〉이 당선해 다소 다른 길을 걷게 된다. 내가 같은 대학에 입학했던 1960년 4월 그가 상금으로 동숭동 캠퍼스 구내식당에 고등학교 동문 재학생들을 불러 모아 큰 술판을 벌인 일이 기억에 생생하다. 그가 대학 재학 시절부터 쓴 방송 드라마는 늘 신선하다는 평가를 받으며 주목을 끌었다.

김기팔이 방송작가로서 이름을 떨치기 시작한 것은 1960 년대 후반부터 1970년대 중반까지 동아 라디오에 〈정계야화〉 를 쓰면서부터였다. 그는 당시의 정권이 금기로 삼았던 부분 들을 과감하게 파헤쳤고, 그때마다 권력기관의 눈총과 압박 에 시달려야 했다. 두 차례나 방송이 중단되는 곤욕을 치렀 으나 그는 굴하지 않았다. 그 무렵 그는 3개 TV에도 돌아가 며 드라마를 집필하고 있었는데 대중과의 영합이 인기 작가 의 첩경이었으나 그는 영합하는 대신 대중의 아픈 곳을 보듬 어주고 가려운 곳을 긁어주는 자세로 일관했다.

김기팔의 그런 작가적 특징은 1980년대에 들어서면서 더

욱 두드러지게 나타났다. '민나 도로보데스!'('모두가 도둑놈'이란 뜻
의 일본어로, 〈거부실록〉 중 '공주갑부 김갑순'), '나 돈 없시요' '당신 미인이
야요'(이상 〈야망의 25시〉) 등 그가 쓴 TV 드라마의 대사들이 한
동안 대중사회에서 유행어로 회자된 것은 제5공화국 초기였
던 당시의 서슬 퍼런 시대상황을 풍자한 것으로 받아들여졌
기 때문이었다. 당초 50회 정도로 예정됐던 〈야망의 25시〉나
〈제1공화국〉 등이 절반도 채우지 못하고 도중하차하게 된 것
도 그 이유를 물을 수조차 없었던 권력기관의 외압 탓이었
다. 그는 타협을 종용한 방송 측의 요청도 거부했던 것이다.
하지만 그는 1983년 제19회 백상예술대상에서 〈거부실록〉으
로 TV극본상을 수상하기도 했다.

　　그의 작품세계가 그렇듯 그의 생활신조도 힘센 쪽, 가진
쪽, 옳지 못한 쪽을 철저히 배척하고 약한 쪽, 가난한 쪽, 옳
은 쪽을 두둔하고 옹호하는 자세였다. 가령 이런저런 이유로
배역을 받지 못해 형편이 어려운 많은 연기자들이 김기팔의
강력한 입김으로 출연 기회를 얻어 유명 연기자가 될 수 있
었던 것이 좋은 예다. 박근형·박규채·심양홍 등이 대표적이
고, 나중에 희곡작가로 변신한 박정기와 TBC-TV 공채 탤런
트 5기로 연기 활동을 시작한 내 아우 정규택(미국 이민)도 그의

도움을 많이 받았다. 방송이 통폐합되던 1980년 11월 30일 저녁에도 김기팔은 몇몇 연출자, 연기자들과 함께 밤을 새워 통음하며 울분을 토했다.

김기팔의 마지막 작품은 노태우 정권 말기인 1991년 초부터 MBC-TV에 방영된 〈땅〉이었다. 본래 그해 말까지 약 50회가 예정돼 있던 이 드라마는 4월 들어 15회가 방송되면서 뚜렷한 이유 없이 돌연 조기 종영됐다. 회를 거듭하면서 이 드라마가 '수서 특혜비리사건'을 연상케 해 청와대를 격분케 했다는 소문이 나돈 것과 때를 같이했다. 드라마가 종영되자 방송연기자노조(위원장 유인촌)는 이례적으로 성명을 내고 '방송의 자주성과 자율성을 수호하자'고 결의했다. 연기자노조가 출연료 등 처우 문제로 성명을 낸 적은 있으나 드라마에 대한 권력층의 압력을 문제 삼아 성명을 낸 것은 처음이었다.

김기팔은 또다시 깊은 한숨을 내쉬었으나 낙담하지는 않았다. 전체 줄거리를 미리 구상했기 때문에 드라마 〈땅〉의 소설화 작업에 착수했다. 소설가가 되고자 했던 젊은 시절의 꿈을 실현하고 싶었고, 드라마로 채 보여주지 못했던 현실적인 여러 가지 문제들을 소설 형식으로 재현해보고 싶었던 것이다. 하지만 끝내 완결을 보지 못하고 췌장암이 발병해 그해 12월 24일 숨을 거두었다. 54세였다. 이듬해 1주기 때 김기팔을 좋아하는 사람들은 뜻을 모아 지금의 파주시 조리읍 장곡체육공원에 그를 추모하는 '통일염원 김기팔방송비'를 건립했다. 김지하가 비문을 쓰고 고등학교 후배인 조각가 심정수가 조형했다. 김지하는 비문에 이렇게 썼다.

밤새 뜬 눈으로 지새다가 신새벽에 돌아가셨다/밤새 사악한 무리를 질타하고 한 품은 이들을 달래시고 남은/민주와 통일의 먼동이 틀 무렵 기어이 돌아가셨다/그리시던 북녘 고향 저만큼 보이는 이곳에서 님이여/아직도 온전히 걷히지 않는 어둠을 지켜 끝내는 다가올 찬란한 대낮을 증거하시라

한국언론학회는 2010년 10월 16일 서울대 관악캠퍼스 미디어실에서 제50차 정기총회를 열고 고 김기팔에게 한국 미디어 발전 공헌상을 수여했다. 그해 12월 24일은 그의 20주기가 되는 날이었다.

37

김동리와 이문구,
사제의 끈끈한 사랑

1988년 8월 말 서울 워커힐 호텔에서 제52차 국제펜대회 개막식이 열린 다음 날 민족문학작가회의 사무실에서는 한바탕 소동이 벌어졌다. 이 단체의 창립을 주도했던 이문구가 돌연 탈퇴서를 내던지고 나가버린 것이다. 입회원서가 1번이었던 것처럼 탈퇴서 또한 1번이었다. 전날 국제펜대회 개막식에서 있었던 한국문인협회 김동리 이사장의 축사가 발단이었다. 축사 가운데 '표현의 자유' 문제에 대한 김동리의 견해를 자의로 해석한 몇몇 젊은 회원들이 선배들의 의견도 묻지 않고 김동리를 비판하는 성명서를 만들어 배포한 것이었다. 1979년 말의 남민전사건 때도 자유실천문인협의회와 김동리

간에 비슷한 일이 있었고 그때도 이문구는 똑같이 행동했다. 반체제 문학운동을 위해 모험을 무릅쓰고 만든 단체를 헌신짝 내던지듯 하게 한 김동리의 존재는 과연 이문구에게 어떤 의미였을까.

1961년 이문구가 서라벌예술대학 문예창작과에 입학했을 때 김동리는 학과장이었다. 이문구는 일찍부터 김동리를 한국 최고의 작가로 존경했고, 김동리는 이문구의 작가적 재능과 사람됨을 높이 평가했다. 하지만 두 사람은 문학적 이념과 성향이 달랐다. 쉽게 말하면 김동리는 문학의 순수성을 고집하는 입장이었고, 이문구는 문학의 현실 참여를 옹호하는 입장이었다. 김동리로서는 사랑하는 제자가 자신의 문학적 색깔을 이어받았으면 하는 생각을 가졌을 법하지만 이문구는 자기 스타일을 버리지 못했다. 이문구는 재학 2년 동안무려 24편의 소설을 썼고 그중 9편을 골라 스승에게 보였으나 모두 쓰레기통에 처박히는 운명이 되었다. 결국 1965년 김동리의 추천으로《현대문학》을 통해 등단하게 되지만 그 작품도 '스승의 맘에 들겠거니 싶은 소재와 문장을 택해' 인정을 받을 수 있었다는 것이다.

어렵사리 작가가 되었고 여러 편의 소설도 발표하고 있었으나 아무 연고가 없는 이문구의 서울살이는 고달프기 짝이 없었다. 날품팔이, 건축공사장 인부, 심지어는 공동묘지 이장 공사장 인부(이 경험은 후에 장편소설 《장한몽》의 소재가 된다) 따위의 밑바닥 삶을 전전했다. 그럴 무렵 김동리가 구세주처럼 나타나 이문구에게 일자리를 마련해주었다. 1968년 문인협회 이사장으로 취임한 김동리가 기관지 《월간문학》을 창간하면서 이문구를 편집기자로 발탁한 것이다. 그때부터 시작된 스승과 제자의 '즐겁지만은 않은 동거'는 10년 동안 지속됐다.

이문구가 스승의 체제 옹호적인 정치적 행보에 처음 제동을 건 것은 1969년 10월 초 대통령 3선 개헌안에 대한 국민투표를 며칠 앞둔 어느 날이었다. 김동리는 문협 사무실에서 개헌안 지지 방송을 위한 텔레비전 녹화를 기다리고 있었고, 그 앞에는 여러 명의 기관원들이 진을 치고 앉아 있었다. 이문구는 스승의 곁으로 다가가 그 방송이 스승의 명예에 누가 될 것임을 역설하고, 스승의 겨드랑이에 한 팔을 끼워 강제로 밖으로 끌고 나갔다. 때마침 들이닥친 방송국의 녹화팀이 그들을 미처 알아보지 못해 이문구의 '스승 납치작전'은 성공을 거두었다. 김동리가 마지못해 이끌려간 것은 제자의 행동이 옳다고 판단했기 때문이 아니라 그것이 제자의 지극

한 사랑에서 비롯된 것임을 깨달았기 때문이었을 것이다.

　이문구도 스승의 그런 사랑을 느껴가고 있었다. 1973년 문협 이사장 선거에서 조연현에게 패한 김동리가 이듬해 아내인 손소희의 곗돈 300만 원을 들여 월간 《한국문학》을 창간했을 때의 일이다. 그 무렵 '문인간첩단사건' '대통령 긴급조치 위반' 등으로 여러 문인들이 구속돼 재판을 받고 있는 가운데 이문구는 고은, 백낙청, 박태순 등과 함께 반체제 문학운동을 논의하고 있었다. 그때 비밀스런 모임의 장소로 이용된 곳이 《한국문학》 편집실이었다. 반체제니 저항이니 운동이니 하는 것들을 생리적으로 싫어했던 김동리의 성향을 감안할 때 그가 발행인이던 《한국문학》 편집실에서 그 같은 '음모'가 이뤄지고 있다는 것은 있을 수 없는 일이었다. 하지만 김동리는 보고도 못 본 체, 듣고도 못 들은 체했다. 오히려 그것이 이문구를 더 힘들게 했고, 더 진한 스승의 사랑을 느끼게 했던 것이다.

　작가회의의 성명서가 발표된 뒤 한 신문은 기사와 사설과 칼럼을 통해 연일 김동리를 향해 공격을 퍼부었다. 참지 못한 이문구는 스승을 두둔하는 반론을 썼다. 등단 이후 20여 년간 이문구가 보여준 문학적 행보와는 거리가 먼 내용이었다. 그 반론을 해당 신문사에 보내려 할 즈음 소식을 전해 들은 김동리로부터 전화가 걸려왔다. 사제 간에 이런 대화가 오갔다.

"자네 아이들이 지금 몇 살인가."

"초등학교 5학년, 4학년입니다."

"그럼 참아라, 애들 봐서 참아라."

스승의 이 말을 듣고 이문구는 원고를 갈기갈기 찢어 없 애버렸다. 그 글로 인해 자신에게 어떤 불이익이 따른다 해도 두려울 것은 없었지만 스승의 말대로 어린 자식들은 아무것 도 모르고 자라는 것이 낫다고 생각했기 때문이었다.

김동리가 1990년 뇌졸중으로 쓰러진 뒤 이문구는 자식 이 상으로 스승을 성심껏 보살폈다. 조금이라도 더 스승의 사랑 에 보답하고 싶었으나 김동리는 1995년 82세로 눈을 감았다. 이승에서 미진했던 사랑을 저승에서라도 채우고 싶었을까, 이문구 역시 62세에 이른 2003년 간암을 앓다가 스승의 뒤 를 따랐다.

38

자신의 사망 날짜를 '예언'한
조태일

조태일(1941~1999) 시인의 등단 초기 작품 가운데 〈간추린 일기〉라는 제목의 시가 있다. 이 시에는 '내가 죽는 날은 99년 9월 9일 이전'이라는 대목이 나온다. 신기하게도 조태일은 자신이 '예언'한 날짜를 이틀 앞둔 1999년 9월 7일 간암으로 타계했다. '소주에 밥을 말아 먹는다'는 소문이 날 정도로 술을 즐겼지만 기골이 장대한 데다 나름대로 건강을 유지하던 그였다. 누구나 자신의 죽음을 막연하게나마 예감한다지만 조태일의 경우는 99%쯤 정확했던 셈이다. 평소 이 시를 쓰게 된 동기를 물으면 그 큰 몸집에 어울리지 않게 소년 같은 수줍은 미소로 얼버무리던 기억이 난다. 한데 58년에 이르는 길지 않은 그의 생애를 되짚어보면 여러 군데에서 예사롭지 않은 흔적들과 마주치게 된다.

> 구산九山의 하나인 동리산 속/태안사의 중으로/서른다섯 나이
> 에 열일곱 나이 처녀를 얻어 (시 〈원달리의 아버지〉 중에서)

이 시에서 나타나는 것처럼 조태일은 전남 곡성 태안사의 대처승이던 아버지의 일곱 남매 중 넷째로 태어났다. 그의 아버지는 그를 각별하게 생각했던 듯 다른 형제들은 '기基'자 돌림자를 써서 이름을 지으면서도 유독 그에게는 태안사의 '태'자를 붙여 이름을 지었다. 그러나 조태일이 1985년에 쓴 〈자전적 시론〉을 보면 그는 평생 단 한 번도 아버지를 '아버지'라고 부른 적이 없으며, 아버지 또한 자신을 '태일아'라고 부른 적이 없다고 한다. 아버지는 6·25 종전과 함께 세상을 떠났으므로 함께 산 세월은 10년 남짓하지만 그것은 영원한 수수께끼였다고 적고 있다.

조태일의 가족은 1948년 여순반란사건 때 태안사에서 쫓겨나와 광주에서 살게 된다. 아버지의 사망 후 가계는 홀어머니가 책임졌던 듯 그는 어머니에 대한 남다른 애정을 보인

다. 그는 어려운 서울살이 속에서도 20여 년 동안 어머니의 은행 통장에 매달 꼬박꼬박 용돈을 부쳐드렸는데 이 습관은 어머니 사후에도 5년 동안 계속되어 나중에 적잖은 돈이 쌓이게 되었다고 한다. 1970년대까지도 〈식칼론〉〈국토〉 등 현실 비판의식이 강한 시들을 쏟아내던 그가 1980년대 접어들면서 서정적인 세계로 눈을 돌린 것도 그 계기는 '어머니'와 '동심'을 매개로 한 '자연과의 교감'이었다.

심성과 인품이 남에게 호감을 주는 덕이기도 했지만 문단과의 인연도 남다른 데가 있었다. 전남고를 거쳐 어렵게 경희대 국문과에 진학했으나 등록금을 마련할 길이 없던 그를 적극적으로 도운 사람들은 문인 교수들이었다. 김광섭은 대학 내 문학상 심사에서 번번이 조태일의 작품에 최고 점수를 주어 여러 차례 등록금을 면제받게 해주었고, 조병화는 등록금을 마련할 길이 없어 휴학해야 했던 조태일을 총장실로 데려가 특별장학금을 받게 해 학업을 계속할 수 있도록 했다. 그렇게 해서 조태일은 대학 4년을 '공짜'로 다닐 수 있었다고 한다. 조태일의 등단 과정을 보면 좀 더 극적인 데가 있다.

조태일은 대학 3학년이던 1964년 시 〈아침 선박〉이 경향신문 신춘문예에 당선해 등단했다. 하지만 심사 과정에서 이 작품은 예심조차 통과하지 못한 채 버려져 있었다. 심사위원이던 조지훈과 신동문이 본심에 오른 작품을 놓고 심사한 결과 당선작으로 낼 만한 작품이 없다는 결론을 내리고 심사를 끝냈다. 그때 신동문이 '기왕이면 당선작을 내는 게 좋지 않겠느냐'면서 하루 말미를 얻어 예심 낙선 작품들을 싸들고 집으로 돌아갔다. 조태일의 〈아침 선박〉은 어렵지 않게 신동문의 눈에 들어왔다. 응모 작품 중 가장 큰 원고지였기 때문이다. 작품을 읽어본 신동문은 무릎을 쳤다. 이튿날 조지훈도 읽어본 뒤 찬성해 당선작으로 결정됐다.

조태일이 자신의 작품에서 현실 비판의 색깔과 저항의 목소리를 분명하게 드러낸 것은 1970년 〈식칼론〉을 발표하면서부터였다. 그 무렵 그는 시전문지 《시인》을 창간하여 주간이 되면서 김지하, 김준태, 양성우 등 저항 시인들을 발굴해 시인으로서 자신이 갈 길을 암시하고 있었다. 1974년 11월 자유실천문인협의회 창립에 주도적으로 참여한 것이 그로서는 고난의 출발점이었다. 1975년 창작과비평사에서 출판된 그의 연작시집 《국토》는 유신정권에 의해 곧바로 판매금지 조치됐다. 1977년에는 양성우 시집 《겨울공화국》 출판 사건에 연루돼 고은과 함께 구속됐다가 재판을 받고 풀려났으며, 1980년에는 '자실'의 임시 총회와 관련한 계엄법 및 포고령 위반으로 구속돼 5개월 동안 감옥살이를 하게 된다.

1980년대 들어서면서 조태일의 시 세계는 서정시 쪽으로 크게 선회하고 있었으나 반체제 문학운동은 여전했다. 1987년 '자실'의 후신인 민족문학작가회의가 출범하면서 초대 상임이사직을 맡기도 했다. 그 무렵 공부를 더 해야겠다고 생각했던지 모교인 경희대 대학원에 진학해 박사학위를 취득한다. 광주대학교 문예창작과 조교수에 임용된 조태일은 곧바로 예술대학장으로 승진해 생애 처음으로 편안한 말년을 맞았다. 1995년 만해문학상을 수상한 그는 1999년 〈무등 둥둥〉이라는 제목의 창작 오페라 대본을 쓰는가 하면 마지막 시집이 된 《혼자 타오르고 있었네》를 펴내는 등 왕성한 의욕을 보였다. 하지만 그 무렵 간암 판정을 받고 요양원에 들어간 얼마 뒤 숨을 거두었다. 그가 태어난 태안사 입구에는 '조태일 시문학기념관'이 건립돼 있다.

39

우화를 쓴 오상원의
'우화 같은 삶'

1985년 12월 3일 소설가이자 언론인인 오상원(1930~1985)이 간암을 앓다가 입원 중이던 서울대 병원에서 55세를 일기로 숨을 거두었다. 그날 오후 서울대 병원 영안실 그의 빈소에는 각계각층에서 보낸 조화가 산더미처럼 밀려들어와 빈소의 입구를 찾지 못할 지경이었다. 그가 1950년대의 한국 문학을 대표하는 소설가였고, 《동아일보》 논설위원을 역임한 언론인이었다는 점을 감안하면 이상할 것도 없는 일이었다. 하지만 오상원은 1970년대 이후 소설가로서 이렇다 할 작품 활동을 보이지 못했고, 언론인으로서도 1980년대 신군부의 등장과 함께 논설위원을 끝으로 일선에서 물러난 뒤 출판국

심의위원의 한직을 지키고 있었으니 빈소를 찾은 조문객들이 머리를 갸웃거린 것은 당연했다.

아니나 다를까 오상원 빈소에 산더미같이 쌓였던 조화들은 불과 한두 시간 만에 모두 치워져 다른 곳으로 옮겨졌다. 사연은 이렇다. 오상원이 숨을 거둔 지 몇 시간 뒤 같은 병원에 입원 중이던 전 청와대 경호실장 박종규가 사망했다. 박종규는 현직 대한체육회 회장에 국제올림픽위원회 위원이었고 서울올림픽 조직위원회 부위원장이었다. 그뿐만 아니라 국회의원과 경남대학교 이사장까지 역임했으니 그의 죽음은 곧바로 널리 알려졌고, 빈소가 채 차려지기도 전에 조화가 몰려들어 오상원의 빈소에 잘못 배달됐던 것이다. 기이하게도 두 사람은 똑같은 1930년생으로 같은 날 같은 병원에서 사망했으며, 사인도 똑같은 간암이었다. 그 '조화 사건'은 그가 쓴 《오상원 우화》처럼 다분히 우화적인 요소가 있었다.

평북 선천 태생인 오상원은 고향에서 중학교에 다니다가 가족과 함께 서울에 정착해 용산고등학교를 졸업한 뒤 1949년 서울대 문리대 불문과에 입학했다. 이듬해 6·25전쟁이 일어나자 부산으로 내려가 피난지 캠퍼스에서 학업을 계속했다. 그때 하루가 멀다 하고 어울려 다닌 친구들이 불문과 동

기생인 박이문(철학자)·이일(미술평론가)·김정옥(연극연출가)과 연세대
생이던 정창범(문학평론가), 그리고 얼마 뒤 '스타다방'에서 자살
해 문단을 떠들썩하게 한 시인 전봉래 등이었다. 이들은 모
이기만 하면 술을 마시며 인생과 예술, 특히 프랑스 문학에
관한 이야기로 밤을 새우기 일쑤였다. 일화도 많이 남겼다.
이화여대에 다니던 이영희를 사이에 두고 박이문과 정창범이
해변 모래사장에서 이발소용 면도칼로 결투를 벌인 이야기,
오상원과 이일이 만취해 한밤중에 이일의 사촌형이 사는 하
숙집에 찾아가 '술을 내놓으라'고 주정을 부려 석유가 가득
든 됫병을 내놓자 술인 줄 알고 마구 들이켰다……는 일화
들이 고은이 쓴 《1950년대》에 실려 있다.

   오상원은 대학 시절부터 뛰어난 글 솜씨를 보여 4학년이
던 1953년 신극협의회의 희곡 현상공모에 〈녹스는 파편〉이
당선하고, 1955년에는 한국일보 신춘문예에 단편소설 〈유
예〉가 당선해 등단했다. 작가로서 성장 속도도 빨라 1958년
〈모반〉으로 사상계가 주관하는 제3회 동인문학상을 수상
했다. 모두 6·25전쟁을 겪은 후의 혼란과 상흔으로 얼룩진
1950년대 한국 사회의 상황을 극명하게 보여주는 작품들이
었다. 이때부터 오상원은 선우휘와 함께 '행동하는 휴머니즘

작가'로 불렸다. 이듬해 장편소설 《백지의 기록》을 발표해 중견 작가로서 위치를 굳히지만 1960년 《동아일보》 사회부 기자로 입사하면서 전환기를 맞게 된다. 1961년 야심을 가지고 《사상계》에 장편소설 《무명기》의 연재를 시작했다가 서너 달 만에 중단한 것이 적신호였다. 그래도 2~3년에 한 편씩이나마 꾸준히 소설을 발표해오다가 1970년대 들어서부터는 그의 소설을 접할 수 없게 되었다.

소설을 쓰지 못하는 초조함과 허허로움을 술로 달래려 했는지 그렇지 않아도 주량이 세기로 소문나 있던 오상원의 음주 습관은 1970년대 들면서 '마구잡이 폭주'로 변해가고 있었다. '해장해야 한다'며 이른 아침부터 소주 한 병을 해치우는 일이 다반사였다. 문단과 언론계를 통틀어 그를 '최고의 술꾼'으로 꼽는 사람들이 많았다. 그 무렵에는 수염도 자랄 대로 자라 '오스트로'라는 별명으로 불리고 있었다. 쿠바의 독재자 카스트로의 수염과 닮았다 해서 붙여진 별명이었다. 문인이나 회사 동료들이 자주 드나드는 술집에 그가 나타나기만 하면 '오스트로가 떴다!'고 수군대며 모두들 딴전을 피우거나 눈을 맞추려 하지 않았다. 그에게 붙잡히면 밤새워 대작하지 않고는 배길 수 없기 때문이었다.

그래도 소설에 대한 미련은 떨쳐버릴 수 없었던지 논설위원실로 자리를 옮긴 1970년대 중반부터 정치와 사회 현실의 부조리를 풍자한 우화 형식의 글들을 발표했고, 이 글들을 모아 1978년 백인수의 삽화를 곁들여 《오상원 우화》를 펴냈다. 1980년대 들어서도 〈산〉〈겹친 과거〉 등 회고적인 성격의 단편소설을 내놓았다. 하지만 그 무렵 그의 건강 상태는 최악으로 치닫고 있었다. 손이 떨려 글을 제대로 쓸 수 없을 지경이었다. 그래도 병원에는 가지 않고 술을 계속 마시며 약국에서 주는 약으로 하루하루를 버텼다. 1985년 11월 중순께 명치끝이 너무 고통스러워 동네 병원을 찾았더니 빨리 큰 병원으로 가라 해서 곧바로 서울대 병원에 입원했으나 결국 보름 만에 유명을 달리하고 말았다.

40

이형기,
'최연소 등단' 기록 세운 시인

광복 이후 한국 문단에서 가장 어린 나이에 등단한 문인은 누구일까. 시인 이형기다. 그는 1949년 진주농림학교 5학년이던 만 열여섯 살 때 '촉석루 예술제' 백일장에서 시 〈만추〉로 장원(삼천포중학교 학생이던 동갑내기 박재삼이 차상이었다)을 차지한 데 이어 서정주 추천으로 당시 유일한 문예지였던 《문예》에 〈비오는 날〉로 첫 추천을 받았다. 이듬해 열일곱 살 때 〈코스모스〉 〈강가에서〉 등으로 추천 완료되어 정식으로 문단에 데뷔했다. 농림학교 시절 그의 스승이었던 이병주가 1965년 마흔네 살 때 소설가로 등단했던 것과 비교하면 무려 28년이나 빨랐던 셈이다. 그 어린 나이에도 이형기는 등단 초기 자연에 대한 순응을 주조로 하는 원숙한 서정시를 잇달아 발표해 문단을 놀라게 했다.

1933년 경남 사천 태생인 이형기는 어릴 적부터 꿈이 많았다. 가수가 노래하는 것을 보면 가수가 되고 싶었고, 운동경기를 보면 운동선수가 되고 싶었고, 서커스 공연을 보면 그 단원이 되고 싶었다. 발명가가 되고 싶어 화공약품을 사다가 이런저런 실험을 해본 적도 있었다. 생계에 보탬이 될 만한 직업을 갖기 위해 농림학교에 진학했다가 영어 교사였던 이병주를 만나게 된 것이 문학에 뜻을 두게 된 계기였다. 이형기는 그때부터 시라는 '덫'에 걸리면서 평생 시 속에 파묻혀 살게 됐다고 생전에 회고했다.

이형기는 저돌적이라고 할 만큼 매사에 적극적인 사람이었다. 그런 성격은 등단 초기부터 그대로 드러났다. 등단하던 해인 1950년 9·28서울수복 때 무작정 서울로 올라가 문단 실력자인 조연현 《문예》지 주간을 찾아간 것이 좋은 예다. 인연이라고는 《문예》지 50년 신년호에 조연현이 1949년 시단 총평을 쓰면서 이형기의 첫 회 추천작을 격찬한 것이 고작이었다. 조연현은 서울에 아무런 연고도 없는 열일곱 살짜리 시골 소년을 따뜻하게 맞아 여러 날 그의 집에 머물도록 했다. 그때의 인연으로 훗날 이형기는 조연현의 조카뻘 되는 여성과 부부가 된다. 농림학교를 졸업한 뒤 1951년에도 그는 적수공권으로 무작정 피난지 부산으로 건너가 학자금 대책도 없이 동국대 불교학과에 입학하는 과감성을 보였다. 입학 후에는 휴학과 복학을 되풀이하면서 출판사의 편집, 교정, 수금 따위의 일로 등록금을 충당했다.

전쟁이 끝난 후 서울로 올라가 동국대를 졸업한 이형기는 부산 《국제신문》의 서울 주재 기자로 일하면서 20대 초반의 나이에 중앙 문단을 주름잡았다. 등단 서열을 무시하지 못하는 문단 풍토에서 '최연소 등단 기록 보유자'였던 덕분에 등단 시기가 비슷해도 나이가 훨씬 많은 문인들과 흉허물 없이 교분을 쌓을 수 있었기 때문이다. 하지만 나이 든 문인들 가운데는 '장유유서'의 우리네 관습적 미덕을 무시하는 그의 언행을 못마땅해하거나 노골적으로 불쾌감을 드러내는 이도 없지 않았다. 1955년 김관식, 이상로와 함께 3인 시집 《해 넘어가기 전의 기도》를 펴낸 이형기는 1957년 한국문학가협회상을 받기에 이른다. 이때 그의 나이 겨우 24세였다.

1960년대 들어서면서 이형기가 보인 과감한 문단 활동도 문단의 시선을 집중케 하는 데 부족함이 없었다. 초반부터 문단에 거센 회오리바람을 불러일으킨 '순수·참여 논쟁'에서 순수파의 선봉으로 맹활약하는가 하면 조연현이 1970년대의 문단 권력을 장악하는 데 결정적인 역할을 담당하기도 했다. 훗날 그가 한국시인협회 회장 등 몇몇 문학단체의 수장이 되고, 대한민국문학상 등 몇몇 주요 문학상을 수상한 것도 그런 이력과 무관하지 않을 것이다. 하지만 이런 행보들이 오히려 그의 문학적 재능을 훼손했다는 시각도 있다.

어쨌거나 이형기는 문우들의 표현을 빌리면 '동에 번쩍 서에 번쩍' 일평생을 바쁘게 살다 간 사람이었다. 그는 1980년을 기점으로 그 이전의 20여 년은 언론계에서 일했고, 그 이후의 10여 년은 대학교수를 지냈다. 언론계는《국제신문》을 시작으로《서울신문》《대한일보》등 5~6개 신문을 거쳐《국제신문》서울지사장으로 재직 중 1980년 언론통폐합으로 언론계를 떠났고, 대학은 부산산업대를 거쳐 모교인 동국대 교수를 지냈다. 대학 재직 중에는 문학이론에 몰두해《한국문학의 반성》《시와 언어》등 평론집과 이론서를 펴내기도 했다.

이형기는 어린 나이에 등단하기는 했지만 과작의 시인이었다. 1994년 여름 뇌졸중으로 쓰러질 때까지 45년 동안 그는 300여 편의 시를 썼고 6권의 시집을 냈다. 7~8년에 한 권꼴이다. 60대에 접어든 그때부터 본격적으로 시업에 매달릴 생각이었으나 날이 갈수록 당뇨 등 합병증으로 결국 기나긴 투병생활에 들어간다. 한데 병세가 깊어질수록 시에 대한 열정은 샘솟듯 치솟아 오르고 있었다. 이형기는 정신이 맑아지면 끊임없이 입으로 시를 읊었고 아내는 그것을 받아 적었다. 그렇게 해서 모인 시가 40여 편, 여기에 〈시를 위한 아포리즘〉이라는 제목의 짧은 산문들을 곁들여 7번째의 마지막 시집 《절벽》을 펴낸다. 쓰러진 지 4년 만인 1998년의 일이었다. 그 뒤로도 그는 '시를 위해서라도 살아남아야겠다'며 강한 삶의 의지를 내보였으나 병마를 극복하지 못하고 2005년 2월 숨을 거두었다. 72세였다.

이균영, 교통사고로 꺾인
소설가와 사학자의 꿈

소설가 이균영(1951~1996)을 마지막 만난 것은 1995년 봄, 그가 불의의 교통사고로 타계하기 1년 반쯤 전이었다. 그는 내 사무실로 찾아와 등단 18년 만의 첫 장편소설이라며 《노자와 장자의 나라》라는 소설책을 건네주었다. 1984년 중편소설 〈어두운 기억의 저편〉으로 제8회 이상문학상을 수상하고, 이듬해 중편소설 〈불붙는 난간〉을 발표한 뒤 꼬박 10년 동안 이균영은 작품 활동을 중단하고 있었다. 일찍부터 그의 재능을 눈여겨봤기에 아쉬워하던 터였다. 1980년대 막바지엔가 우연히 신촌의 한 음식점에서 만났을 때도 그는 다른 일 때문에 소설을 쓰지 못하는 데 대한 초조감을 감추지 못하고

244

있었다. 그 무렵 이균영은 동덕여대 역사학과 교수로 재직하면서 역사문제연구소에서 독립운동사를 연구하고 있었던 것이다.

45년에 걸친 이균영의 짧은 생애는 그의 비극적인 죽음을 제외한다면 비교적 순탄했던 셈이다. 아니, 한 번쯤의 힘든 고비는 있었던 것 같다. 전남 광양에서 태어나 중학교를 졸업하고 홀로 서울에 올라와 경복고등학교에 진학했을 때만 해도 집안 형편은 그의 뒷바라지에 별로 문제가 없을 만큼 넉넉했던 모양이다. 하지만 고등학교를 졸업했을 때 그의 집안 가세는 갑자기 기울어 대학 진학을 포기해야 할 정도가 돼 있었다. 몇몇 대학의 입학시험을 치르기는 했지만 그나마 번번이 낙방이었다. 그는 항해사가 되겠다는 생각을 굳히고 우선 병역 문제를 해결하려 군에 입대했다. 제대 후 생각을 바꾼 그는 20대 중반의 나이에 한양대 사학과에 입학했다. 이 무렵 어릴 적부터 품었던 문학에 대한 꿈을 다시 불태우기 시작했다. 이균영은 중학생일 때 당시 고등학생이던 고향 선배 정채봉(아동문학가, 1946~2001)과 극장을 빌려 2인 시화전을 열 정도로 문학에는 조숙해 있었다.

1977년 동아일보 신춘문예에 소설 〈바람과 도시〉가 당선해 등단하기는 했지만 석사를 거쳐 박사학위까지 취득하는 등 전공에 매달리느라 많은 작품을 발표하지는 못하고 있었다. 하지만 그의 작품들은 발표할 때마다 문단과 독자의 주목을 끌었고, 마침내 1984년 국내 유수의 문학상인 이상문학상을 수상하기에 이른다. 수상작 〈어두운 기억의 저편〉에는 얽힌 일화가 있다. 그와 절친했던 선배 작가 김병총의 회고다. 1983년의 어느 날 두 사람이 문단의 내로라하는 술꾼 두엇과 함께 술자리를 가졌다. 술자리가 한창 무르익었을 때 이균영이 자신의 두툼한 가방을 가리키며 '문예지의 청탁으로 모처럼 중편소설 한 편을 완성했다'고 자랑했다. 술자리는 축하하는 의미에서 한 잔, 격려하는 의미에서 또 한 잔……. 그렇게 장소를 옮겨가며 몇 차례 이어지다가 모두 몸을 가눌 수 없을 정도가 돼서야 끝났다.

이튿날 김병총은 이균영의 전화를 받는다. 잔뜩 풀죽은 목소리다. 지난밤 원고 뭉치가 든 가방을 잃어버렸다는 것이다. 사본도 없고 아무리 수소문해봐야 찾을 길이 막막하다는 하소연이었다. 김병총은 '재생할 수 없다면 새로운 소설을 만들어라. 차라리 잃어버린 원고 찾기를 모티프로 하면 어떻겠냐'고 조언했다. 이균영은 선배의 조언을 받아들여 소설을 새로 썼다. 이것이 〈어두운 기억의 저편〉이다. 이 소설은 술을 마시다 서류가방을 잃어버린 한 회사원이 가방을 찾아다니다가 만나게 된 술집 여종업원을 통해 파묻혀 있던 옛 기억을 떠올리게 된다는 이야기로 시작된다. 심사위원들은 이 작품이 '분단의 현실과 이산가족의 비극을 심도 있게 묘사했다'고 평했다.

이상문학상 수상은 이균영의 소설가적 생애에 획기적인 전환점이 될 법했지만 이듬해 동덕여대 역사학과 교수로 임용되면서 오히려 휴지기에 접어들게 된다. 역사를 공부하면서 우리나라 독립운동사 연구는 소설 쓰는 일에 못지않게 중요하기 때문이었다. 특히 독립운동사 중 신간회에 관한 연구를 마무리 짓는 일은 필생의 과업이었다. 10년 가까운 노력 끝에 1993년 《신간회 연구》라는 연구서로 마무리되었을 때 학계의 반응은 뜨거웠고, 그는 이 연구서로 단재학술상을 수상하게 된다.

이젠 본격적으로 소설에 매달릴 차례였다. 《노자와 장자의 나라》를 펴낸 뒤 《문학사상》에 두 번째 장편소설 《떠도는 것들의 영혼》의 연재를 시작했다. 자신의 연구 분야이기도 한 근현대사를 바탕에 깐 대하소설 《빙벽》의 구상을 끝내고 집필에 들어갔다. 1996년 안식년을 맞으면서 《빙벽》은 속도가 붙어 1000장을 훌쩍 넘어섰다. 하지만 그 무렵 그의 피로는 누적돼가고 있었다. 11월에 들어서면서 이균영은 휴식도 취할 겸 견문도 넓힐 겸 유럽 여행길에 올랐다.

10여 일 만에 귀국한 이균영은 고향집에 먼저 들러 부모를 찾아뵌 다음 곧바로 서울로 올라왔다. 서울에 도착했을 때는 자정이 넘었고 늦은 가을비가 내리고 있었다. 택시를 잡아타고 아내와 아이들이 기다리는 집으로 향했다. 이태원 길을 지날 때 반대편에서 한 택시가 전속력으로 질주해오고 있었다. 두 택시가 근접했을 때 반대편 택시가 빗길에 미끄러지면서 이균영이 탄 택시를 정면에서 들이받았다. 두 택시는 형체를 알아볼 수 없이 망가졌고, 이균영은 원고 뭉치가 든 가방을 끌어안고 의식을 잃었다. 병원에 옮겨졌을 때는 이미 이 세상 사람이 아니었다. 이균영의 죽음은 문단과 사학계에 두루 큰 손실이었다.

42

김규동,
'모더니즘'에서 '참여시'의 세계로

1984년 10월 16일 재야인사 96명을 발기인으로 한 민주통일국민회의가 발족했다. 문익환 목사를 의장으로, 계훈제·백기완 등 재야인사를 지도부로 출범한 이 단체에 문단에서는 김규동 시인이 중앙위원으로 선출돼 주목을 끌었다. 그가 1970년대 이후 줄곧 반체제 문학운동의 중심에 서 있었던 사실을 감안하면 대수로울 것도 없었다. 하지만 이 단체는 서슬이 시퍼렇던 제5공화국에 재야 세력이 정면으로 맞서는 정치적 의미가 다분했고, 김규동이 차제에 현실 정치에 참여하는 것이 아닌가 보는 문인들이 적지 않았다. 문단의 그런 시선에 대해 그는 민주화에 대한 열망에 동참하는 것일 뿐 현실 정치에는 관심이 없다고 못 박았다.

김규동이 처음 '참여'한 반체제 재야단체도 1974년 11월 27일 창립된 비슷한 성격의 민주회복국민회의였다. 당시 김정한, 이헌구, 박연희 등 문단의 중진과 고은, 백낙청, 김병걸 등 반체제적 성향이 강했던 문인들 사이에 김규동의 이름이 끼어 있었던 것은 뜻밖이었다. 김규동은 1960년대 초반부터 1970년대 초반에 이르는 10년 동안 문학 활동을 중단하고 있었으며, 등단 이후 10여 년간의 작품 활동도 현실 참여와는 거리가 먼 '모더니즘 시 운동'으로 일관해왔기 때문이다. 김규동은 1970년대 이후 자신의 삶과 문학이 방향을 바꾸게 된 데 대해 '문학 활동만으로는 먹고살기 힘든 사회 현실에 회의를 느꼈기 때문'이라고 술회한 적이 있다.

김규동은 1925년 함경북도 경성의 의사 집안 맏아들로 태어났다. 경성고보를 다닐 때 김기림을 스승으로 만난 것이 그를 시의 길로 들어서게 한 결정적 계기였다. 김기림은 일제 강점기 조선 시단에 모더니즘 시의 뿌리를 내린 사람이었다. 고보의 동급생 가운데는 영화감독 신상옥과 혁신 계열 정치인 김철(소설가이며 문화관광부 장관을 지낸 김한길의 부친), 그리고 월남한 시인 이활·공중인 등이 있다. 고보를 졸업한 김규동은 부모의 뜻에 따라 연변의대에 입학하지만 2학년을 다니다가 중퇴했다. 의학 공부가 성격에 맞지 않기도 했지만 경성고보 때 스승이던 김기림의 시적 영향을 떨쳐버릴 수 없었기 때문이었다. 김규동이 1948년 단신 월남한 것도 그 무렵 서울대 교수로 재직 중이던 김기림을 만나기 위해서였다.

서울에 온 김규동은 고등학교(지금의 중대부고) 교사로 일하면서 스승 김기림과 재회해 다시 모더니즘 시에 대한 지도를 받는 한편 김광균, 장만영 등과 함께 습작에 몰두한다. 그해 가을 《예술조선》에 시 〈강〉 등이 입선하면서 문단에 이름을 알리기 시작하지만 6·25전쟁의 발발로 직업도 없는 사고무친의 피난 생활에 들어가게 된다. 한데 피난 시절에 어울리게 된 조향, 박인환, 김경린, 이봉래 등 모더니즘을 추구하던 젊은 시인들과 '후반기' 동인을 만들어 모더니즘 시 운동을 편 것이 시단에 그의 위치를 굳건하게 하는 계기가 되었다.

서울수복 후 《연합신문》을 거쳐 새로 창간된 《한국일보》 문화부장으로 발탁된 김규동은 1955년 10월 첫 시집 《나비와 광장》을 내놓는다. 시단과 독자의 반응은 뜨거웠다. 이 시집의 출판기념회에서 있었던 일화도 유명하다. 김수영, 전봉건, 이봉래 등 많은 시인과 서울대를 비롯한 여러 대학 학생들이 운집한 이날 출판기념회 막바지 연단에 오른 스물두 살의 서울대 국문과 학생인 이어령은 특유의 달변으로 식장을 압도했다. 이어령은 우선 김규동의 시집을 격찬한 다음 김동리, 서정주, 백철, 조연현 등 당시의 문학과 문단을 좌지우지하던 주요 문인들을 싸잡아 공박했다. 식장에 참석했던 문인들은 잔뜩 긴장했으나 학생 등 젊은 층의 청중들은 환호와 박수를 아끼지 않았다. 그때의 발언 내용은 〈우상의 파괴〉라는 제목의 평론으로 만들어져 1956년 5월 《한국일보》 일요판에 게재됐고, 이어령은 그때부터 '스타'로 떠올랐다.

1950년대 중반을 넘기면서 김규동은 시단의 중견으로 자리 잡아가고 있었으나 그의 현실적인 삶은 그리 순탄치 않았다. 성격이 꼬장꼬장하고 다소 고집스러운 데도 있어서 그는 한 직장에 오래 머물지 못했다. 《연합신문》과 《한국일보》가 그랬고, 뒤를 이은 삼중당의 주간 자리도 마찬가지였다. 1960년대에 들어서면서 자신의 출판사를 만들어 생계를 유지했다. 그 무렵엔 모더니즘 시 운동도 다소 빛을 잃어가고 있었으므로 시를 쓰는 일도 시들해진 듯싶었다.

1972년 무렵부터 활동을 재개한 김규동은 10년 전에 비해 여러 모로 달라져 있었다. 시에서는 모더니즘의 색채가 희미해진 대신 현실 참여의 기미가 농후해졌고, 재야인사나 지식인의 반체제 저항운동에는 빠지는 법이 없었다. 1979년 6월에는 카터 방한 반대 데모에 참여했다가 경찰에 체포돼 구류를 사는 곤욕을 치르기도 했다. 하지만 노년에 접어든 그는 조용히 들어앉아 나무에 시를 새겨 넣는 전각에 취미를 붙였다. 그 솜씨는 몇 년 만에 꽤 높은 경지에 이르러 2001년 초에는 조선일보 미술관에서 '통일염원 시각전'이라는 전시회를 열 정도였다. 그가 평생 염원했던 것은 통일이었고, 평생 가고 싶어 했던 곳은 고향이었으며, 평생 그리워했던 것은 북에 두고 온 어머니와 식구들이었으나 결국 아무것도 이뤄지지 않은 채 2011년 9월 28일 86세를 일기로 세상을 떠났다.

43

박영한,
"문학이 암보다 더 고통스러웠다"

박영한의 중편소설 〈지상의 방 한 칸〉이 계간문예지 《문
예중앙》에 발표된 것은 1983년 내가 그 잡지의 데스크를 맡
고 있을 때였다. 그 무렵 박영한은 사무실에 비교적 자주 들
렀고, 특히 나와 함께 편집기자로 일하던 시인 이달희, 소설
가 심만수와는 각별한 사이였다. 만날 때마다 술자리를 벌였
을 뿐만 아니라 그가 이사를 하게 되면 예외 없이 집들이에
초대를 받을 정도였다. 그때 박영한은 열 번 가까이 이사를
다니고 있었는데 집들이에 초대를 받은 것만 서너 차례였다.
아내와 두 어린 자식을 거느리고 이사를 하는 일이 얼마나
힘든 일인가 짐작할 만했으나 왜 그렇게 자주 이사를 다녀야

했는지 그때까지만 해도 그 까닭은 알 수가 없었다. 〈지상의 방 한 칸〉은 주변의 방해를 받지 않고 조용히 글을 쓸 수 있는 방 한 칸을 마련하기 위해 눈물겨운 노력을 기울이는 작가의 모습이 담겨 있었다.

하지만 박영한이 살아온 삶을 되짚어보면 조촐하고 아늑한 방 한 칸을 구하기 위해 이리 뛰고 저리 뛰는 모습은 차라리 행복해 보였다. 1947년 부산 동래에서 태어난 박영한은 '복잡한 집안 사정'으로 가정이 풍비박산한 데다 일곱 식구의 생계를 이끌어오던 어머니마저 와병하면서 나락의 삶을 살아야 했다. 부산 변두리의 사글셋방을 전전하는 가운데 작은형은 가출했고 큰형은 간질병으로 게거품을 물고 쓰러지기 일쑤였다. 어린 두 동생은 다니던 학교도 그만두어야 했고, 박영한은 고학으로 부산고등학교를 졸업할 수 있었다. 그런 상황에서도 소설가가 되겠다는 꿈을 버리지 않았던 그는 그 꿈의 실현을 위해서라도 불가피한 선택을 하지 않을 수 없었다. 무작정 가출이었다. 스무 살 때였다.

그렇게 시작된 부랑 생활은 3년 동안 이어졌다. 동가식서가숙으로 공장 직공, 부두 노동자에 심지어는 해변에서 거리의 악사 노릇까지 하면서도 국내외 소설가와 시인들의 글을 마구잡이로 독파했다. 밑바닥 삶을 전전한 그때의 체험들은 1981년에 발표된 장편소설 《노천에서》에 고스란히 담겨 있다. 박영한은 종종 '그때의 방랑 생활을 통해 인생을 배웠다'고 술회했다. 마음을 추스르고 연세대 국문과에 입학한 것은 1970년 스물세 살 때였다. 하지만 모든 것을 훌훌 털어버리고 학업에 열중하거나 습작에 매달리기에 너무 지쳐 있었고, 장래에 확실한 것은 아무것도 없었다. 그는 곧바로 학교를 휴학하고 군에 입대해 월남 파병을 자원한다. 아직도 마음속 한 귀퉁이를 무겁게 짓누르고 있던 고독감과 절망감에서 벗어날 수 있는 유일한 탈출구였다. 그는 백마부대 29연대의 보도병으로 25개월 복무했다.

　제대하여 복학한 박영한은 졸업할 무렵에는 나이가 서른에 이르고 있었다. 졸업 전 그는 동래 범어사의 조그만 암자인 사자암으로 들어가 소설을 썼다. 월남전 체험을 배경으로 한 《머나먼 쏭바강》이다. 그때 만들어진 초고는 200장 분량이었는데 이를 700장의 중편소설로 개작하는 데 3년이 걸렸다. 이 중편소설이 1977년 《세계의 문학》에 발표됐고, 이를 다시 1700장짜리 장편으로 개작해 1978년 오늘의 작가상을 수상하기에 이른다. 주위가 산만하고 번잡스러우면 단 한 줄의 소설도 쓰지 못하는 습성은 이때부터 생겼던 듯싶다.

박영한의 작가 생활은 근 30년이나 되지만 그 기간 동안 그가 남긴 작품은 《머나먼 쏭바강》과 속편 격인 《인간의 새벽》 등 장편소설 너덧 편과 연작소설 《왕릉 일가》와 중편소설 너덧 편 등 모두 합쳐 열 편 남짓이다. 《머나먼 쏭바강》이 10만 부를 돌파했고, 《왕릉 일가》 등 몇 편이 TV 드라마로 만들어져 경제적으로 다소 도움이 됐다고는 해도 그 정도의 수입만으로 생계를 꾸려가기에는 턱없이 부족했을 것이다. 사실 글쓰기에 알맞은 '방'을 찾아 수없이 이사를 다녔다고는 하지만 경제 형편에 맞는 집을 찾다 보니 도심에서는 멀리 떨어진 김포, 안산, 능곡, 고촌 등 변두리로 이사를 자주 다닐 수밖에 없었을 게 분명하다.

1970년대와 80년대의 전업 작가 여럿을 눈여겨봤지만 박영한만큼 고통스럽게 소설을 쓰는 작가는 보지 못했던 것 같다. 그것이 생전에 많은 작품을 남기지 못한 결정적 이유였을 것이다. 그 탈출구는 술이었다. 그는 그 고통에서 벗어나기 위해 술을 마셨고, 그 고통을 잊으려 술을 마셨다. 그에게 '글쓰기의 괴로움'과 술은 악순환이었다. 그가 직장다운 직장을 가진 것은 대학을 졸업한 1976년 제약회사 광고부의 카피라이터로 일한 1년이 고작이었다.

2000년 부산 동의대 문예창작과 교수로 임용됐을 때 주위에서는 박영한이 고통스러운 소설 쓰기와 술로부터 해방돼 안락한 새 삶을 살게 될는지도 모른다고 생각했다. 하지만 그는 대학교수로 재직하던 2002년에도 강원도 오지 체험을 담은 마지막 작품 〈카르마〉를 내놓았고, 여전히 술을 마셨다. 위암이 발병한 것은 그 직후였다. 수술을 받고 건강을 되찾는 듯했지만 3년 후 위암이 재발해 2006년 8월 59세로 유명을 달리했다. 그는 투병 중 가족과 친지들에게 '그래도 문학이 암 투병보다 더 고통스러웠다'고 입버릇처럼 말했다.

44

이광훈,
문단·언론계에 두터운 인맥

2012년 2월 14일 문학평론가이자 언론인인 이광훈(1941~2011)의 1주기를 맞은 추모문집 출판기념회가 프레스센터에서 열렸다. 추모문집은 그가 남긴 평론과 칼럼 그리고 그와 가까웠던 문단과 언론계 인사들의 추모 글 등 3권으로 이루어졌다. 이날 출판기념회에는 김종길, 김용직, 고은, 박맹호, 김치수, 조선작, 김화영 등 문인과 조용중, 정종식, 남재희, 남시욱, 손세일, 송정숙, 최종률, 권영빈 등 언론인 100여 명이 참석했다. 굳이 여러 인사들의 이름을 거명하는 까닭은 그날 참석자의 대다수가 문단과 언론계의 대선배들이었기 때문이다. 사실 이광훈은 나와 동갑이고 학번도 같았지만 그는 대학 재학 중이던 1960년대 초부터 문학 활동을 시작했고, 언론계 진출은 다소 늦었지만 그 특유의 친화력과 남다른 포용력으로 두터운 인맥을 쌓을 수 있었던 것이다.

경북 안동 태생인 이광훈은 고려대 국문과 재학 중이던 1963년 종합월간지 《세대》의 초대 편집장을 맡으면서부터 두각을 나타내기 시작했다. 5·16군사쿠데타의 주체 세력이었던 이낙선이 《세대》를 창간하면서 동향에다 인척이기도 한 이광훈을 편집장에 발탁한 것이다. 이 무렵 그는 성균관대의 임중빈, 서울대 문리대의 조동일·주섭일 등과 함께 '비평작업'이라는 동인 활동을 펴면서 《문학춘추》의 추천을 받아 평론가로 활동하고 있었다. 창간 이듬해인 1964년 황용주가 쓴 〈강력한 통일정부에의 의지〉로 반공법 위반 필화사건을 겪기도 했지만 《세대》는 호를 거듭할수록 탄탄한 기반을 구축했다. 특히 문학사에 남을 만한 여러 작가와 작품들이 《세대》를 통해 빛을 볼 수 있었던 것은 이광훈의 비범한 안목에서 얻어진 성과였다.

이병주가 1965년 500장이 넘는 중편소설 〈소설 알렉산드리아〉를 발표하면서 등단했고, 뒤를 이어 박태순과 신상웅이 각각 제1회와 제3회 세대신인문학상을 수상하면서 작가의 길에 들어섰다. 이외수도 《세대》 출신이었다. 홍성원의 《육이오》와 이병주의 《지리산》 등 문제작 대하소설을 과감하게 장기 연재한 것도 《세대》였다. 특히 1971년 '신춘문예 선외작 공모'라는 행사를 마련해 조선작의 〈지사총〉을 발굴해낸 것은 특이하고도 참신한 시도라는 평가를 받았다. 이광훈은 1972년 발행인 겸 사장의 자리에 올라 1977년 퇴임하기까지 14년 동안 《세대》를 이끌어왔다. 《세대》를 떠난 뒤에는 곧바로 《경향신문》 논설위원으로 자리를 옮긴다.

신문기자 경력이 전무한 채로 중앙 일간지의 논설위원에 발탁된 것은 파격적이었다. 신문사에서는 그가 제대로 언론인 생활을 꾸려갈 수 있을지 회의적이었고, 문단의 선후배들도 그가 신문사의 배타적인 특성을 극복할 수 있을지 걱정하는 이들이 많았다. 하지만 모두가 기우였다. 문단에서도 언론계에서도 그는 선배와 후배를 동시에 아우르는 남다른 재주를 가졌다. 가령 그보다 나이가 열 살 가까이 위인 남재희는 '이광훈과 만나면 나이 차이를 전혀 느끼지 않고 늘 동년배의 분위기에서 어울렸다'고 회고한다. 그래서 이런저런 모임에서 누구나 이광훈의 곁에 앉고 싶어 한다는 것이다. 그가 문화부장을 거쳐 편집국장 논설주간을 지내고, 관훈클럽 총무와 신영연구기금 이사장 등을 역임할 수 있었던 것도 그런 존재감 덕분이었을 것이다.

이광훈은 키가 190cm에 이르는 장신이었다. '키 크고 싱겁지 않은 사람 없다'는 말이 있지만 그와 가까웠던 문단과 언론계 사람들은 '이광훈은 예외'라고 입을 모은다. 사실 그는 그 큰 키에 어울리지 않게 유머와 위트가 풍부한 사람이었다. 그의 걸쭉한 입담은 '싱거운 재담'에서 그치는 것이 아니라 대개는 '촌철살인적인 예리한 뼈'가 들어 있다. 그는 신문사 후배들에게 자신의 정체성을 이렇게 해학적으로 표현한 적이 있다.

"내가 촌놈처럼 보이지만 고등학교는 서울에서 나왔다는 게 첫째, 기계에 둔한 서생 같지만 운전을 할 줄 안다는 게 둘째, 서민 풍모를 풍기지만 골프를 친다는 게 셋째……"

이런 일화도 있다. 언론인 여럿이 문화 탐방을 떠났을 때의 일이다. 버스가 이광훈의 고향인 안동에 들어서 그가 졸업한 초등학교 앞을 지날 때 누군가 말했다.

"저렇게 조그마한 초등학교에서 이광훈 같은 거물이 배출됐는데 금의환향을 환영해주는 사람이 하나도 없다니……"

이광훈이 즉각 말을 받았다.

"그렇지 않아도 그런 바보 같은 짓을 할까 봐 어제 시장, 경찰서장, 지방검사장 등 기관장들에게 전화를 해서 어떤 식으로든 환영행사를 벌이면 불이익을 줄 것이라고 엄포를 놨지."

이광훈은 기골이 장대하면서도 건강을 챙기는 편이었다. 등산과 골프를 즐겼고, 술자리에도 늘 빠지지 않으면서도 술은 즐기는 편이 아니었다. 그가 신우암 판정을 받은 것은 2010년 여름이었다. 그러나 그는 발병 사실을 발설하지 않았고, 문단과 언론계의 지인들이 그를 만나고자 하면 언제나 모습을 드러냈다. 발병 이전과 달라진 것이 있다면 말수가 줄어든 것뿐이었다. 그가 숨을 거둔 것은 이듬해 2월 2일 설날 연휴가 시작되는 첫날이었다. 그래서 그의 죽음은 장례가 끝난 뒤에야 세상에 알려졌다. 1960년대 이후의 문단과 잡지계 그리고 언론계에 남긴 그의 자취는 오래도록 기억될 것이다.

45

홍성원,
자료로 가득 찬 '소설공장'

　얼마나 많은 분량의 소설을 썼는가 하는 것이 소설가의
가치를 가늠하는 잣대가 될 수는 없겠지만 홍성원(1937~2008)
은 한국문학사를 통틀어 가장 많은 양의 소설을 남긴 몇몇
작가 가운데 한 사람이다. 《남과 북》《먼동》《달과 칼》 등 원
고지 1만 장 안팎 분량의 대하소설 외에 장편소설만 20권이
넘는다. 평론가 성민엽은 이런 홍성원에게 일찍이 '소설공장'
이라는 별호를 붙여주었다. 하지만 홍성원의 '소설공장'에는
약간의 부연 설명이 필요하다. 그의 소설은 기계가 면발을
뽑아내듯 머릿속에서 술술 풀려나온 것들이 아니라 온갖 자
료와 재료의 집합체이자 결정체라는 점이다. 일부 언론에 소

개된 적도 있지만 생전 그가 애지중지하던 뒤주 속에는 평생
모은 각종 자료들이 빼곡하게 들어 차 있으며, 집안 곳곳에
는 백과사전을 방불케 하는 취재노트들이 가득 쌓여 있다
는 것이다.

자신이 소설가가 된 것은 숙명적이었다고 말하곤 했듯이
홍성원이 그처럼 많은 소설을 써야 했던 것은 '살아남기' 위
한 어쩔 수 없는 몸부림이었다. 홍성원은 경남 합천에서 가
난한 집안의 맏아들로 태어났다. 그의 집안은 그가 세 살 때
강원도 금화로 이사했다가 8·15광복 후 당시 공산 치하였던
금화를 떠나 월남했다. 그의 가족은 한동안 서울에서 살다
가 수원에 정착하여 홍성원은 수원에서 중고등학교를 마친
다. 그처럼 자주 이사를 다녀야 했던 까닭은 가난 탓이었는
데 더구나 '가난한 집안에 자식이 많다'고 했던가, 홍성원에
게는 일곱 명의 동생이 생긴다. 1956년 고려대 영문과에 입학
했으나 3학년이던 1958년에는 가세가 기울대로 기운 데다 공
무원이던 아버지가 독직瀆職 사건으로 법의 심판을 받게 되면
서 학교를 중퇴하지 않을 수 없게 된다.

1961년 동아일보 신춘문예에 단편소설 〈전쟁〉으로 가작
입선해 가능성을 인정받은 홍성원은 '밥숟가락이라도 줄이

기 위해' 곧장 군에 입대한다. 1963년 말 제대를 불과 며칠 앞
두고 부대 막사 뒤 골방에서 이틀 동안 쓴 단편소설 〈빙점
지대〉가 1964년 한국일보 신춘문예에 당선하면서 소설가의
길에 들어선다. 하지만 신춘문예 당선이 소설가로서의 미래
를 보장해주는 것은 아니었다. 그 무렵 그의 가난한 대가족
은 창신동 산비탈의 무허가 판잣집에서 힘겹게 살아가고 있
었다. 제대해 집으로 돌아온 홍성원에게는 일곱 동생을 포함
한 한 가족의 생계를 도맡아야 할 책임이 지워져 있었다.

신춘문예에 뒤이어 종합월간지 《세대》의 창간 1주년 기념
문예작품 현상공모에서 〈기관차와 송아지〉가 당선한 홍성원
은 그해 연말 동아일보의 50만 원 고료 장편소설 공모에서
《D-데이의 병촌兵村》이 또 당선을 차지해 1964년 한 해에만
세 차례 당선되는 흔치 않은 기록을 남긴다. 《D-데이의 병
촌》을 응모하고 나서 홍성원은 굶기를 밥 먹듯 하던 일곱 동
생을 한자리에 모아놓고 예언하듯 말한다.

"나는 글 쓰는 재주밖에 없는 사람이다. 내가 50만 원을
꼭 타게 될 것이니 힘들더라도 연말까지만 참아라."

하지만 당선작이 결정됐을 날짜가 지났는데도 그에게는
아무런 소식도 오지 없었다. 당선을 확신했던 홍성원은 신문

사로 찾아갔다. 과연 《D-데이의 병촌》이 당선작이었으나 당
선통지서는 반송돼 있었다. 1961년 같은 신문사 신춘문예에
가작 입선한 전력이 있어 불이익을 당할 수도 있겠다는 생각
으로 필명을 쓴 탓이었다.

일평생 '월급봉투' 한 번 받아보지 못한 '전업작가 인생'은
그렇게 시작됐다. 그가 이따금 비사교적이며 비타협적이란
소릴 들은 것도 오랜 세월의 전업작가 생활에서 생긴 자기보
호본능이었을 것이다. 비굴하지 않게, 올곧게 살아야 한다는
것은 그가 보루로 삼은 마지막 자존심이었다. 그가 동생들과
자식들을 뒷바라지하면서 끊임없이 주입시킨 것도 그것이었
고, 그들이 모두 훌륭하게 성장하도록 한 자양분이 되었다.
그의 두 딸(진아와 자람)은 '홍 자매'라는 이름으로 불리면서 〈베
토벤 바이러스〉라는 인기 드라마를 쓰는 등 방송작가로 활
동하고 있으며, 아들과 며느리는 유럽에서 철학을 연구하고
있다.

전업작가의 외로움 속에서 그래도 그에게 위안이 됐던 것
은 몇몇 문인들과의 끈끈한 우정이었다. 특히 동년배인 황동
규, 김병익과의 40년 넘도록 이어진 두터운 우정은 문단에 널
리 알려져 있다. 황동규와는 같은 시기 군에 입대했을 때 몇

차례 만난 것이, 김병익과는 《D−데이의 병촌》 연재 때 문화부의 담당 기자였던 것이 인연의 출발이었다. 세 사람의 우정이 단단하게 다져진 것은 1966년 말 김병익과 홍성원이 일주일 간격으로 각각 결혼식을 올렸을 때 황동규의 부친인 황순원이 연거푸 주례를 맡으면서부터였다.

내가 홍성원을 마지막으로 만난 것은 2003년 봄이었다. 수원 출신으로 최초의 여류 서양화가인 나혜석 평전을 써보지 않겠느냐는 것이었다. 출생지는 아니지만 초중고등학교를 수원에서 다닌 홍성원은 수원에 남다른 애정을 품고 있었다. 대표작 가운데 하나인 《먼동》도 수원이 무대였다. 나혜석기념사업회로부터 평전 청탁을 받았으나 구상 중인 작품이 있고 몸이 시원치 않다는 것이었다. 얼마 뒤 그가 위암 말기 판정을 받고 투병 중이라는 이야기를 들었다. 그래도 5년 동안 버티다가 2008년 5월 71세를 일기로 숨을 거두었다.

이청준,
가난과 비극 극복한 장인정신

소설가 이청준(1939~2008)은 나의 추억 속에 깊이 각인돼 있는 한 사람이다. 우리는 4·19혁명이 일어나던 1960년 서울대학교 문리대에 함께 입학했고, 그해 한 해 동안 교양과정부의 한 클래스에서 공부했다. 그 첫해 이청준에 관한 기억 가운데 남아 있는 것은 별로 없다. 영문과, 불문과, 독문과 신입생 60여 명이 들끓어 늘 시끄러웠던 그 반에서 그는 있는지 없는지 모를 정도로 눈에 띄지 않는 존재였다. 본래 조용하고 차분한 성격이기도 한 데다 동급생들보다 나이가 두세 살 많아 스스로 어울리기를 꺼려했던 탓도 있었을 것이다. 하지만 1학년이 거의 끝나가던 무렵 전라남도 장흥 태생인 이청준은 같은 전남 출신인 김승옥(순천)과 김현(진도), 그리고 서울고등학교 출신 동기생들인 박태순·김주연·김광규 등과 자주 어울리면서 문학토론 따위에 열을 올리고 있었다.

이청준 자신이 술회하기도 했지만 그 무렵까지만 해도 문학이나 소설은 그저 취미일 수는 있어도 직업일 수는 없다고 생각했다. 그것은 그가 겪어온 극심한 가난, 그리고 그가 어렸을 때 그 가난 때문에 병든 막냇동생과 큰형이 치료도 제대로 받아보지 못하고 잇달아 죽은 가족적 비극과도 무관하지 않을 터다. 그에게는 쓰러진 집안을 일으켜 세워야 할 책임이 주어져 있었고, 그러기 위해서는 돈을 벌어야 했다. 그 목표를 이루기에 문학은 비현실적이었던 것이다. 하지만 한해 두 해 지나면서 자신이 할 수 있는 일은 소설 쓰는 일뿐이라는 것을 깨달아가고 있었다. 1965년 이청준은 마침내 사상계 신인문학상에 〈퇴원〉이 당선해 등단한다. 그 무렵 그는 등록금을 마련할 길이 없어 휴학 중이었다.

입학한 지 6년 만인 1966년 가까스로 대학을 졸업한 이청준에게 주어진 과제는 '서울 사수死守'였다. '이 자랑스러운 도시의 시민이 되고자 6년 동안 겪어야 했던 수많은 고초를 헛되이 하지 않기 위해 어떻게 해서든 서울에 들러붙어 있어야 한다'는 것이었다. 그는 대학을 졸업하면서 《사상계》의 편집 기자로 첫 직장생활을 시작한다. 이듬해 월간여성지 《여원》으로 자리를 옮기고 뒤이어 종합월간지 《아세아》와 《지성》, 그리고 1975년 문고판 월간문예지 《소설문예》까지 그가 거쳐 간 잡지는 대여섯 개에 이르지만 그는 어떤 잡지에서도 1년 이상 버티지 못했다. 한데 그가 거쳐 간 잡지들은 그가 퇴직하기만 하면 이내 폐간되곤 해서 친구들 사이에선 '청준이를 채용하는 잡지는 망한다'는 우스갯소리가 나돌기도 했다.

내가 이청준을 자주 만난 것은 그가 《소설문예》 주간 일을 보던 1975년이었다. 그의 사무실이 중앙일보사와 가까운 옛 대한일보 빌딩에 있었고, 그가 나에게 '소설 월평'을 쓰게 해 그 핑계로 일주일에 한 번꼴로 만났다. 이따금 다른 친구들이 합석하기도 했지만 대개는 단둘이 만나 술을 마시며 많은 이야기들을 나누었다. 그는 자기 집안의 내력이라든가 자신의 성장 과정 따위에 대해서는 속내를 잘 드러내지 않는 편이었다. 하지만 단편적으로 튀어나온 이야기들을 비슷한 소재의 소설들에 대입시키면 그가 성장 과정에서 겪은 비극적이며 혹은 감동적인 이야기들이 그의 작품 속에 고스란히 용해돼 있음을 깨달을 수 있었다. 가령 〈키 작은 자유인〉이나 〈눈길〉 같은 작품들이다.

소설 속 이야기가 어디까지가 사실이고 어디까지가 허구인지를 정확하게 짚어낸 친구가 김현이었다. 1984년 이청준이 연작소설 《가위 밑 그림의 음화와 양화》 첫 편을 발표했을 때의 일이다. 어느 날 주로 대학 동기생들인 문인 친구들 몇이서 술판을 벌였다. 모두들 거나하게 취했을 때 김현이 이청준을 향해 웃으면서 말했다.

"어머니를 팔아먹다 팔아먹다 바닥이 드러나니까 이제는 다시 제 돌아가신 아버지를 팔아먹기 시작했더구먼."

물론 술자리에서의 악의 없는 농담이었지만 이청준은 끝내 숨기고 싶었던 비밀을 들켜버린 것처럼 난감했을 것이다. 그래도 이청준은 1990년 김현이 타계한 직후 《가위 밑 그림의 음화와 양화》 연작이 포함된 소설집을 출간하면서 후기에서 '작품을 발표하거나 책을 낼 때마다 이런저런 농조로 먼저 격려와 위로를 보내오던 친구' 김현의 이른 죽음을 몹시 애달파했다.

이청준은 상금 규모가 큰 호암상·인촌상을 비롯해 동인문학상·이상문학상 등 주요 문학상을 휩쓸었고, 그의 작품이 〈서편제〉〈천년학〉〈밀양〉 등의 영화로 만들어져 큰 성공을 거두는가 하면 한양대 등 몇 대학의 교수를 지내기도 했다. 소설가로서 누릴 수 있는 '최고의 자리'를 누린 셈이다. 하지만 그로써 그가 어렸을 적에 겪었던 가난과 비극이 말끔히 가셔졌을까. 모르긴 해도 극복됐다면 그것은 그런 결과에 의해서가 아니라 소설을 쓰는 과정에서 얻어진 '장인정신'에 의해서였을 것이다.

그의 마지막 작품이 되는 소설 〈이상한 선물〉도 그의 장인정신을 여실히 보여준다. 2007년 여름 이근배는 새 계간문예지 《문학의 문학》 창간을 서두르면서 이청준에게 소설 청탁을 한다. 이청준은 흔쾌히 쓰겠다고 약속하지만 바로 그 무렵 폐암이 발병한다. 일단 약속을 지키지 못하게 됐음을 알리지만 압박감에 시달렸는지 병상에서 작품을 쓴다. 마감도 넘겨 가까스로 실린 그 작품이 이근배에게는 말 그대로의 '이상한 선물'이 된 것이다. 이청준은 그로부터 꼭 1년 뒤인 2008년 7월 69세로 세상을 떠났다.

이양지,

요절한 재일동포 여류 작가

재일동포 여류 작가 이양지(1955~1992)를 처음 만난 것은 그가 일본의 권위 있는 문학상인 아쿠타가와상을 수상한 직후인 1989년 봄이었다(아쿠타가와상은 일본의 유망한 신인작가에게 주어지는 상으로 재일동포로서는 1951년 이회성이 처음 수상했고, 이양지에 이어 1997년에는 유미리가, 2000년에는 현월이 각각 수상하여 한국에도 널리 알려져 있다). 함께 일하던 여기자와 그의 소설집을 번역 출간한 출판사 대표인 여성과 함께 서울 방배동의 한 카페에서 만났는데 이양지에 대한 사전 지식이 별로 없었으므로 서먹서먹할 수밖에 없었다. 내가 아는 건 그가 주로 재일 한국인의 정체성 문제를 다룬 소설을 쓰고 있으며, 한국을 좀 더 잘 알기 위해 여러 해 한국에서 공부하고 있다는 정도였다.

이양지는 키는 작달막했으나 얼굴이 희고 이목구비가 또렷한 미인형의 미혼여성이었다. 꽤 오랜 시간 자리를 함께했으나 그는 좀처럼 대화에 끼어들지 않았고, 이런저런 질문에도 '네' '아니오'의 단답형으로만 의사를 나타내 그가 한국어를 전혀 못하거나 겨우 알아듣는 정도가 아닐까 생각했다. 하지만 그가 1988년에 서울대학교 국문학과를 졸업했으며, 이화여대 대학원 무용과에 재학 중이라는 이야기를 듣고 깜짝 놀랐다. '한국어를 읽고 쓰는 데는 별 지장이 없으나 말은 아직 서투르다'고 출판사 대표가 귀띔했다. 여기자가 일본어로 말해도 간단하게 대꾸하는 것을 보면 되도록 말을 아끼는 성격인 것 같기도 했다.

이양지가 한국 땅을 처음 밟은 것은 25세이던 1980년이었다. 일본 사회에서 '재일 한국인'은 일본인도 한국인도 아닌 '어정쩡한 제3국인'이라는 데 회의와 갈등을 느낀 그는 '과연 한국 사회에서 나의 존재는 무엇인가'를 확인하기 위해 모국을 찾은 것이다. 이듬해인 1981년 재외국민교육원의 1년 과정을 모두 마친 이양지는 1982년 서울대 국문과에 입학하지만 오빠의 갑작스러운 죽음으로 휴학하고 일본으로 돌아간다. 두 달 만에 다시 한국에 돌아와 한국의 전통무용과 가야금을 배우는 일에 몰두하다가 문득 소설을 쓰겠다는 생각을 하게 된다. 첫 작품이 《군상》 11월호에 발표한 〈나비타령〉이었다.

이 작품이 아쿠타가와상 후보작에 오르면서 이양지는 일본 문단에서 일약 주목받는 신예작가로 떠올랐다. 1년에 두 편 정도 발표된 그의 작품들은 매번 일본 문단과 언론의 집중 조명을 받았고, 1983년에 소설집 《해녀》와 1985년 소설집 《각刻》을 내놓았다. 서울에서 2년에 걸쳐 쓴 〈유희由熙〉라는 작품으로 1989년 마침내 아쿠타가와상을 수상하기에 이른다. 〈유희〉는 서울에 유학 온 재일동포 여대생의 이름으로 바로 이양지 자신이다. 이 작품은 '유희'가 주인공이면서도 하숙집 '언니'의 일인칭 시각에 의해 객관화되는 특이한 구조를 보여준다. 모국에 적응하지 못하고 고통스러워하면서 말보다는 오직 대금 소리에서 모국의 탯줄을 느끼는 '유희', 바로 이양지 자신의 모습이다.

재일동포로 태어난 탓에 이양지의 삶은 일찍부터 예사롭지 않았다. 1990년 10월 한일문화교류재단의 초청 강연에서 이양지는 어렸을 적부터 '조센징'이라는 사실이 큰 흉처럼 느껴졌다고 고백했다. 그의 부모는 1940년 제주도에서 일본으로 건너와 후지산이 바라다보이는 야마나시현의 작은 마을에 자리를 잡았다. 그곳에서 비단 행상을 하던 부모의 2남 3녀 중 장녀로 태어난 이양지는 아홉 살 때 부모가 귀화했으나 정신까지 일본인이 되지는 못했다. 고등학교 때 역사를 배우면서 자신의 정체성에 회의를 느낀 이양지는 무작정 집을 뛰쳐나와 한동안 떠돌이 생활을 하기도 한다. 1975년 와세다대학 사회과학부에 입학하지만 '한국인'이라는 자각이 싹트기 시작하면서 대학을 중퇴하고 '조센징'이 많이 사는 아라카와로 주거를 옮긴다. 그곳에서 가야금을 배우면서 좀 더 한국 사람에 가까워지려고 노력하던 그는 이른바 '마루쇼 사건'의 주인공으로 20여 년 동안 감옥에 갇혀 있던 이득현의 구명운동에도 참여한다. 가야금의 매력에 흠뻑 빠져 있을 때 마침 공연을 위해 일본에 와 있던 가야금병창 명인으로 인간문화재인 박귀희를 만난 것이 한국에 유학하게 된 계기였다.

〈유희〉의 수상으로 일본 문단의 중심에 서게 된 이양지는 원고지 3500장에 이르는 대작의 구상을 끝내고 곧바로 집필을 시작했다. 제목은 《돌의 소리》. 그때까지 중단편소설만 발표했던 이양지에게는 소설가로서의 명운을 내건 중요한 도전이었다. 이 작품 역시 재일 한국인의 고뇌를 다루고 있으나 인간 내면의 심리 묘사에 더욱 역점을 두었다. 모두 10장으로 쓸 계획이었던 듯 1장부터 10장까지의 제목을 미리 붙여두었던 그는 1992년 봄 이화여대 대학원을 수료한 뒤 1장을 출판사에 넘기고 일본으로 건너갔다. 하지만 일본에서 3장의 초반까지 집필하다가 5월 22일 심근경색으로 37세의 삶을 마감했다는 소식이 전해졌다. 죽음을 예감했던 것일까, 1장의 후반에 이런 대목이 나온다.

주홍색으로 빛나는 아침놀의, 그 아름다움에 나는 정신을 잃을 듯한 감동을 받았다. (중략) 그날, 그 새벽의 그 아침놀을 응시하면서 죽음을 느끼고 있었다. 죽음이라는 말로밖에 표현할 수 없는 무언가를 실감하고 있었다.

48

김성한,
90세에도 집필한 집념의 작가

　김성한(1919~2010)은 1950년대의 한국 문학을 대표하는 작가 가운데 한 사람이면서도 다른 '50년대 작가'와는 확연하게 구별되는 몇 가지 특징이 있다. '50년대 작가' 가운데서 그는 1910년대에 태어나고, 일제강점기에 대학 교육을 받았으며, 나이 서른이 넘어 등단한 유일한 작가였다. 그뿐만 아니라 다른 50년대 작가들이 6·25전쟁을 겪은 이후의 이념 갈등이나 전후의 부조리 같은 당대의 현실을 꿰뚫는 모습을 보여주었다면, 김성한은 풍자적 기법에서 신화나 우화를 차용하는 기법에 이르는 다양한 기법을 동원해 인간과 삶의 여러 가지 모습을 천착하는 데 주력했다. 하지만 그가 4반세기에 이르는 언론계 생활에 종지부를 찍고 1980년대부터 본격적으로 발표하기 시작한 일련의 역사소설에 대해서는 아직까지도 제대로 평가되지 못한 아쉬움이 있다.

김성한은 3·1운동이 일어나던 해인 1919년 풍산개로 유명한 함경남도 풍산에서 태어났다. 함남중학교를 졸업하고 일본에 유학해 야마구치고교를 거쳐 도쿄제국대학 법학부에 입학한 그는 재학 중 광복을 맞아 졸업을 하지 못하고 귀국한다. 귀국 후 몇몇 중고등학교 교사로 재직하면서 그는 역사에 관심을 갖기 시작하고, 그 역사적 관심을 학문이 아닌 소설의 형식으로 형상화해보겠다는 생각을 굳힌다. 1950년 서울신문 신춘문예에 〈무명로〉가 당선해 등단한 김성한은 전쟁이 끝난 1950년대 중반부터 본격적인 작품 활동에 나선다. 〈암야행〉〈제우스의 자살〉〈귀환〉 등으로 주목을 끈 뒤 1956년 〈바비도〉로 제1회 동인문학상을, 1958년 〈오분간〉으로 아세아자유문학상을 수상하기에 이른다.

1955년부터 《사상계》의 주간으로 재직하다가 1958년 《동아일보》 논설위원으로 언론계에 발을 디딘 것은 작가로서의 김성한의 삶에 결정적인 전환점이 되었다. 1981년 언론계 생활을 청산하기까지 그가 내놓은 소설은 역사소설 두 편뿐이었다. 두 편 모두 휴직 기간에 쓴 작품들이었다. 하나는 1960년대 초 영국 맨체스터대 대학원에서 역사학으로 석사학위를 취득하고 귀국해 쉬는 동안 쓴 3부작 역사소설 《이성계》, 다른 하나는 1975년 '동아·조선 사태'로 신문사에서 물러나 있을 때 쓴 장편 역사소설 《이마》였다. 《이마》는 조선 중기의 당쟁과 세도정치의 폭력에 저항하는 이퇴계와 그 주변의 이야기를 다룬 소설이다. 이들 두 작품은 그가 1980년대 이후 주력하게 되는 역사소설의 방향성을 제시해주고 있었다.

비록 본격적으로 소설을 쓰지는 않았지만 언론계에 몸담고 있는 동안에도 그는 역사소설을 쓰기 위한 자료 수집에 열정적이었다. 아무리 소설이라 하더라도 역사소설을 쓰려면 고증에 철저해야 한다는 것이 그의 신념이었다. 우리나라의 역사소설들이 대개 픽션과 상상력을 중요한 도구로 삼아왔음을 감안할 때 그의 역사소설들은 역사적 사실을 바탕으로 하여 그 가치관을 학문적 안목으로 재해석했다는 특징이 있었다. 1980년대 초부터 《왕건》《임진왜란》은 그렇게 역사소설의 새 지평을 열었고, 《요하》《진시황제》 등으로 이어졌다.

소설이 그랬던 것처럼 김성한은 문단과도 일정한 거리를 유지했다. 월남한 동향의 문인들이나 '50년대 작가'들과는 비교적 자주 어울렸으나 문단의 이런저런 행사에는 모습을 나타내는 일이 없었다. 1960년 4·19혁명 후 문단이 한국문학가협회와 한국자유문학자협회로 갈라졌을 때 두 단체는 지연 학연 따위를 내세워 김성한을 자기 단체에 끌어들이기 위해 공을 많이 들였으나 김성한은 어느 쪽도 거들떠보지 않았다. 세상을 떠날 때까지 제도권 문단은 말할 것도 없고 반체제 문학운동에도 관심을 나타내지 않았다. 그것은 나름대로 그가 지닌 올곧은 문학정신의 또 다른 표현이기도 했다.

그렇듯 일평생 청교도적인 삶을 살았으나 김성한의 개인 생활은 그리 평탄치 못했다. 아내가 일찍 세상을 떠나고 큰 아들이 한창 나이에 사망하는 등 가정적 불행이 겹쳤는가 하면, 그 자신의 건강도 좋은 편이 아니어서 심장수술과 폐암수술을 받는 등 여러 차례 심각한 고비를 넘기기도 했다. 그가 그런대로 장수할 수 있었던 것은 재혼한 부인인 불문학자 남궁연(전 가톨릭대 교수)의 극진한 보살핌 덕분이었다고 보는 사람들이 많다. 남궁연은 김성한이 1940년대 후반 인천여중 교사였을 때 가르쳤던 제자로 아내와 사별한 후 1984년 재혼했다.

아무튼 병약했던 그가 90세를 넘겼을 때는 '기적'이라고 말하는 사람들이 많았다. 80대에 접어들면서부터는 지팡이에 의지해야 걸을 수 있었고, 사물을 제대로 식별할 수 없을 만큼 시력이 극도로 악화했으나 그는 집필 활동을 멈추지 않았다. 심지어는 90세에 이르러서도 2년여에 걸쳐 월간지에 《야화동서夜話東西》라는 제목의 역사 이야기를 연재했다. 그는 91세 되던 2010년 초까지 집필을 이어가다가 운신하지 못할 지경에 이르러서야 붓을 놓았다. 세상을 떠난 것은 그해 9월 6일이었다. 김성한은 '죽으면 화장해 유골을 동해에 뿌려 달라'고 유언했으나 '어머니(남궁연) 생존해 계실 때까지만'이라는 자식들의 간절한 뜻에 따라 파주 이북5도민 공원묘지에 안장됐다.

49

김국태,
"동생 근태 때문에 맘고생 심했다"

김국태(1938~2007)는 소설가로서 크게 주목을 끄는 작품 활동을 펴지는 못했지만 등단 이후 20년 가까이 대표적 문예지인 《현대문학》 편집자로서, 그 후 10여 년간은 대학 문예창작과 교수로서 한국 문학에 적잖은 공을 쌓았다. 서울대 사대 교육학과를 졸업한 김국태는 잠시 교직에 있다가 뒤늦게 문학에 뜻을 두고 1965년 전공과는 다소 거리가 있는 《현대문학》에 편집기자로 입사했다. 31세 때인 1969년 안수길의 추천으로 〈까만 꽃〉〈떨리는 손〉 등의 소설로 등단한 김국태는 그 인연으로 안수길의 큰딸을 아내로 맞았다. 그의 사생활 주변이 조금씩 알려지기 시작한 것은 등단 이듬해 소설

〈물 머금은 별〉을 발표하면서부터였다. 그 작품은 학생운동을 하다가 대학에서 제적되고 강제징집당해 군에 입대하는 동생을 형이 전송하는 내용이다. 바로 동생 근태(1947~2011)의 이야기다.

이들 형제의 가족사를 살펴보면 파란만장하기가 소설을 뛰어넘는다. 부모는 슬하에 자그마치 열두 남매를 두었다. 하지만 열 번째인 김국태 위로 여섯 남매는 어렸을 때 병으로 혹은 사고로 죽고, 세 형들은 6·25전쟁 때 행방불명됐다. 그래서 김국태는 일찍부터 집안의 기둥이 되었고, 근태는 막내였다. 평생을 초등학교 교사로 지낸 아버지의 전근이 잦았던 탓에 국태는 오산, 근태는 부천에서 태어났다. 1950년대까지만 해도 아버지의 임지를 따라 이들 형제는 학교를 서너 군데씩 옮겨 다녀야 했다. 1961년 5·16군사쿠데타 직후 이들의 가정에는 새로운 불행이 휘몰아쳤다. 초등학교 교장이던 아버지가 갑자기 해직됐고(실종된 형들 탓이었던 것 같다), 화병으로 곧 세상을 떴다. 국태는 대학생, 근태는 중학생이었다. 남은 네 식구는 어머니의 양말 행상으로 근근이 입에 풀칠을 해야 했다.

1970년대는 이들 형제에게 혹독한 고난의 세월이었다. 서울대 상대 재학 중 강제 입대한 근태는 1970년 제대하자마자 다시 학생운동에 뛰어들었다. 1971년에는 '서울대 내란음모사건'으로, 1974년에는 긴급조치 9호 위반으로 수배된 근태는 꼬박 7년간 도피 생활을 해야 했다. 김국태의 주량이 급격하게 늘어난 것은 그 무렵부터였다. 워낙 술이 세기도 했지만 매일 만나는 사람들이 술꾼 문인들이었다. 문예지 편집자와 일간지 문학기자라는 연관성 때문에 나와도 자주 만났다. 술자리가 시작되면 늘 폭음으로 이어지곤 했는데 술자리가 길어질수록 그의 말수는 줄어들었다. 동생 이야기는 꺼내지도 못하게 했다.

꼭 동생 때문만은 아니겠지만 김국태도 체제에 대한 저항 의식이 몸에 배어 있었다. 몇몇 비평가들은 그의 작품 경향을 '비판적 리얼리즘'으로 분류했다. 서슬이 시퍼렇던 1970년대 중반 모교인 서울대 사대 연극반의 요청으로 유신체제를 비판하는 내용의 〈선우교수댁〉이라는 희곡을 쓰고 연출을 맡았던 것도 그의 반체제적인 성향을 보여준다. 큰아들은 전투경찰이고 작은아들은 데모 학생인 어느 교수 집안의 갈등을 그린 작품인데, 연습을 끝내고 공연을 시작할 즈음 학교 측의 요청으로 출동한 전투경찰이 들이닥쳐 무대를 때려 부수는 바람에 공연은 무산되고 말았다.

하지만 이 연극에 얽힌 뒷이야기가 흥미롭다. 당시 사대 독어교육과에 재학 중이던 김명곤이 어느 날 친구들과 함께 이 연극의 연습 장면을 구경하게 되었다. 한데 형사과장 역할을 맡았던 학생이 불가피한 일로 출연을 하지 못하게 되자 난감해하던 김국태가 두리번거리다가 김명곤을 지목해 반강제로 무대에 올렸다. 연극에 전혀 무관심했던 김명곤이 우연히 그 일을 계기로 연극계에 진출하게 되니 그에게는 김국태가 평생 잊지 못할 사람일 것이다(김명곤은 후에 배우로 활약하다가 영화 〈서편제〉의 주연을 맡았고, 국립극장장·문화관광부 장관을 역임했다).

1978년 김국태는 《각서풍년》《황홀한 침몰》 등 두 권의 창작집을 내고 등단 10년차의 중견 작가로 발돋움한다. 그러나 그 무렵 그는 한국의 소설문학이 '소설의 대중화'라는 명분으로 이른바 '70년대 작가' 몇몇에 의해 상품화하는 현상을 우려하고 있었다. 김원일, 전상국, 유재용, 김문수, 현기영, 한용환 등 비슷한 또래의 중견 작가들도 같은 생각을 품고 있었다. 이들이 모여 만든 소설 동인이 '작단作壇'이었다. 두어 차례 동인지를 펴낸 이 동인은 나름대로 특별한 의미가 있었고, 내가 문화면에 비중 있게 다뤘던 기억이 난다.

1980년대 들어서면서 김국태는 《현대문학》을 그만두고 몇
몇 대학의 강단에 서기 시작했고 동생 근태도 수배가 풀렸
다. 하지만 김근태는 1985년 '민청련사건'에 연루돼 또다시 구
속됐다. 김국태는 술에 의존하지 않고는 버틸 수 없는 나날
을 보내야 했다. 김근태에 대한 혹독한 고문이 세상에 알려
졌고, 3년 가까이 수감돼 있어야 했다. 1990년대 접어들면서
안정을 찾아 김국태는 추계예술대 문예창작과 교수로 임용
됐으며 근태는 현실 정치에 뛰어들었다. 그러나 현실은 녹록
지 않았다. 김국태는 뜻하지 않은 '불미스러운 일'에 휘말려
조기 퇴직했고, 근태에게 현실 정치의 벽은 높았다. 형은 오
랜 음주 습관으로, 동생은 오랜 도피 생활과 고문 후유증으
로 건강은 악화되고 있었다. 김국태는 2007년 69세로, 근태
는 4년 뒤인 2011년 말 64세로 각각 세상을 떠났다.

50

박화목,
'보리밭'과 '과수원길'의 시인

보리밭 사잇길로 걸어가면/뉘 부르는 소리 있어 나를 멈춘다/
옛 생각이 외로워 휘파람 불면/고운 노래 귓가에 들려온다/돌
아보면 아무도 뵈지 않고/저녁놀 빈 하늘만 눈에 차누나

동구밖 과수원길/아카시아꽃이 활짝 폈네//하이얀 꽃 이파
리/눈송이처럼 날리네//향긋한 꽃냄새가 실바람 타고 솔솔//
둘이서 말이 없네/얼굴 마주보며 생긋//아카시아꽃 하얗게
핀/먼 옛날의 과수원길

 우리나라의 대표적 국민 가곡 〈보리밭〉과 어린 시절 누구

나 배웠을 동요 〈과수원길〉이다. '이런 노래를 모르면 간첩'이라는 우스갯소리가 나올 정도로 널리 알려진 곡들이다. 두곡 모두 아동문학가며 시인인 박화목(1923~2005)의 시에 곡을붙인 것들이다. 이들 외에도 노랫말이 된 박화목의 시와 동요는 〈망향〉〈도라지꽃〉〈가을 소풍〉 등 10여 편에 이른다. 대개가 그가 두고 온 '고향'을 그리고 추억에 빠져들게 하는 '옛 생각'에 잠기며 쓴 작품들이다. 실향민이야 헤아릴 수 없을 정도지만 그는 유달리 일평생 고향을 그리며 살았다. 월남한 실향민들이 그의 노래를 듣고 감상에 젖는 것도 그의 그런 심성과 통해 있기 때문일 것이다.

황해도 은율의 기독교 집안에서 태어난 박화목은 평양신학교 예과를 마친 후 만주로 건너가 봉천신학교를 졸업했다. 신학을 공부하면서도 문학에 뜻을 둔 그는 18세이던 1941년 월간 《아이생활》에 〈겨울 밤〉〈피라미드〉 등이 추천을 받으면서 동시를 쓰기 시작했다. 광복 직전 귀국해 평양 인근의 누나 집에 머물던 박화목은 북한의 분위기가 심상치 않음을 깨닫고 이듬해인 1946년 2월 선배 아동문학가인 함처식과 함께 월남을 결심한다. 한밤중에 걸어서 삼팔선을 넘은 그는 여관방에서 서울행 열차를 기다리며 〈38도선〉이라는 제목의 동시 한 편을 쓴다. 이 작품이 서울에 도착한 직후 윤석중이 펴내던 월간 어린이잡지 《소학생》에 실리면서 공식적인 데뷔작이 된다. 그때 《소학생》은 동시 현상공모를 실시하고 있어 박화목은 100원이라는, 당시로서는 거액의 상금도 손에 쥘 수 있었다. 이 상금이 수중에 무일푼이던 그에게 서울에 근거를 마련할 수 있는 밑천이 되었으니 여러 모로 의미 깊은 작품이었던 셈이다.

서울에 정착한 박화목은 중앙방송국(지금의 KBS)의 시 담당 프로듀서로 직장생활을 시작했다. 또한 '죽순' '등불' 등의 동인 활동을 펴면서 새로 발족한 청년문학가협회에 아동문학위원으로 참여해 아동문학의 기틀을 다졌다. 6·25전쟁으로 부산에 피난해 직업도 없이 떠돌던 박화목은 우연히 동향의 작곡가인 친구 윤용하를 만나게 되었다. 옛 이야기로 꽃을 피우다 윤용하가 고향을 그리워하는 노래를 만들겠다며 박화목에게 서정시 한 편을 써 달라고 했다. 그때 박화목이 써 준 시에 곡을 붙인 것이 가곡 〈보리밭〉이었다. 본래 제목은 〈옛 생각〉이었으나 윤용하가 곡을 만들면서 〈보리밭〉으로 제목을 바꿔 발표했다.

전쟁이 끝나 다시 서울로 올라온 박화목은 본격적인 문

단 활동에 나섰다. 아동문학가 10여 명과 함께 우리나라 최초로 한국아동문학가협회를 결성하는가 하면 한국 크리스찬문학가협회를 주도적으로 창설했다. 직장도 기독교방송으로 옮겨 편성부장과 국장 등을 역임했다. 그가 실향민으로서 무난하게 남쪽에 기반을 다질 수 있었던 것은 부드럽고 다정다감한 성품 덕이었다고 보는 사람들이 많다. 그는 시끄러운 것을 싫어했고, 남들과 시비에 얽히는 것을 꺼려했다. 평생 맥주만을 즐겨 마신 그는 술자리에서도 흐트러진 모습을 보이는 적이 없었다. 술버릇이 나쁜 술꾼들도 그가 함께하는 술자리에서는 그의 눈치를 살펴야 했다.

어찌 보면 박화목은 동화처럼 살았고, 아동문학가답게 살았다. 그가 늘 고향을 그리워하고 옛 추억에 잠기는 것도 그다운 모습이었다. 그는 세상을 떠날 때까지 한집에서만 50년을 살았다. 정부가 1950년대 후반 집 없는 문화예술인들을 위해 조성한 홍제동 문화촌에서였다. 그는 이곳에 처음 입주한 30여 명의 문화예술인 가운데 한 사람이었다. 세월이 흐르면서 많은 입주자들이 낡아버린 집을 개축하거나 개조했고, 또 상당수의 입주자들이 문화촌을 떠났지만 박화목은 보수 한번 제대로 하지 않고 꿋꿋하게 원형을 유지하면서 살 있다. 주위 사람들이 '집이 많이 낡았으니 손 한번 보고 사시라'고 권하면 '내가 처음 입주할 때 얼마나 감동했는데 본래 모습을 잃으면 그때의 감동이 제대로 살아남겠느냐'며 막무가내였다.

박화목은 생전에 시집, 동화집, 동시집 등 약 20권의 저서를 내놓았다. 대한민국문학상, 서울특별시문화상 등 예닐곱 개의 상도 받았다. 여러 문학단체의 수장도 거쳤다. 1946년 월남해 2005년 세상을 떠나기까지 꼭 60년을 산 남쪽 생활이 그만하면 만족할 법도 하지만 그런 성취들이 고향 잃은 허전함을 달래주지는 못했던지 문화촌 집에서 눈을 감으면서도 고향을 그리워했다고 한다. 그래서 그가 50년을 산 문화촌의 홍제근린공원에는 그가 고향을 그리며 썼다는 〈과수원길〉을 새긴 문학비가 세워져 있다.

문학 뒤에 숨겨진
이야기를 찾아서

1

내가 문인과 문단에 얽힌 이런저런 이야기들에 흥미와 관심을 갖게 된 것은 글을 깨우치고 국내외의 문학작품을 읽기 시작한 어린 시절로 거슬러 올라간다. 시나 소설 따위를 읽고 나면 으레 '이 작품을 쓴 사람은 어떤 삶을 살았고, 그들의 삶의 흔적들은 이 작품에 어떤 영향을 미쳤을까' 하는 궁금증들이었다. 그런 의문들은 문학작품을 읽는 데서 그치지 않고 그 문인에 관한 여러 가지 자료들, 예컨대 비화나 일화 같은 뒷이야기들을 찾아 헤매는 습성으로 이어졌다.

어찌 보면 하찮은 취미라고 할 수 있는 이런 습성은 대학 영문학과에 진학하면서 더욱 구체화되었다.

294

외국 문인 가운데 내가 처음으로 탐닉한 사람은 19세기 미국의 작가이자 시인인 에드거 앨런 포였다. 내가 본래 추리소설 마니아인 데다 그가 '추리소설의 비조鼻祖'라 불렸기 때문이기도 하지만, 무엇보다 그의 기이한 삶과 특이한 성격이 그의 문학에 어떻게 작용했을까 궁금했던 것이다. 포를 주제로 한 나의 대학 졸업논문이 이런 방향으로 작성됐지만 동서양의 다른 문인들에 대한 공부와 관심도 대개 이런 패턴이었다.

신문사 입사 후 문학기자로 일하기 시작하면서 그런 관심은 자연스럽게 국내 문인에게로 옮겨졌다. 다행스럽게도 태어나서 30년 동안 살던 서울 종로구 가회동 시절부터 많은 문인들의 행적을 가까이서 살필 수 있었고, 특히 대학 입학 동기생들과 위아래 한두 해 선후배들 가운데서 상당수의 문인들이 배출된 것은 문학기자라는 직업에 적잖은 도움이 되었다. 작품을 읽기 전에 사람을 먼저 알 수 있었기 때문이다.

관련된 책들도 많이 모았고, 잊기 쉬운 여러 가지 일들을 틈틈이 비망록에 적어두는 데 주력했다. 하지만 그런 것들이 신문기자라는 직업, 특히 문학기자라는 직업에 실질적으로 혹은 직접적으로 도움을 준 것은 아니었다. 내 개인적인 공부나 연구라면 몰라도 신문기사로 반영하기에는 여러 모로 제한적인 내용들이었기 때문이다.

2

문학기자를 시작한 1970년 초부터 나는 신문기사는 말할 것도 없고 문예지를 비롯한 각종 정기간행물 그리고 여러 문인들의 소설집과 시집 등 개인 저서에 이르기까지 수많은 글을 썼다. 분량으로만 따지면 신문에 쓴 글보다 외부에 쓴 글이 수십 배에 달할 것이다. 그때부터 주변에서는 나를 '문학평론가'로 대접해줬지만 고백하건대 내가 쓴 글들이 평론가로 불려도 좋을 만큼 '가치' 있는 것이었느냐에 대해서는 부끄러움만 앞설 따름이다.

다만 꼭 밝히고 넘어가야 할 것은 내가 쓴 글의 대부분이 크리틱critic의 입장에서가 아닌 리뷰어reviewer의 입장에서 썼다는 점이다. 분석分析, 곧 깊숙이 들여다보기보다는 조망眺望, 곧 넓게 관찰하는 데 주력해왔다는 것이다. 그것은 문단 혹은 문인들의 뒷이야기에 집착해온 나의 문학적 이력과도 무관하지 않을 것이다.

정신적으로 시간적으로 쫓긴 탓도 있지만 〈문단 뒤안길〉

이란 제목의 글을 쓰기 시작한 것은 꼭 10년간의 문학기자 생활이 끝나갈 무렵인 1970년대 막바지 무렵부터였다. 한 계간문예지의 청탁으로 '1960년대의 한국 문단사'를 연재하기 시작했는데, 그러나 이 작업은 오래가지 못했다. 일선 기자의 일로부터 해방된 것까지는 좋았으나 곧바로 데스크文化部長를 맡게 되면서 한가롭게 내 개인적인 일에만 매달릴 수 없는 형편이었던 것이다.

1979년의 10·26사태와 12·12군사반란 그리고 뒤이은 5·18사태와 군사정권의 출범 등으로 대한민국 땅은 한치 앞도 내다볼 수 없는 혼란스러운 정치적 소용돌이에 휘말리고 있었다. 그런 와중에 터진 것이 앞의 본문 이야기에도 등장하고 있는 이른바 '한수산 필화사건'이었다. 책임질 자리에서 물러나 있었는데도 나는 그 사건의 중심에 서 있었다. 몸도 마음도 피폐할 대로 피폐한 채 1980년대의 대부분은 그렇게 덧없이 흘러갔다.

절반도 채우지 못한 채 중단한 1960년대 문단 이야기를 게재 문예지를 옮겨 완성한 것은 정치 상황이나 내 마음이 다소나마 안정을 되찾기 시작한 1980년대 후반이었다. 글을 쓰기 시작한 지 무려 10년이나 지나고 있었다. 그렇게 어렵사리

끝을 맺고 보니 글은 처음 생각했던 것과는 다소 다른 방향
으로 흘러가 있었다.

1960년대라는 특수한 상황 속에서 우리 문단은 어떻게 흘
러가고 있었으며, 그런 흐름 속에서 문인 개개인에게는 어떤
일들이 일어났는가를 파고들어가 보자는 생각이었지만 결국
은 문단 연대기를 기술하는 데서 크게 벗어나지 못한 꼴이
되고 만 것이다.

까닭이 있기는 했다. 1960년 전반에 나는 아직 대학생 신
분이었고, 후반의 5년 동안 신문기자의 직에 있기는 했지만
문학과는 관계없는 다른 부서를 전전했기 때문에 문학이나
문단의 핵심에 접근할 입장은 아니었던 것이다. 물론 1964년
의 대학 졸업을 전후해 동기생 박태순·이청준·김승옥 등의
소설가와 김현·염무웅·김치수 등 평론가가 문단에 진출해
있었고, 이런저런 인연으로 여러 문인들과의 교유는 활발했
으나 문단은 여전히 '나의 동네'가 아닌 '남의 동네'였던 것이
다. 글이 온전히 주관적인 것이 되지 못하고 객관적으로 치
우치게 된 이유였다.

어쨌거나 이 '1960년대의 이야기'는 탈고한 지 다시 10년의
세월이 흐른 1999년에야 《글동네에서 생긴 일》(문학세계사)이라

는 제목의 단행본으로 출간되었다. 그때 나는 장장 35년에 걸친 신문사 생활의 종착역을 눈앞에 두고 있었고, 노년기에 접어들면서 새로운 21세기를 맞아야 하는 심란함에 빠져들고 있었다.

3

그런대로 《나혜석 평전》을 상재하는 등 이런저런 잡다한 글들을 쓰기는 했지만 계속 문단 뒷이야기를 쓰겠다는 생각은 잠재된 욕망일 뿐이었다. 무슨 글이든 누군가의 채근을 받아야만 마지못해 쓰는 것은 신문기자로서의 오래된 습관이었고, 뭘 해보겠다는 생각을 남에게 내비치는 성격도 못되기 때문이었다.

그렇게 다시 10년의 세월이 흘렀고, 어느 날 신문사 시절의 후배가 찾아왔다. 한때 문화부 기자로 일했던 그 후배는 책으로 나온 나의 《글동네에서 생긴 일》과 내가 문화부장 시절 간간이 문화면에 썼던 〈문단 뒤안길〉이라는 작은 칼럼을 흥미롭게 읽었다면서, 새로 창간되는 중앙일보사의 일요신문인 《중앙SUNDAY》에 1970년대 이후의 문단 이야기를 연재할 생각이 없느냐고 물었다. 느닷없는 제의여서 확답을 못하고 '생각해보겠다'고만 하고 돌려보냈는데 그다음 날엔가 《중앙SUNDAY》 책임자로부터 온 전화는 '당장 시작하자'는 독촉이었다.

주어진 시간은 일주일 남짓했지만 기왕 쓰기로 작정했다면 다른 선택의 여지는 없었다. 사실 1970년대는 나로서는 체력적으로나 정신적으로 내 인생을 통틀어 가장 왕성한 시기였다. 무려 30년에서 40년에 이르는 오래전의 일임에도 내가 겪은 하나하나의 일들은 마치 영상처럼 내 머릿속에 각인돼 있었던 것이다. 오랫동안 여기저기 흩어져 있던 비망록과 자료들을 찾아내는 일이 다소 힘겹기는 했지만 그 또한 느슨해졌던 기억력의 재충전으로 해결될 수 있었다.

1960년대의 문단 이야기처럼 연대기 스타일로 쓰느냐, 아니면 문인 개개인 이야기로 풀어가느냐 하는 것이 남은 과제였다. 양쪽 모두 일장일단이 있었다. 연대기처럼 쓰는 것은 10년 단위의 한 시대 문단 흐름을 한눈에 들여다볼 수 있다는 장점이 있으나 기록과 자료에만 의존하다 보면 너무 객관에 치우쳐 내면을 깊이 들여다볼 수 없다는 단점이 있다. 반면 문인들 개개인의 이야기를 쓰는 것은 그들이 어떤 삶을 살아왔으며 그것은 그들의 문학에 어떤 영향을 미쳤는지 다소나마 엿볼 수 있다는 장점이 있으나 자칫하다가는 개인의 프라이버시를 침해할 우려가 있다는 단점이 있다.

고심 끝에 후자 쪽을 택하기로 했다. 기록이나 자료에 의한 문단 연대기는 체력이 유지되는 한 언제든지 쓸 수 있으나 문인들의 개인사는 기억력이 쇠퇴해 잊히고 나면 재생하기가 거의 불가능할 것이기 때문이다.

그렇게 해서 집필을 시작한 〈1970년대 문단이야기〉는 2010~2011년 사이 1년 반에 걸쳐 70여 회 연재되었다. 체력적으로는 다소 힘들었으나 그 글을 쓰는 동안에는 즐거웠고 행복했다. 글 속에 등장하는 인물들과 함께 나의 30대였던 그 시절로 돌아가 아스라한 추억 속에 빠져드는 느낌이었다.

그 시절의 키워드는 '청진동'이다. 나를 '청진동 출입기자'라 불렀던 소설가 이문구, '술이 나를 죽인다'면서도 거의 매일 문인들의 술자리에 빠지지 않았던 민음사 박맹호 사장, 그리고 골목길의 어느 술집에서나 만날 수 있었던 이청준·김현·김치수 등 대학 동창생들……. 그들은 이미 이 세상 사람들이 아니지만 그 글을 쓰는 동안에는 살아 움직이고 있었다. 그 글을 쓰는 동안에 즐겁고 행복했던 까닭이다.

그 1970년대 이야기는 2011년 말 《글 속 풍경 풍경 속 사람들》(이가서)이란 제목으로 출간됐다(편집상의 문제로 여러 항목이 수록 되지 못해 아쉬웠다).

4

책이 나오고 두어 달 후 나는 다시 《중앙SUNDAY》 측의 요청으로 1980년대 문단 이야기를 연재하기 시작했다. 그 80 년대는 나에게도 다사다난했던 연대였다. 1980년대가 시작 되면서 일선 문학기자에서 물러나 데스크를 맡았고, 뒤이어 '한수산 필화사건'을 겪었다. 그 일을 계기로 편집국도 떠나게 되었다. 문단의 핵심에서는 멀리 떨어져 있었으나 오히려 문단을 넓은 관점에서 바라볼 수 있었다. 군사정권 출범에 대한 몇몇 문인들의 축시나 찬사의 글들이 신문 잡지에 등장하는 모습 그리고 반체제 성향 문인들의 정중동靜中動을 관심 있게 지켜보았다.

편집국을 떠난 지 5년 만에 다시 문화부 데스크에 복귀한 것은 나로서는 문학과 문단에 다시 근접할 수 있는 마지막 기회였다. 특히 소설가로 활동하던 양헌석, 이미 시인으로 등단해 있던 기형도 그리고 나중에 문학전문기자와 문학평론가로 활약하게 되는 박해현 등 세 젊은 기자들과 함께 일하게 된 것은 즐거웠고 나에게 큰 힘이 돼주었다. 하지만 그 즐거움도 불과 2~3년으로 막을 내렸다. 기형도는 1989년 29세를 일기로 짧은 삶을 마감했고, 얼마 뒤 양헌석은 미국 이민을 결행했으며, 박해현은 다른 신문사로 자리를 옮겼다. 그것이 내 신문사 생활의 마지막 코스인 논설위원실 행과 때를 같이했으니 그것도 예정된 수순이었던가.

1980년대 문단 이야기를 집필하면서 자연스럽게 떠오른 키워드는 '축시와 고문 그리고 죽음'이었다. 몇몇 문인들의 무분별한 부화뇌동, 정권 약탈자들의 좌충우돌식 탄압, 그리고 그런 시대 분위기와 무관할 수 없는 죽음들이다. 그 죽음들 가운데서 1990년을 전후해 2~3년 사이에 유명을 달리한 세 사람의 죽음은 충격적이었고, 오래도록 가슴 아프게 했다. 김현과 박정만과 기형도……

김현은 대학 동기이자 30년 동안 흉금을 털어놓을 수 있는 몇 안 되는 친구 가운데 하나였고, 박정만은 뜻하지 않은 필화사건에 함께 연루돼 고초를 겪은 아우 같은 후배 시인이었으며, 기형도는 고등학교 후배인 데다 짧은 기간이나마 함께 일하면서 깊은 정을 나누었던 사이였다. 김현은 50세를 넘기지 못하고, 박정만은 40세를 갓 넘긴 나이에, 기형도는 30

세 생일을 불과 엿새 앞두고 각각 내 곁을 떠났다.

그들뿐만이 아니다. 수壽를 누릴 만큼 누린 선배 문인들은 말할 것도 없고, 이문구·이청준·송영·이탄·김용성·한용환 등 동년배 문인들과 최인호·김종철 등 후배 문인들까지 앞서거니 뒤서거니 세상을 떠났다. 세월이 흐르면 기억은 소멸되기 마련이지만 그래도 기록은 비교적 오래 남는다. 비록 사소한 것일지라도 그들과 관련한 이런저런 이야기들을 기록으로 남길 수 있었던 것은 나의 작은 보람이었다.

– 2018년 1월, 정규웅

HEAVEN STAR MOON
ORIENT OCEAN & SEA CONTINENT
MOUNTAIN GEOGRAPHY MAP SPRING SUMMER
AUTUMN WINTER EAST WEST SOUTH NORTH HINDER
WATER RIVAL HEAVEN STAR MOON ORIENT OCEAN & SEA
CONTINENT MOUNTAIN GEOGRAPHY MAP SPRING SUMMER
AUTUMN WINTER EAST WEST SOUTH NORTH HINDER WATER
RIVAL HEAVEN STAR MOON ORIENT OCEAN & SEA CONTINENT
MOUNTAIN GEOGRAPHY MAP SPRING SUMMER AUTUMN WINTER EAST
WEST SOUTH NORTH HINDER WATER RIVAL HEAVEN STAR MOON ORIENT
OCEAN & SEA CONTINENT MOUNTAIN GEOGRAPHY MAP SPRING SUMMER
AUTUMN WINTER EAST WEST SOUTH NORTH HINDER WATER RIVAL HEAVEN
STAR MOON ORIENT OCEAN & SEA CONTINENT MOUNTAIN GEOGRAPHY
MAP SPRING SUMMER AUTUMN WINTER EAST WEST SOUTH NORTH
HINDER WATER RIVAL HEAVEN STAR MOON ORIENT OCEAN & SEA CONTI-
NENT MOUNTAIN GEOGRAPHY MAP SPRING SUMMER AUTUMN WINTER
EAST WEST RIVAL NORTH MOON ORIENT OCEAN RIVAL HEAVEN STAR MOON
ORIENT OCEAN & SEA CONTINENT MOUNTAIN GEOGRAPHY MAP SPRING
SUMMER AUTUMN WINTER EAST WEST SOUTH NORTH HINDER WATER
RIVAL HEAVEN STAR MOON ORIENT OCEAN & SEA CONTINENT MOUNTAIN
GEOGRAPHY MAP SPRING SUMMER AUTUMN WINTER EAST WEST SOUTH
NORTH HINDER WATER RIVAL HEAVEN STAR MOON ORIENT OCEAN
& SEA CONTINENT MOUNTAIN GEOGRAPHY MAP SPRING
SUMMER AUTUMN WINTER EAST WEST SOUTH NORTH
HINDER WATER RIVAL HEAVEN STAR MOON ORIENT OCEAN
& SEA CONTINENT MOUNTAIN GEOGRAPHY MAP SPRING
SUMMER AUTUMN WINTER EAST WEST SOUTH NORTH
HINDER WATER RIVAL HEAVEN STAR MOON ORIENT
OCEAN & SEA CONTINENT MOUNTAIN GEOGRAPHY MAP
SPRING SUMMER AUTUMN WINTER
EAST WEST SOUTH NORTH HINDER
WATER RIVAL HEAVEN STAR MOON

알아두면 잘난 척 하기 딱 좋은 영어잡학사전

*Dictionary of English Miscellaneous Knowledge
for Confidence*

영단어 하나로 역사, 문화, 상식의 바다를 항해한다

이 책은 영단어의 뿌리를 밝히고, 그 단어가 문화사적으로
어떻게 변모하고 파생되었는지 친절하게 설명해주는
인문교양서이다. 단어의 뿌리는 물론이고 그 줄기와 가지,
어원 속에 숨겨진 에피소드까지 재미있고 다양한 정보를
제공함으로써 영어를 느끼고 생각할 수 있게 한다.

영단어의 유래와 함께 그 시대의 역사와 문화, 가치를
아울러 조명하고 있는 이 책은 일종의 잡학사전이기도
하다. 영단어를 키워드로 하여 신화의 탄생, 세상을
떠들썩하게 했던 사건과 인물들, 그 역사적 배경과 의미 등
시대와 교감할 수 있는 온갖 지식들이 파노라마처럼
펼쳐진다.

김대웅 지음 | 인문·교양 | 452쪽 | 22,800원

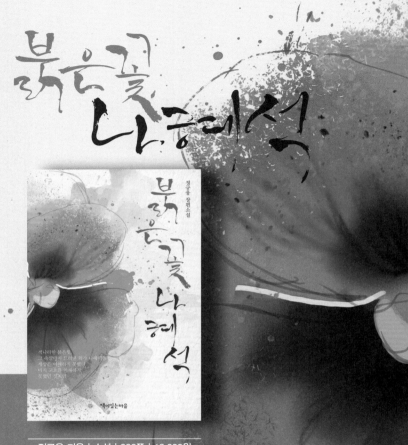

정규웅 지음 | 소설 | 336쪽 | 13,000원

평생 자유를 열망했으나 세상은 냉혹했다

불운했던 시대에 자신의 예술을 꽃피운 나혜석. 누구보다도 당당할 것 같았던 나혜석의 삶은 시대가
수용하지 못할 연애사건으로, 한 여자로서 그리고 예술가로서 모든 삶의 조건들이 부정되었다.

이 소설에서는 나혜석이 일본에 유학하던 시절의 실재 인물인 '사토 야타'라는 젊은 일본 화가가 등장하는데,
그는 나혜석을 극진히 사랑한 나머지 나혜석에게 권총을 들이대고 결혼을 강요했던 인물이다. 또 다른
등장인물은 지금 이 시대를 사는 한국의 젊은 여성화가 진여희, 그녀는 가공의 인물이다. 그녀는 1백
년이라는 시차를 뛰어넘어 나혜석의 삶을 추적함으로써 그녀가 그렸던 그림, 그녀가 썼던 글을 다시금
되새겨보게 한다.

하나님은 당신에게 실망하셨다

마크 러셀 지음 | 섀년 휠러 그림 | 김태령 옮김
에세이 | 352쪽 | 13,800원

유머와 독설의 카타르시스, 유쾌 상쾌 통쾌한 성경 에세이

마크 러셀의 유머 넘치는 글과, 미국의 풍자 슈퍼 히어로인 'Too Much Coffee Man'의 창작자로 널리 알려진 만화가 섀년 휠러가 그 내용을 바싹 졸여 완성한 개성 넘치는 그림이 멋들어지게 어우러진 성경 에세이. 구약과 신약 66권을 모두 요약해서 알아야 할 이야기의 핵심을 알려주면서, 냉정하고 솔직한 문체로 다른 사람들이 (일부러?) 빠뜨린 부분도 모두 다 가르쳐준다.

인류의 기록유산으로서 ≪성경≫을 공부하고 싶은 이들, ≪성경≫을 당연한 것으로 받아들인 교인들, ≪성경≫을 처음부터 끝까지 읽어본 적이 없는 이들이라면 이 책에 주목해도 좋다. 이 책은 ≪성경≫을 조롱하거나 홍보하려는 것이 아니라, 좀 더 접근하기 쉽게 그것 나름의 방식으로 소개함으로써 ≪성경≫의 참모습을 가감 없이 드러내 보인다.

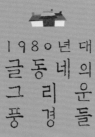

1980년대의
글동네
그리운
풍경들

1980년대
한국 문학과 문단
· 문인 이야기